Ultimate Rage

-

Ragnarök

Andrew Holten

Diese Geschichte ist frei erfunden. Sämtliche Namen, Charaktere, Firmen, Einrichtungen, Orte, Ereignisse und Begebenheiten sind entweder das Produkt der Fantasie des Autors oder wurden fiktiv verwendet. Jede Ähnlichkeit mit tatsächlichen Personen, lebend oder tot, Ereignissen oder Schauplätzen ist rein zufällig.

Impressum:
Deutsche Erstausgabe

Andrew Holten
c/o Block Services
Stuttgarter Str. 106
70736 Fellbach
andrew.holten@gmx.net
www.andrewholtenmedia.com

Covergestaltung: Buchcoverdesign.de / Chris Gilcher – https://buchcoverdesign.de

Bildrechte: Adobe Stock ID 241951673, Adobe Stock ID 1698349, Adobe Stock ID 168585710, Adobe Stock ID 139446074, Adobe Stock ID 86505271, Adobe Stock ID 304576268 und freepik.com

Dieses Buch wurde nach Dudenempfehlung (Stand 2020) lektoriert.

1

Sie nannten es *Nigger-Plätten*. Dabei waren viele der Opfer nicht einmal schwarzer Hautfarbe, aber einige. Es spielte für sie auch keine Rolle, denn sie waren es, die darüber bestimmten, wer jetzt ein Nigger war und wer nicht.

Die nächsten Opfer hatten sie auch schon auserkoren. Seit einer ganzen Weile waren sie dem Migrantenpärchen gefolgt, das auf seinem Heimweg zum Asylantenheim war und dabei den Weg durch den Wald nahm.

Thomas schüttelte den Kopf. „Da sieht man mal wieder, wie blöd diese Nigger sind und wie arrogant. Haben die nicht im Busch gelernt, dass man nicht einfach so durch den Wald geht? Kommen hierher zu uns und glauben, alles sei gut. Als gehörte ihnen das alles. Werden auch ganz nett empfangen. Bekommen alles in den Arsch geschoben, wofür wir arbeiten müssen. Und natürlich glauben sie, dass ihnen nichts geschehen kann. Alles ist immer vollkommen in Ordnung, weil man hier ja nicht an jeder Ecke von einem gefährlichen Tier angefallen werden könnte. Von wegen. Denen werden wir zeigen, dass es auch hier Raubtiere gibt."

Seine Kumpels grinsten. Dass keiner von ihnen wirklich arbeiten musste, hatte für sie in ihren Überlegungen keinen Platz. Jeder von ihnen war in einer finanziell unabhängigen Familie aufgewachsen, hatte gute Schulen besucht und musste sich wahrlich keine Sorgen um die Zukunft machen. Auch stand keiner von ihnen in der Gefahr, seinen Job zu verlieren.

Aber das alles zählte nicht, denn ihr Hass war größer. Ein Hass, der immer mehr Verständnis im Land fand, da das Klima sich gewandelt hatte. Was noch vor Jahren undenkbar gewesen war, wurde nun Tag für Tag zu einer sich immer weiter ausbreitenden Wirklichkeit, denn fremdenfeindliche Äußerungen galten immer mehr als gesellschaftsfähig und das nicht erst seit Trump Präsident war. Ja, wer keine Kritik äußerte, galt sogar als systemhörig und gleichgeschaltet. Sah man denn nicht die große Gefahr, die von den ganzen so einfach ins Land strömenden Fremden ausging? Islamisierung. Aushöhlung der freiheitlichen Werte und Demokratie. Die von Migranten ausgeübten Verbrechen, sodass sich niemand mehr ruhigen Gewissens auf die Straße trauen durfte. Thomas und seine Kumpels würden das nicht zulassen. Sie würden etwas tun und den Niggern zeigen, dass dies noch immer ihr Land war. Dass sie sich nichts bieten lassen würden. Sie würden ihre Familien beschützen. Ihre Nachbarn. Ihr Volk. Und ihre Heimat.

Die beiden, die wie selbstverständlich den spärlich erleuchteten Weg durch den Wald nahmen, waren nicht die Ersten und sie würden nicht die Letzten sein. Sie mochten sich nicht so geben, taten auf freundlich und glücklich, hier sein zu dürfen, aber Thomas und die anderen wussten es besser. Jeder von denen war gefährlich, auf die eine oder andere Art. Potenzielle Vergewaltiger und Transporteure von Krankheiten, die in diesem fortschrittlichen Land längst ausgerottet worden waren. Aber auch damit, dass sie ihre Rattenbrut hier in die Welt setzen, für die natürlich der gemeine Steuerzahler aufkommen sollte. Oder sie paarten sich mit Einheimischen, um dann Mischlinge zu zeugen und so mehr und mehr das reine Blut des Volkes zu verunreinigen. Und dann kam noch ihre Religion, die ihnen befahl, alle Andersgläubigen umzubringen. Nein, das musste gestoppt werden, bevor es zu spät war.

Scheinbar war den beiden der Weg direkt durch den Wald doch etwas zu mulmig geworden, denn sie bogen ab und gingen nun an der Straße entlang, die besser beleuchtet war, jedoch über keinen Gehweg verfügte.

Typisch für solche Nigger, dachte Thomas nur bei sich und schnaubte. Und wenn sie dann umgefahren werden, war es natürlich die Schuld des Autofahrers. Nur weil diese degenerierten Wilden keine Ahnung hatten, wo man als Fußgänger lang durfte und wo nicht. Was Verkehrsregeln waren. Oh, wahrscheinlich kannten sie sogar die Regel, wussten, dass man dort nicht lang ging, aber es war ihnen egal. Für sie galten die Regeln ja nicht. Sie waren ja zu Gast in diesem Land und benahmen sich hier wie in ihrem Busch. Wenn sie doch hier angeblich Bürger werden wollten, warum hielten sie sich nicht an die bestehenden Regeln und Gesetze? Wenn sie das schon nicht dem Land taten, indem sie sich befanden und wo man sich doch gerade in ihrer Situation von der besten Seite zeigen sollte, wie würde das dann später aussehen?

Aber wenn man sie darauf hinwies, dass, wenn man hierbleiben wollte, man sich an Gesetze zu halten hatte und nicht sich und schon gar nicht andere in Gefahr brachte, kann kamen sie sicher mit irgendwelchen scheinheiligen Erklärungen. Von wegen Angst und so. Dass die Straße doch besser beleuchtet sei. Wenn sie denn überhaupt die Sprache hier sprechen konnten und nicht irgend so ein Suaheli oder wie das hieß. Keiner hatte sie gezwungen, so spät abends noch unterwegs zu sein. Wieso waren sie das überhaupt? Sollten sie nicht lieber in ihrer Unterkunft sein?

Thomas kaute auf seiner Lippe und ballte die Hände zu Fäusten. Je mehr er die beiden beobachtete, umso wütender wurde er. Sie waren wahrlich eine

Gefahr für die Gemeinschaft. Alles war gut gewesen, bis beschlossen worden war, dieses Auffangheim zu bauen. Niemand wollte es haben, aber es wurde vonseiten der Bürgervertreter so getan, als würde es in der Bevölkerung eine breite Unterstützung dafür geben. Aber gefragt war keiner geworden. Wahrscheinlich war einiges an Geld geflossen, was diese Entscheidung leichter machte. Und wie schnell das Ding hochgezogen worden war. Aber noch immer mussten Obdachlose auf der Straße schlafen, für die wurde so etwas nicht errichtet.

Es lief so viel falsch. Aber Thomas und seine Freunde würden dafür sorgen, dass wenigstens heute Nacht etwas richtig lief. Oh ja. Sie würden den beiden eine Lektion erteilen, dass sie besser zu Hause geblieben wären. Sie würden ein Exempel statuieren, die den anderen eine Lehre sein sollte. Besonders diesen ganzen Vergewaltigern, für die es normal war, Frauen zu belästigen und zu schänden wie in ihrem Heimatland.

Thomas grinste und zog seine Maske herunter, die dafür sorgte, dass seine Opfer immer in ein weißes, ausdrucksloses Gesicht blickten. So weiß wie beim ersten Mal war sie allerdings nicht mehr. Ihm hatte es gefallen, wie das Blut sich auf dem weißen Plastik verschmierte und gerann, sodass er nicht alles abwischte. Auf die Stirn der Maske, zwischen den Augenlöchern hatte er ein Hakenkreuz gezeichnet. Es war im Übermut bei einer Feier geschehen, nachdem sie drei unbegleitete Jugendliche aufgemischt hatten. Natürlich war Thomas kein Nazi. Mit diesem dummen rechten Gesocks hatte er nichts am Hut. Er war bloß einer der besorgten Mitbürgen, die nicht mehr tatenlos zusehen wollten, wie die Regierung mit ihrer verfehlten Politik das ganze Land zerstörte. Er würde seine Familie, Freunde und Nachbarn schützen. In seinem

Ort gab es viele alte Menschen, die ihr Leben lang hart gearbeitet und diese Gemeinde aufgebaut hatten. Und die es nicht verdient hatten, ihren Lebensabend jetzt in Angst und Schrecken verbringen zu müssen.

Thomas holte seinen Schlagring hervor und streifte ihn über seine rechte Hand. Er hatte die Ringe innen extra ausgepolstert, damit er sich beim Schlagen nicht immer wieder die Haut aufscheuerte, was scheiße wehtat.

Er hatte auch sein Klappmesser dabei. Das Jagd-Klappmesser mit hochwertig anmutendem rotbraunem Holzgriff und einer Klingenlänge von fast zehn Zentimetern würde seinen Zweck erfüllen, wenn er dem Bastard das Hakenkreuz in die Backe schnitt. Auf der Stirn brachte es nichts, da der Nigger sich Haare wachsen lassen konnte, die darüber hingen. Aber auf der Wange, das konnte er nicht verstecken. Am liebsten hatte er es ihnen eingebrannt, aber das erwies sich als zu kompliziert. Da war das Messer eine gute Alternative, auch wenn es kein Bowiemesser war.

Auch hier war das Hakenkreuz kein Beweis dafür, dass Thomas ein Nazi war. Es war zweckdienlich, da diese ausländischen Bastarde gerade einmal zwei Dinge darüber wussten: Hier bekamen sie alles in den Arsch geschoben und hier gab es Nazis. Und die waren für sie so etwas wie das allergrößte Schreckgespenst. Leider hielt es sie nicht davon ab, wegzubleiben. Aber wenn sich unter ihnen verbreitete, dass es dieses Schreckgespenst noch gab und es einem sein Zeichen ins Fleisch schnitt, dann blieb das sicher nicht ohne Wirkung. Wenn es nur einen weiteren dieser Nigger davon abhielt, hierher zu kommen, dann hatte es schon seinen Zweck erfüllt.

Thomas sah, wie Alex ebenfalls seine Maske herunterzog. Er hatte die eines Horrorclowns, was auf diese Wilden auch immer eine große Wirkung hatte, vielleicht sogar eine größere als Thomas' weißes, ausdrucksloses Gesicht. Ralph seinerseits trug wieder seine Werwolfmaske und Anton eine mit dem Antlitz von Iron Man, da seine eigentliche, eine ähnliche wie die von Thomas, die beim letzten Mal kaputt gegangen war.

„Wir müssen uns die Wichser langsam mal schnappen", meinte Alex, „sonst sind sie gleich wieder zu nah an den Häusern."

Thomas nickte. Alex hatte recht. Er wollte die beiden auf keinen Fall entkommen lassen. Aber noch mussten sie vorsichtig sein. Wenn die beiden sie zu früh bemerkten, konnten sie auf der asphaltierten Straße schneller entkommen, da Thomas und die anderen ja vom Wald her kamen. Das durfte natürlich nicht passieren und wäre verheerend. Jeder von denen, der ungestraft entkam, war ein weiteres Risiko.

Aber gleich würde sich die Gelegenheit ergeben, wenn die beiden die nächste Laterne passiert hatten und es zwischen dieser und der nächsten wieder etwas dunkler wurde. Das war die ideale Stelle, an der es für die beiden kein Entkommen gab. Und dann würden sie die Vergeltung spüren dafür, dass sie so einfach in diese friedliche Gemeinde eingedrungen waren und die Menschen sich in ihren Häusern nicht mehr sicher fühlen konnten.

Thomas lächelte bei den Gedanken und griff sich noch einmal an seine linke Hosentasche, in der er seine kleine Gripzange verstaut hatte. Mit der würde er sich wieder jeweils einen Zahn holen. Vielleicht zog er auch mehrere, aber er nahm nur einen mit für seine Sammlung. Er hatte mal gehört, dass in Vietnam US-Soldaten die Ohren ihrer getöteten Gegner sammelten und als Kette trugen. Das hatte ihm gefallen. Aber so etwas wäre natürlich nicht möglich, leider. Ein Zahn jedoch erschien ihm unproblematisch und zudem als ein sehr schönes Souvenir.

Alex sah Thomas an. Beide grinsten unter ihren Masken, da das Pärchen sich gerade genau in der Mitte zwischen den beiden Laternen näherte. Der perfekte Punkt, um endlich zuzuschlagen.

Thomas konnte schwören, dass sie auf den Zentimeter genau den richtigen Zeitpunkt abgepasst hatten, als sie aus dem Unterholz stürzten. Die junge Frau konnte zwar gerade noch schreien, aber das war Thomas egal. Der wichtigere war der junge Mann und der bekam direkt Alex‘ Baseballschläger zu spüren.

Als sie herausgestürmt waren, hatte sich der junge Mann direkt schützend vor seine Freundin gestellt und somit sich des Momentes beraubt, eine Deckung aufzubauen. Stümper. Brachte man denen, wo die herkamen, nicht einmal kämpfen bei? So schützte man doch niemanden, wenn er einem wichtig war. So etwas machte Alex echt sauer.

Zur Bestrafung traf ihn Alex‘ Baseballschläger mitten in den Magen und der Nigger spielte perfekt Klappmesser. Trotzdem hatte er noch die Kraft den Kopf zu heben, was ihm direkt einen Schlag von Thomas einbrachte. Das reichte fürs Erste aber lang noch nicht für das, was sie sich vorgenommen hatten. Ein Exempel musste statuiert werden und das wäre nach gerade einmal zwei Schlägen sicher nicht der Fall. Da hatten sie ganz andere Pläne.

Die junge Frau hatte noch einmal geschrien, als Thomas ihren Freund schlug, war dann aber verstummt, sobald Ralph sie von hinten packte und Anton sich vor ihr aufbaute und sein Springmesser herausschnappen ließ.

„Spielen könnt ihr später“, meinte Thomas. „Erst einmal müssen wir weg von der Straße.“

Damit griffen er und Alex den jungen Mann unter den Armen und schleiften ihn in den Wald. Die junge Frau jedoch wehrte sich in ihrer Verzweiflung und stieß immer wieder ein Wort aus, das die vier nicht verstanden.

„Bring die Schlampe endlich zum Schweigen und schleif sie hierher, bevor wir noch entdeckte werden."

Anton nickte, baute sich vor der Frau auf und schlug ihr so heftig ins Gesicht, dass sie nicht nur mit dem Schreien aufhörte, sondern auch in Ralphs Armen zusammen sackte.

„Na also", meinte dieser nur und trug sie rückwärts in den Wald, während Anton ihre Füße nahm, um sie zu einem Bereich zu bringen, der durch eine Laterne spärlich beleuchtet wurde. Dort ließen sie sie achtlos neben ihrem Freund auf den Boden fallen. Als würde die Anwesenheit des jeweils anderen sie wieder beleben, regten sie sich.

„Na, sieh einer mal an", meinte Thomas höhnisch, „die sind ja noch wach."

Der junge Mann sagte etwas zu seiner Freundin, die leise weinte. Erst dann drehte er sich zu den vier Angreifern, die mit ihren Masken und in dem fahlen Licht wie Dämonen wirkten.

Beschwichtigend hob er die Hand. Die Alex ihm gleich zerschmettern würde, bis jeder Knochen darin mehrfach gebrochen war.

„Bitte" flehte er. „Keine Ärger."

Thomas lachte. „Den habt ihr längst gefunden." Damit zeigte er auf Alex. „Er ist Ärger. Und ich bin Schmerz."

Der junge Mann sah Thomas verständnislos an. „Nicht verstehe."

Thomas schüttelte den Kopf. „Genau das ist das Problem. Diese Arroganz und noch dazu Ignoranz. Kommt in dieses Land und versteht gar nichts. Uns wird hier beigebracht, dass, wenn man in einem anderen Land Urlaub macht, man wenigstens etwas die dortige Sprache kennen sollte, aus Höflichkeit. Das ist selbstverständlich. Aber ihr wollt hier leben. An allem teilhaben, was unsere Großeltern aufgebaut haben, dann unsere Eltern und auch wir, während ihr nichts davon getan habt, außer euer eigenes Land nicht einmal annähernd so weit zu bringen. Deswegen seid ihr ja hier. Um alles, was wir geschaffen haben, auszunutzen. Aber sprecht ihr wenigstens die Sprache des Landes, das euch fortan mit allem bedienen soll, was ihr haben wollt? Nein. Müsst ihr ja nicht. Im Gegenteil. Wir sollen eure beschissene Sprache lernen. Aus Höflichkeit. Aus Respekt. Wir sollen eure Kultur respektieren, ihr aber nicht unsere. Ihr seid hier in unserem Land, verdammt. Da habt ihr euch anzupassen. Nicht wir."

Die beiden Migranten sahen verängstigt in das emotionslose Antlitz der Maske mit dem Hakenkreuz auf der Stirn. Sie wussten nur sehr wenig von der Geschichte dieses Landes, aber was dieses Symbol zu bedeuten hatte, das wussten sie. Es war ein furchtbares Mal, das die Angehörigen des Bösen trugen, in dessen Namen sie in der Vergangenheit, aber auch jetzt unmenschliche Gräueltaten verübten. Und sie waren ihnen nun schutzlos ausgeliefert.

„Nicht verstehen", wiederholte der junge Mann und versuchte seine Freundin, die am ganzen Leib zitterte, in den Arm zu nehmen. Sofort waren Anton und Ralph bei ihnen und rissen sie weg, während Thomas sein Maskengesicht ganz nah an das seine heranbrachte.

„Dann werden wir dir ein bisschen Verstehen beibringen", zischte er. „Das Verstehen, dass ihr nicht hierher hättet kommen sollen, ihr verfickten Schmarotzer."

Damit packte er den jungen Mann am Kragen und schlug zu. Die Faust traf ungebremst auf das Gesicht des Mannes. Sein Kopf schwang nach hinten und aus seiner aufgeplatzten Lippe spritzte Blut.

Thomas ließ den benommenen Mann los, der einfach nach hinten sackte. Angewidert wischte sich Thomas über die Maske. „Widerlich." Dann sah er zu seinem Opfer herunter. „Der ist ja schon fast hin. Von wegen, die Nigger sind uns so sportlich überlegen und der ganze Scheiß. Hier seht ihr, dass an denen so gar nichts dran ist."

„Und was machen wir jetzt?", wollte Alex wissen.

„Vielleicht fackeln wir ihn etwas an" schlug Anton vor. „Dann wird er schon aufwachen."

„Nee, zu gefährlich", entgegnete Thomas. „Nachher setzt der Wichser noch den Wald in Brand. Das geht gar nicht, wo die gerade so bemüht sind, den wieder aufzuforsten."

Damit blickte er auf die junge Frau. „Aber wir haben ja das Dreckstück noch. Machen wir erst einmal mit ihr weiter. Der Wichser wird dann schon wieder aufwachen, dann nehmen wir ihn uns vor."

Anton nickte und Ralph zog die junge Frau auf die Beine und hielt ihr die Arme fest.

Thomas kam näher und lächelte unter seiner Maske. „Für eine schwarze Schlampe hast du eigentlich ein recht ansehnliches Gesicht. Hast vielleicht weißes Blut in dir, als ein Kolonist mal deine Ururgroßmutter bestiegen hat. Ihr macht ja für alle die Beine breit, so verfickt wie ihr seid. Überschwemmt die Welt mit eurer Rattenbrut, wie Heuschrecken. Ohne euch gäbe es keine Hungersnöte oder zu wenig Platz auf der Erde. Wegen euch und diesen scheiß Islamisten. Diese Handtuchträger, die sich auch wie bescheuert vermehren, damit sie uns verdrängen können. Wir wissen, wie es um die Ressourcen der Erde steht. Aber ihr macht einfach unkontrolliert weiter und reißt uns mit. Ihr Scheißnigger, die unsere Kultur zerstören wollen."

Seine Maske war nun ganz nah und blickte in die schreckensgeweiteten Augen der jungen Frau, die immer wieder den Kopf schüttelte. Thomas grinste und weidete sich an ihrem panikerfüllten Anblick. „Willst du ficken? Dann werden wir dich ficken. Das ist es doch, was ihr Niggerschlampen alle wollt."

„Willst du die echt ficken?", fragte Anton.

„Warum nicht?", warf Ralph ein. „Sie riecht sauber. Und sie ist doch recht schnuckelig."

„Ich will mir aber nichts wegholen. Wer weiß, wer da im Assiheim schon alles seinen Schwanz drinne hatte."

Thomas drehte sich zu Anton. „Die ist sicher sauber. Sieh sie dir doch an. Die haben der alles an Pflege zukommen lassen und sie sicher medizinisch voll versorgt. Davon kann deine Oma im Heim nur träumen. Da ist es doch unser Recht, sie zu ficken. Wie die Kolonisten damals in Afrika, die sich auch alle Frauen nehmen durften als Dankeschön dafür, dass sie versuchten, aus dem versifften, rückständigen Kontinent etwas zu machen. Leider ja ohne Erfolg, wie wir wissen, da die Wilden einfach zu blöd waren und nicht kapierten, was man ihnen da Gutes tat."

Damit drehte er sich wieder zu der jungen Frau und packte ihr Gesicht. „Aber diese Fotze entspricht sicher dem guten alten Reinheitsgebot."

Anton wirkte nicht überzeugt. „Aber ich will gleich noch zu Sandra. Die wird mich umbringen, wenn ich mir bei der da was hole und es an sie weitergebe."

„Dann nimmst halt ein Gummi", schlug Alex vor.

Thomas nickte. „Genau. Und ich wette, ihre Fotze ist schön eng. Das wird dich auf Sandra noch schärfer machen und du wirst es ihr so richtig besorgen. Dann ist auch Sandra glücklich. Du siehst, ihr habt alle was davon.“

Alex lachte. „Dann solltet ihr euch beeilen. Wenn ich und mein Prügel mit ihr fertig sind, wird ihre Fotze nicht mehr sehr so eng sein. Da müsst ihr sie schon in den Arsch ficken. Und ob der dem Reinheitsgebot entspricht, das bezweifle ich. Die kennen doch kein Klopapier, da, wo die herkommt.“ Damit strich er sich obszön über seinen Baseballschläger.

Thomas nickte, griff in seine Tasche und holte das Klappmesser hervor, das er direkt vor dem Gesicht der jungen Frau aufschnappen ließ. Ralph warf sie auf die Knie und sie blickte alle völlig verängstigt an, zitterte am gesamten Leib.

„Ausziehen“, befahl Thomas und drehte das Messer hin und her.

Die junge Frau rührte sich nicht, blickte weiterhin nur mit zitternden Lippen von einem zum anderen.

„Merkwürdig“, meinte Thomas. „Eigentlich sollte man meinen, dass die wenigstens das Wort doch kennt, die kleine Niggerschlampe.“

„Dann müssen wir ihr wohl doch behilflich sein und zeigen, was wir meinen“, presste Anton zwischen wütend zusammengebissenen Zähnen hervor und griff nach ihrem Shirt, um daran barsch zu zerren. Die junge Frau schrie und versuchte, sich zu entwinden, was Anton aber nur noch wütender werden ließ. In einer weit ausholenden Bewegung schlug er ihr mit der Rückseite seiner rechten Hand ins Gesicht. Ihr Kopf wurde regelrecht zur Seite geschleudert und sie ging zu Boden.

„Sachte“ warf Alex ein. „Wenn sie bewusstlos ist, macht es nicht so einen Spaß. Die soll schon was davon haben und alles schön mitbekommen. Sonst macht das Ganze doch gar keinen Sinn.“

„Stimmt", bestätigte Thomas. „Sie soll das hier ja schließlich in vollsten Zügen genießen und etwas daraus lernen."

Damit zerrte Ralph sie wieder hoch und Thomas brachte seine Maske erneut ganz nahe an ihr Gesicht. „Ausziehen."

Er griff nach ihrem Shirt und zupfte leicht daran. Dann an ihrem Rock. „Ausziehen."

„Ich glaub, sie braucht noch eine kleine Ermunterung", meinte Alex und trat daraufhin ihrem noch bewusstlosen Freund in die Seite.

Die junge Frau schrie und sie wollte ihrem Freund zur Hilfe eilen, aber Ralph hielt sie zurück.

„Ausziehen" wiederholte Thomas. „Also, so langsam solltest du es doch wohl echt kapieren, was wir von dir wollen. So schwierig kann das doch nicht sein, selbst für jemanden wie dich."

Alex lachte und ließ den Baseballschläger immer wieder in seine freie Handfläche klatschen.

Die junge Frau sah abwechselnd zu Thomas, Alex und Anton, blickte mit zitternden Lippen in ihre dämonisch wirkenden Fratzen und griff schließlich nach ihrem Shirt.

Thomas nickte. „Na also. Geht doch. Du verstehst uns sehr wohl. Jedenfalls sicher so Wörter wie Ausziehen, Schwanzlutschen und Ficken."

Er trat gerade wieder etwas näher an die junge Frau heran, als irgendetwas Alex rammte. Es ging so schnell, dass alle nur einen Satz zur Seite machten, Ralph die junge Frau aber nicht losließ.

Als Thomas sich umdrehte, sah sie nur eine schemenhafte Gestalt, die auf Alex saß und wie wild auf ihn einschlug. Erst dachte Thomas, der Freund wäre wieder aufgewacht, aber der lag noch immer bewusstlos an der Stelle wie bisher.

Anton fing sich als Erstes und sprang auf die Gestalt zu. Die jedoch hatte ihn scheinbar erwartet, entriss Alex seinen Baseballschläger und drosch diesen mit voller Wucht gegen Antons rechts Knie. Ein brutales Knirschen vermittelte den Eindruck von zersplitterten Knochen und Anton schrie schmerzerfüllt auf. Aber noch während er zu Boden ging, stand die Gestalt auf, schwang den Baseballschläger herum, sodass Antons Kopf im Herabfallen davon getroffen wurde. Das Knirschen hatte etwas zutiefst Widerwärtiges.

Thomas glaubte zu sehen, wie sich Antons zerschmetterter Unterkiefer von dessen Kopf löste, aber das war nur Einbildung. Anton plumpste wie ein nasser Sack auf den Boden, wo er zuckend liegen blieb.

„Fuck“, stieß Ralph aus, der noch immer die junge Frau festhielt, die wie gebannt auf das Geschehen blickte und scheinbar nicht fassen konnte, dass zwei ihrer Angreifer niedergestreckt worden waren.

„Wer zur Hölle bist du?“, stieß Thomas hervor, doch die Gestalt bewegte sich nicht. Das schummrige Licht ermöglichte nur unzureichend, diese genau zu erkennen. Aber die Gestalt war groß und wirkte wie ein Mann, gekleidet in dunklen Farben und das Gesicht durch eine tief gezogene Kapuze verdeckt.

Thomas sprang nach vorne, bereit, mit seinem Totschläger dem Angreifer erst einmal eine zu verpassen, um dann ihn die Klinge spüren zu lassen. Die eben aber noch so bewegungslose Gestalt glitt jedoch im letzten Moment zur Seite und Thomas spürte, wie ihm eine Faust mitten ins Gesicht gerammt wurde. Seine Nase brach wie ein Zahnstocher und Blut schoss hervor, traf auf die Maske und spritzte dadurch rauf in seine Augen, wodurch ihm auch die letzte Sicht genommen wurde. Im nächsten Moment krachte der Baseballschläger in seinen Bauch und Thomas wurde von der Wucht zurückgeschleudert. Nur peripher bekam er mit, wie ihm das Messer aus der Hand entglitt und er auf den Boden krachte.

„Scheiße!", schrie Ralph, stieß die junge Frau in Richtung des unbekannten Angreifers und rannte los. Als ihn der Baseballschläger im Rücken traf, den der Fremde ihm hinterhergeschleudert hatte, stolperte er und prallte gegen einen Baum. Er stöhnte auf und drehte sich um, bereit zum Schlag. Aber schon in der Drehung erwartete ihn die Faust des Fremden und ließ seinen Hinterkopf gegen den Baum krachen.

Sofort wollte sich Ralph wieder aufrichten, als mit voller Wucht das Knie des Fremden in Ralphs Hoden krachte, was sich anfühlte, als würden diese einfach brechen. Als sein Körper reflexartig nach vorne klappte, traf ihn dasselbe Knie am Kopf und ließ diesen erneut gegen den Baum krachen.

Benommen bekam Ralph doch mit, wie der Fremde ihm die Maske herunterriss und schon im nächsten Moment krachte dessen Faust erneut in sein Gesicht. Wieder. Und wieder. Und wieder. Und wieder. Zersplitterte sein Nasenbein, seine Wangenknochen, Kiefer, Jochbein. Dann krachten die flachen Handflächen gleichzeitig auf seine Ohren. Als seine Trommelfelle platzten, wurde es um Ralph erlösend schwarz.

Thomas drehte sich auf den Rücken und atmete schwer. Er riss sich die Maske herunter, um seine Augen frei zu wischen. Dabei kam er an seine gebrochene Nase, die höllisch wehtat. Ebenso seine Rippen, von denen sicher einige gebrochen waren.

Der Fremde kam auf ihn zu und hob dabei den Baseballschläger auf.

Thomas hob abwehrend die Hände. „Hey!" Stieß er aus, schon ahnend, was gleich passieren würde.

Wie eine unaufhaltsame Naturgewalt machte der Fremde einen Ausfallschritt, schwang dabei den Baseballschläger, der mit ungebremster Wucht gegen Thomas‘ linke Hand krachte und gefühlt jeden einzelnen Knochen zersplitterte. Auch die Fingerkuppen von Thomas‘ rechter Hand wurden getroffen, sodass sich die Finger nach hinten bogen und brachen.

Thomas schrie auf. In seinem Schreien ließ der Angreifer den Baseballschläger auf Thomas‘ Knie krachen. Wieder und wieder, um dann einen weiteren platzierten Schlag auf Thomas‘ Hoden krachen zu lassen.

Im Liegen übergab sich Thomas und schaffte es nur unzureichend, sich zur Seite zu drehen, damit er das Erbrochene aus seinem Mund bekam. Thomas‘ Körper war eine einzige Wunde, zerschmettert und nur noch zu Schmerz fähig. Er zitterte am ganzen Leib und Thomas spürte, wie er die Kontrolle über seine Schließmuskeln verlor.

Als er wieder aufblickte, stand der Fremde über ihm. In der einen Hand hielt er Thomas‘ Maske, die er zu betrachten schien, in der andere sein Klappmesser.

„Wer bist du?“, brachte Thomas noch mit bebender, von völliger Verzweiflung getränkter Stimme hervor.

Der Fremde ließ die Maske fallen und hockte sich auf Thomas‘ Oberkörper, was dessen Augen fast herausquellen ließ.

„Ich bin du“, meinte der Fremde mit unheilschwangerer Stimme.

Für einen kurzen Moment konnte Thomas einen Blick auf das Gesicht des Fremden erhaschen und es erschreckte ihn mehr als alles andere, was er je gesehen hatte.

Dann packte der Fremde mit seiner Linken nach Thomas' Haaren und zog seinen Kopf hoch. Mit entsetztem Blick sah Thomas, wie der Fremde das Messer zu Thomas' Stirn führte. Als die Klinge in sein Fleisch schnitt, schrie Thomas auf. Er wusste genau, mit welchem Symbol der Fremde ihn für immer zeichnen würde.

2

Mo musste sich erst einmal nach vorne beugen, als er die Wohnung betrat. Er war erst Anfang dreißig und fühlte sich doch schon so alt. Bald würde er seinen Spitznamen Mo nicht mehr tragen können, der wahrlich zu einem jungen, dynamischen Mann gehörte. Sein eigentlicher Name Mohamed passte da wohl schon besser, da jeder dann automatisch einen alten Mann mit grauem Vollbart vor sich sah. Den Vollbart hatte er noch nicht, aber er dachte darüber nach, sich einen wachsen zu lassen, jedoch natürlich viel kürzer und moderner.

Er mutete sich einfach zu viel zu, deswegen keuchte er jetzt so. Aber der Stress in seinem Job war enorm und irgendwo brauchte er ein Ventil. Aber es war ja nicht nur die Arbeit. Manchmal gab es eben solche Tage, wo der Frust über alles hervorkam und nach einer Reaktion verlangte. Nur dass es in letzter Zeit weniger Tage als schon eher gefühlte Wochen waren.

Mo richtete sich auf und atmete durch. Er musste unbedingt duschen und sich wieder vorzeigbar machen. Seine Kunden erwarteten ein gewisses Auftreten und im Augenblick sah er nicht sehr vertrauenserweckend aus. Eher wie die Inkarnation eines der Albträume, die sie hatten, und das konnte er sich nicht leisten.

Er musste immer doppelt aufpassen, dass die Menschen wenigstens mit ihren zweiten Gedanken vergaßen, dass er türkischer Abstammung war und damit auch all die Vorurteile und Abneigungen ablegten, jedenfalls für eine Sekunde, sodass er sie Schritt für Schritt für sich einnehmen konnte. Dass ihr erster Gedanke einfach nur "Türke" war und damit ein geprägtes Dauerfeuer an Vorurteilen sich in ihr Hirn hämmerte, wusste er. Daher baute er auf den zweiten Gedanken, um sich nach und nach vorzuarbeiten.

Mo atmete noch einmal durch, dann lächelte er. Irgendjemand während der Ausbildung hatte ihm mal erklärt, welch positive Wirkung es hatte, wenn man einfach eine Minute lang lächelte. Das sollte man besser machen, wenn man alleine war, da die Umgebung schon sehr irritiert reagierte, wenn man einfach so vor sich hin lächelte, aber Mo konnte für sich bestätigen, dass es half.

Türken würde ja nachgesagt, dass sie oft so grimmig guckten, als würden sie ständig nach einem Anzeichen einer Provokation suchen. So etwas konnte man über Mo nicht sagen. Sein Gesichtsausdruck war stets freundlich, locker und einladend. Das hatte vor allem mit dieser für ihn schon zur Routine gewordenen Lächelübung zu tun. Welch Vulkan jedoch in ihm brodelte, das wussten die wenigsten.

Gestern hatte er es übertrieben und zahlte heute die Quittung. Seine Fäuste taten noch immer weh und zeigten an einigen Knöcheln Abschürfungen. Nicht gut. Als Kundenberater in einer Bank musste man auf ein gepflegtes Aussehen achten. Ob der Körper unter dem Anzug voll bedeckt mit Tattoos war, spielte keine Rolle, solange man dies nicht sah. Aber alles, was unbedeckt war, musste gewissen Regeln, Vorgaben und

Erwartungen entsprechen. Aber wenn jemand fragte, dann würde er einfach sagen, er sei mit dem Fahrrad gestürzt. Das klang plausibel und kam auch immer gut an. Die Leute in den Kleinstädten auf dem Lande mochten es, wenn man umweltbewusst war und nicht das Auto nahm. Dass es dabei zu solcherlei Unfällen kam, war allen klar.

Mo betrachtete sein lächelndes Gesicht im Spiegel. Ja, das sah wirklich verrückt aus. Als versuchte er sich als türkische Version vom Joker. Das fehlte noch, dass man ihn nicht nur mit allen negativen Eigenschaften eines Türken wie auch mit einem gemeingefährlichen Psychopathen assoziierte. Dabei sah er sonst recht freundlich und zudem gut aus. Damit man nicht erkannte, dass er über einen durchtrainierten Körper verfügte, hätte er wohl einen Kartoffelsack tragen müssen. Sein Gesicht hat wahrlich etwas sehr spitzbübisch Freundliches, was ihm bei Frauen jeden Alters Sympathien einbrachte. Mit seinem Dreitagebart, dem dichtem gelocktem dunklem Haar, dunklen Augen und guten Zähnen wirkt er sehr attraktiv. Fast wie ein Fotomodell.

Mo schreckte auf, als er ein Geräusch hörte. Unverkennbar, jemand war in seiner Wohnung. Sofort spannte sich sein ganzer Körper an und schaltete in den Kampfmodus. Einmal antrainiert, wurde man solche Kämpferinstinkte nicht mehr los. Man konnte sie unterdrücken, überspielen, aber sie waren immer da.

All seine Sinne waren nun auf Empfang und suchten nach jeglichen Hinweis darauf, wo der Gegner lauerte und von wo er zuschlagen würde. Vorsichtig wie ein Tiger, der sich langsam auf seine Beute zubewegte, schlich Mo lautlos vorwärts. Dabei hielt er seinen linken Arm angewinkelt, die Hand blieb locker, um flexibel reagieren zu können, während seine rechte Hand zurückgenommen und zur Faust geballt war, bereit, in einer wahren Kraftexplosion nach vorne zu schnellen. Wer immer es gewagt hatte, bei ihm einzubrechen, würde eine böse Überraschung erleben.

Mo wünschte sich, er hätte sich sofort von seinem Sweater und sich darunter befindlichem T-Shirt getrennt, die beide schweißnass waren und in einem Kampf zu einem Nachteil werden konnten. Zudem hätte so es etwas von Bruce Lee-Stil gehabt, wenn er mit nackten, muskelangespannten Oberkörper entlanggeschlichen wäre, um sich seinen Gegner zu stellen.

Mos Gegner tauchte unvermittelt und ebenso geräuschlos wie Mo selbst auf. Mo jedoch war vorbereitet, sein Gegner nicht. Mit einem in Mark und Bein gehendem Kampfschrei, wie ihn auch ein asiatischer Karatekämpfer nicht intensiver hervorbringend konnte, stürzte sich Mo auf die Gestalt, fegte ihr die Beine weg und fixierte sie einen Augenblick später auf dem Boden, wobei er ihr ihre eigenen Hände auf den Rücken drückte.

„Au" gab die Gestalt nur von sich.

„Gib auf", entgegnete Mo, als er bemerkte, dass der Mann unter sich versuchte, seine Hände zu befreien.

„Warum?" Kam die etwas überraschende Antwort.

„Weil du keine Arme hast, um zu kämpfen. Und deine Beine sind ebenfalls nutzlos."

„Ich spuck dich blind", entgegnete der Mann bloß unbeeindruckt.

Einige Augenblicke passierte nichts, in denen die Gestalt unter Mos Gewicht etwas schwer atmete. Dann lachten beide und Mo stand auf, um dann den Mann aufzuhelfen und freudig zu umarmen.

„Ben. Ich hab dich heute noch nicht erwartet", begrüßte Mo seinen langjährigen Freund und betrachtete ihn lächelnd. Ben hatte sich nicht verändert und sah noch immer so unscheinbar und fast schlaksig aus wie eh und je, was natürlich vollkommen täuschte. Noch mehr konnte man diesem Fehler verfallen, wenn Ben nicht seit Jahren seinen kurzen aber dichten Vollbart pflegte, ohne diesen er jeden direkt an John Cusack erinnerte.

Ben lächelte. „Ich konnte früher weg und dachte, ich überrasche dich."

Mo schlug Ben leicht auf die Schulter. „Das ist dir gelungen."

Ben nickte und betrachtete Mo. „Na vielleicht hätte ich damit besser bis nach dem Duschen gewartet. Trainierst du wieder so heftig?" Damit deutete er auf den großen Sandsack, der in der Ecke von Mos Wohnzimmer stand und an einigen Stellen deutlich an Farbe verloren hatte.

Mo zuckte mit den Achseln.

„Läuft wohl gerade nicht so toll", stellte Ben fest und in seinen Worten schwang keinerlei Anklage mit, sondern eher ein sehr genaues Wissen, sodass Mo gar nicht erst versuchte, Ben etwas vorzumachen. Wieder zuckte er mit den Schultern.

„Die Arbeit. Und der ganze sonstige Mist. Kennst du ja."

Ben nickte und sah dann auf Mos lädierte Fingerknöchel. „Irgendwelche Vorkommnisse?"

Beide lächelten freudlos und Mo winkte ab. „Nichts Gravierendes. Du weißt, ich halte mich bedeckt und aus Ärger raus. Fällt mir nur manchmal schwer. Nicht so wie in meiner Jugend. Aber manchmal, tja, da muss ich Dampf ablassen. Aber wenn ich nicht aufpassen würde, hättest du sicher was gehört."

Ben lächelte und dieses Mal war es echt und viel freundlicher. „Schon gut. Ich möchte nur nicht, dass du in Gefahr gerätst oder dir das kaputtmachst, was du dir aufgebaut hast. Kannst du echt stolz darauf sein."

Mo nickte lächelnd. „Das können wir beide. Was ist mit dir?"

Nun war es an Ben unverbindlich dreinzusehen. „Ach, du weißt ja. Ich bin endlich zur Ruhe gekommen."

Mo sah Ben weiter an. „Und das soll ich dir glauben? Nichts passiert? Keine Albträume mehr?"

Ben lächelte schief. „Die werden nie vergehen, schätze ich. Aber damit muss ich leben. Und das kann ich dank dir und deiner Familie."

Mo lachte. „Wir haben uns wohl beide gerettet, Bruder." Im Türkischen war es oft üblich, dass sich gute Freunde Bruder nannten. Das tat Mo nie, aber bei Ben meinte er es genauso. Ben war mehr als nur ein Freund für ihn, er war sein Bruder.

„Und? Wirst du zu uns wechseln?", wollte Mo schließlich wissen. Damit stellte er die große Frage, die immer im Raum stand.

Ben ging in die Küche und bereitete den Kaffee vor. „Wo ich bin, fühle ich mich wohl. Das Große, weißt du doch, liegt mir nicht so."

Ben lachte. „Na, so groß sind wir ja auch nicht. Nur näher am Machtzentrum dran. Heute bei der Versammlung kannst du dir ja alles mal ansehen. Wobei, hm, wenn du die Chefs siehst, bleibst du vielleicht doch direkt dort, wo du bist."

„Was vollkommen in Ordnung wäre."

Mo hob beschwichtigend die Hände. „Natürlich. Natürlich. Aber stirbt dir dein Klientel nicht langsam weg? Und ich glaube, die kleinen Außenfilialen sind sicher die ersten, die schließen."

Ben schaltete die Kaffeemaschine an und blickte nicht zu Mo herüber. „Ich werde es sehen. Ich mache jetzt schon Kundenbesuche. Fahre auch gerne herum."

„Ja, der einsame Ritter auf seinem heroischen Weg, die Welt etwas besser zu machen. Noch immer der alte."

Ben lächelte. „Nicht ganz der Alte."

Mo kam zu Ben rüber und legte ihm seine rechte Hand auf die Schulter. „Du warst schon immer so. Vergiss das nicht. Es gibt kein davor und danach. Das Danach gab es nur, weil du schon davor so warst. Du hast dir nichts vorzuwerfen. Du ringst mit deinen Dämonen, so wie ich mit meinen. Daran ist nichts Verwerfliches. Wir dürfen nur den Kampf niemals aufgeben und sie gewinnen lassen."

„Kein Rückzug. Kein Aufgeben."

„Ganz genau, Bruder. Ganz genau. Blut von meinem Blut. Immer."

Ben lachte und hob seinen rechten Arm, um kurz unter dem Handgelenk eine Stelle freizulegen, die eine feine weiße Linie zeigte. „Wir waren schon zwei Doofköppe. Wenn man heute so etwas macht, würde man für vollkommen verrückt erklärt. *Hey, werde mein Blutsbruder. Klar, und wie? Ey, wir nehmen hier das total bakterienversuchte Messer, schneiden uns und die Unterarme und halten dann die Wunden aneinander.*"

Mo lachte. „Hast du dir 'ne Infektion eingefangen oder ich? Von wegen reines Blut. Meines war rein, weil dir ist ja nix passiert, als du es abbekamst. Aber deine Soße war sicher total bakterienverseucht und da hab ich armer Türke bei dir direkt was weggeholt."

Ben lachte. „Darf man echt niemandem erzählen." Dann atmete er durch und sah Mo für einige schweigsame Augenblicke an. „Was hat dein Vater bloß in mir gesehen? Ich meine, ich…"

Mo lächelte gütig. „Er sah in dir genau dasselbe wie ich."

Ben grinste. „Nicht direkt."

„Jaja, anfangs hielt ich meinen Vater für verrückt und wollte dir bloß die Scheiße aus dem Kopf prügeln. Ok, ich war jung und wusste es nicht besser. Türkisches Blut in der Pubertät ist ein gefährliches Gemisch. Da braucht man etwas mehr Zeit. Aber ohne dich wäre ich jetzt im Knast oder Schlimmeres. Ich verdanke dir mein Leben, Mann. Und tut mir leid, dass ich am Anfang so wütend war. Auf dich und meinen Vater. Ich war ein dummer Türke. So sind wir manchmal."

Ben lachte. „Das hat nichts mit Türke zu tun. Das findet man viel zu oft und leider überall."

Mo stieß Ben spielerisch gegen die Brust und ging augenblicklich in die stereotypische, überhebliche Machopose über und sprach mit übertriebenem Akzent. „Was sagst du? Soll an mir liegen? Willst Stress oder was?"

Beide lachten, aber Ben wurde schnell wieder ernst. „Nein, ehrlich. Ich denke immer wieder darüber nach, warum er das gemacht hat."

Wieder hielt Mo seinen Freund an der Schulter fest. „Hey, Mann. Du musst das endlich hinter dir lassen. Du schuldest weder meinem Vater noch mir etwas. Mein Vater, unser Vater, war ein verdammt guter Mann. Besser, als wir beiden Blödköppe jemals sein werden. Und er sah immer das Gute in den Menschen, selbst an den schlimmsten Stellen. Dass wir beide was Anständiges geworden sind und noch immer an uns arbeiten, würde ihn stolz machen."

Ben nickte und verzog dann übertrieben nachdenklich das Gesicht. „Na ja, auf mich wäre er sicher stolz. Aber auf dich? Na ja."

Mo stieß Ben spielerisch gegen die Brust. „Lass uns frühstücken. Du hast mich total aufgehalten. Kein Respekt vor einem schwer arbeitenden Mann, der sein Essen braucht."

„Wir fahren erst einmal in meine Filiale, bevor wir dann zur Versammlung weiterfahren“, erklärte Mo. „Sieht vielleicht nicht nach viel aus, aber dort werden die großen Geschäfte gemacht. Die Kunden bevorzugen das Ambiente im Gegensatz zu den großen und sehr unpersönlich wirkenden Großbauten. Eigentlich sollte man meinen, dass dies gerade unserem Chef egal ist, aber er setzte sich persönlich dafür ein, dass die Filiale erhalten blieb. So eine kleine, unbedeutende Filiale. Warum?“

Ben zog die Stirn in Falten und sah zu Mo, der hinter dem Steuer seines natürlich tadellos aussehenden Mercedes saß. „Hast du dafür mittlerweile eine Erklärung gefunden? Habt ihr vielleicht im Keller das Bernsteinzimmer in einem Tresor versteckt?“

Mos aufgesetztes Lachen zeigte Ben, dass sein bester Freund diesen Gedanken nicht ganz abstritt.

„Ich habe echt keine Ahnung. Es ist auf jeden Fall seltsam. Und deswegen hab ich Nachforschungen angestellt.“

Mo schwieg einen Moment, bevor er kopfschüttelnd fortfuhr. „Keine Ahnung. Muss Papas schlechter Einfluss sein. Hat mir wohl dieses viel gerühmte Polizistengen mitgegeben, obwohl er immer froh war, dass ich nicht in seine Fußstapfen getreten bin. Oder du.“

Er schwieg wieder einen Moment. „Es ist so ein Kribbeln. Seit ich mitbekam, dass Ahrend sich dafür einsetzte, dass die Filiale erhalten blieb, sehe ich sie immer mit anderen Augen. Weil… Warum macht er das? Als sei in ihr irgendwo etwas verborgen, dass ich nicht greifen kann. Als gäbe es einen unsichtbaren Schleier, den weder ich noch jemand anderes durchdringen kann und wir nur den Schein sehen.“

Ben nickte. „Dann vermutest du, dass ausgerechnet deine Filiale so etwas ist wie die Vatikanbank."

„Haha, sehr witzig. Nein, ich weiß es nicht, was es ist. Aber dass Ahrend das Wohl der Kleinanleger im Sinn hat, halte ich für unwahrscheinlich. Der wurde Bankkaufmann, weil er Geld liebt. Und er ist der totale Karrieretyp, weil er so an noch mehr Geld kommt."

Ben nickte. „Klingt sympathisch."

„Ja. So einer gehört in die großen Firmensitze. Und doch taucht er fast regelmäßig bei uns auf. Er teilt sich schon fast das Büro mit meiner Kollegin Anna."

Ben grinste. „Ah, die Anna."

„Ja, hör auf. Du weißt, dass da nix läuft. Aber man könnte meinen, dass etwas zwischen den beiden läuft. Bei ihm täte es mich nicht wundern. Der ist wahrlich hinter jeden Rock her. Aber bei ihr kann ich mir das nicht vorstellen. Und wenn man die beiden sieht, ... nee. Du kannst direkt erkennen, dass der Kerl Anna nicht sympathisch ist. Ich meine, ich weiß ja einige Dinge über sie, die eben dagegen sprechen. Ich bin mir aber nicht sicher."

Ben zuckte mit den Schultern. „Vielleicht ist es so einfach. Der Kerl steht auf diese Anna und will sich die Möglichkeit erhalten, sie weiterhin möglichst unbeobachtet zu besuchen. Wäre nicht der erste Kerl, der seine Machtposition ausnutzt. Und so, wie du sie beschreibst, scheint sie ja eine sehr ansehnliche Frau zu sein."

Mo lächelte schief. „Das ist sie wirklich. Unter anderen Umständen würde ich alles tun, um bei ihr zu landen. Aber wir sind echt nur Kollegen."

„Also glaubst du, da läuft noch eine andere Kiste. Mafiagelder. Veruntreuung. Trumps geheimes Vermögen."

Mo lachte und schüttelte den Kopf. „Oh, Mann. Wenn jemand mitbekommt, dass ich dir davon erzählt habe, kann ich mir direkt einen Strick besorgen. Dann war es das mit meiner Karriere."

Ben lächelte leicht. „Keine Sorge. Ich weiß, wie man ein Geheimnis bewahrt."

Mos Ausdruck wurde wieder viel freundlicher. „Das weiß ich, Bruder. Das weiß ich nur zu gut. Keine Ahnung. Vielleicht zeig ich dir mal, was ich habe. Ich habe es bisher niemanden gezeigt, weil ich ja auch nicht recht weiß, was für einem Geist ich da nachjage. Egal. Mir fehlt noch was. Das besorge ich noch und dann zeig ich dir alles."

„In Ordnung, Mister Bond." Mo lachte auf.

„Eher Ethan Hunt aus *Mission: Impossible*."

Ben stieg aus und sah sich erst einmal lächelnd um. „Hier hat sich echt kaum etwas verändert."

Mo nickte und sah sich ebenfalls um. „Das Schild ist neu. Wurde erst vor zwei Jahren angebracht."

Ben nickte. „Dann kann man die Filiale auch nicht schließen, sonst hätte sich die Investition gar nicht gelohnt."

Damit sah er sich wieder um. Er war vor Jahren das letzte Mal hier gewesen und hatte direkt gesehen, dass er sich hier sicher hätte wohlfühlen können. Aber dies war Mos Heimat, seine Arbeitsstelle. Er und Mo standen sich nahe, sehr nahe sogar, waren seit ihrer frühen Jugend wahrlich wie Brüder aufgewachsen. Mo war seine Familie, die einzige, die er noch hatte. Aber genauso kannte Ben den Drang in sich drinnen, alleine sein zu wollen. So gerne er Mo hatte und sich mit ihm traf, so froh war er auch, die meiste Zeit allein sein zu können.

Die Filiale stand in einem Außenbezirk der Stadt, die eher dörflich geprägt war, auch wenn es hier nicht mehr so viele Höfe gab wie einst. Die Straßen waren sauber, ebenso die Häuser, aber alles war ebenso offensichtlich alt. Hier und da gab es kleinere Geschäfte, sogar noch immer ein Reisebüro, von dem Ben sich fragte, wie sich dieses hier halten konnte. Die Bankfiliale selbst bestand aus dem Erd- und Kellergeschoss eines dreistöckigen Gebäudes. Die anderen Etagen waren mit Wohnungen und einer Arztpraxis versehen.

Ben bemerkte, wie sein Unterbewusstsein automatisch die Umgebung regelrecht scannte. Ganz von selbst suchten seine Augen unwillkürlich die Dächer, Fenster und Hauseingänge ab, analysierten in einem Wimpernschlag alle Informationen und stuften Menschen nach Gefahrenpotenzial ab. Er atmete durch und schloss die Augen. Dann lächelte er. Alte Gewohnheiten, die einem in Leib und Blut übergegangen waren, konnte man nur schwerlich abschütteln. Schon deswegen sollte er sich von Mo fernhalten. Dieser hatte sicher Verständnis, aber er sollte nicht ständig mit Bens Spleens, wie er sie nannte, konfrontiert sein. Es war schon schlimm genug, dass er dies musste.

Auch wenn die Fassade etwas anderes erscheinen ließ, war das Innere der Filiale auf dem neuesten Stand und sah so aus, als sei alles erst letztens renoviert worden. Die Farbgebung war hell und mit sonnigen Farben. Alles wirkte einladend und hätte vielleicht besser zu dem Reisebüro von der anderen Straßenseite gepasst. Dass hier oft schwierige finanzielle Entscheidungen getroffen wurden und besonders in den verglasten Einzelbüros mit unglaublichen Summen hantiert wurde, sah man den Räumen nicht an. Dies war auch nicht verwunderlich, da seit der Finanzkrise die Menschen Banken mit großem Misstrauen begegneten, da sie dort den Hort des raffgierigen Bösen vermuteten.

In der Filiale war nicht wirklich etwas los. Die anwesenden Mitarbeiter saßen hinter dem Tresen an ihren jeweiligen Schreibtischen und gingen ihrer Arbeit nach. Als Ben und Mo den großen Raum betraten, blickten sie nur auf, lächelten und hoben grüßend die Hand.

Ob jemand in den verglasten Einzelbüros arbeitete, konnte man nur vermuten, da die Scheiben bis auf eine Höhe von circa ein Meter achtzig milchig und somit nicht wirklich durchsichtig waren. Trotzdem schien man dadurch einen guten Blick in den Hauptraum zu haben, da sich die Tür zu einem Büro öffnete und eine junge Frau heraustrat, die unwesentlich jünger war.

Ben musste zwei Mal hinsehen. Die sehr attraktive schlanke Frau mit den Traummaßen neunzig, sechzig neunzig samt blutrotem, zu einem einfachen Zopf gebundenem Haar kam lächelnd auf sie zu. Sie trug einen dunkelblauen Rock, der bis zu ihren Knien ging, eine weiße Bluse und ein zum Rock passendes Jackett. Ihre High Heels rundeten das Ganze ab und ließen trotz ihrer Körpergröße von etwa ein Meter sechzig ihre Beine unendlich erscheinen.

„Oh“, entfuhr es Ben nur leise.

„Jap“, bestätigte Mo und lächelte.

Als Mos Kollegin vor ihnen stand, reichte diese Ben die Hand, der diese entgegennahm.

„Darf ich vorstellen. Meine verehrte Kollegin und zudem der Boss hier, Anna Kerkov“, erklärte Mo. „Und dieser junge Mann ist Ben Becker. Einer unserer vielen fleißigen Mitarbeiter, die in den Prärien des Landes Dienst am kleinen Mann tun.“

Anna nickte. „Ben Becker. Ja, ich habe schon viel von Ihnen gehört. Mo hier möchte Sie unbedingt für uns gewinnen. Das hat er schon mitgeteilt, seit er hier anfing. Ich dachte erst, er wollte mit der Blume sozusagen erklären, dass er schwul sei und seinen Partner hierher holen."

Ben grinste und dies verstärkte sich noch, als er Mos entsetztes Gesicht sah.

„Schwul? Ich? So etwas kannst du doch nicht ernsthaft zu einem Türken sagen."

Anna blieb unbeeindruckt und wendete ihren Blick nicht von Ben ab. „Mo, du bist hier geboren und kennst die Türkei höchstens von deinen zweiwöchigen Urlauben aus der Kindheit. Selbst dein Vater war ein Kind, als er hierher kam und sprach zeit seines Lebens kaum Türkisch, wie du immer betonst."

Mo verschränkte die Arme. „Da siehst du es Bruder, warum türkische Männer nur mit Frauen flirten, ihnen Anweisungen geben oder sie rumkommandieren. Weil, wenn ein Türke mit einer Frau wirklich spricht, ihr was von sich erzählt, Familie und so, führt das nur zu Ärger. Weil eine Frau es immer gegen einen verwenden wird. Immer."

Ben lachte und Anna stimmte mit ein. „Ja, die Emanzipation ist für einen türkischen Macho schon schwer zu verdauen. Und Sie sind so etwas wie sein Halb-Bruder?"

„Nein, mein richtiger Bruder", verbesserte Mo.

„Ja", bestätigte Anna. „So richtig habe ich eure Verbindung nie verstanden."

Ben lächelte unbestimmt. „Mos Familie war so nett, mich bei sich aufzunehmen, als ich ein Jugendlicher war. Sie haben mich immer spüren lassen, dass ich einer von ihnen sei."

Anna nickte verstehend. „Schwierige Kindheit."

Es war mehr eine Aussage als eine Frage und Ben nickte.

„Könnte man so sagen."

„Mo erzählt nicht viel darüber, eher gar nichts."

„Worum ich auch sehr dankbar bin."

Anna lächelte verstehend und klatschte dann in die Hände. „Aber nun sind Sie hier in unserem kleinen Außenposten. Sie waren schon einmal hier?"

Ben nickte. „Ja, als Mo hier anfing. Aber da waren sie noch nicht hier. Außerdem kenne ich die Filiale noch von früher."

Anna lachte. „Doch, ich war schon hier. Aber ich habe viele Außentermine. Ehrlich gesagt, ist das nicht so meines. Ich bin lieber in meinem Büro und regiere die Welt von dort aus. Daher bin ich froh, dass Mo mir diese Termine abnimmt, den so etwas weit weniger zu stören scheint. Und von Ihnen heißt es ja, es wäre eine Ihrer liebsten Beschäftigungen. So jemanden könnten wir sehr gut gebrauchen. Und gerade momentan stehen die Aufstiegschancen nicht schlecht."

Mo lächelte und legte Ben einen Arm um die Schultern. „Leider ist unser Ben hier genau das Gegenteil von einem Karrieretyp und völlig zufrieden dort, wo er ist. Ich schätze, ich muss ihn noch etwas mehr bearbeiten, damit daraus etwas wird."

Anna nickte. „Tu das. Ich wäre auf jeden Fall dafür offen, denn sollte dies hier alles erhalten bleiben, wovon ich ausgehe, können wir Leute wie sie brauchen."

„Wen können wir brauchen?", ertönte plötzlich eine laute Stimme.

Bevor sich Ben umdrehte, erkannte er noch, wie sich Annas Gesichtsausdruck veränderte. Mit einem Mal war ihre gesamte freundliche Ausstrahlung verschwunden und ein Blitzen erschien in ihren Augen, das Ben nicht zu deuten wusste. Dann sah er den Mann, der die Filiale betreten hatte und so wirkte, als würde sie ihm gehören.

Der etwa Mitte fünfzigjährige Mann war so groß wie Ben und Mo, aber er sah aus, als sei er doppelt so schwer. Sein maßgeschneiderter grauer Anzug spannte, aber der gute Schnitt kaschierte alles. Auffällig war der Schnurrbart und die Halbglatze, die vor Schweiß glänzte, als sei der Mann den Weg hierher gelaufen, was Ben bezweifelte.

Mo musste nichts sagen, denn Ben wusste auch so, um wen es sich handelte: Günther Ahrend und somit der direkte Chef von Mo und Anna.

„Hallo, allerseits. Ich dachte, ich komme vor dem großen Treffen noch mal hier vorbei. Ich weiß ja, wie prekär die Parkplatzsituation bei uns ist und wollte Ihnen, Frau Kerkov, daher anbieten, dass Sie mit mir fahren. Ich habe dort einen Firmenparkplatz und wir könnten uns schon über einige Dinge unterhalten, die ich mit Ihnen noch klären wollte."

Alle taten so, als wäre so etwas völlig normal, lächelten und nickte. Ben konnte Annas Anspannung spüren und ihr Lächeln übertrug sich nicht auf ihre Augen.

„Sehr gerne, Herr Ahrend. Ich hole nur schnell meine Tasche. Darf ich Ihnen übrigens Herrn Ben Becker vorstellen. Er arbeitet in einer unserer Außenstellen und wir hoffen, ihn für uns hier zu gewinnen."

Herr Ahrend lächelte, als würde er in Ben einen berühmten südamerikanischen Fußballstar sehen, den er verpflichten könnte und nicht einen einfachen Angestellten, den er mit nur einem Gespräch mit Bens Vorgesetzten anweisen konnte, seine Arbeitsstelle hierher zu wechseln.

„Sehr schön, junger Mann. Wir können hier immer tüchtige Leute gebrauchen. Sie werden ja sicher auch auf dem Treffen sein, da werden Sie dann erfahren, was wir hier in der Gegend alles planen. Ich hoffe, sie sind angetan davon, ich bin es auf jeden Fall. Frau Kerkov, können wir dann?"

Anna lächelte erneut gezwungen und ging dann in ihr Büro. Ahrend sah ihr unverhohlen nach, wobei sein Blick vor allem auf ihren Hintern und ihre Beine gerichtet waren. Als Anna zurückkam und nun viel besser ihr freudloses Lächeln im Griff hatte, ließ er es sich auch nicht nehmen, ihr seine Hand auf den Rücken zu legen, wobei er für Bens Verständnis diese zu tief ansetzte.

Als Ahrends protziger Mercedes verschwunden war, blickte Ben in Mos erzürntes Gesicht.

„Weißt du jetzt, was ich meine?"

Ben nickte nur.

Mo nahm dieses Nicken auf. „Irgendwas geht da vor. Irgendwas sehr Merkwürdiges. Und ich habe ein ganz, ganz mieses Gefühl dabei. Aber ich brauche erst einmal Beweise. Aber die hole ich mir."

„Wenn es welche gibt…", gab Ben zu bedenken.

Mo nickte und sah in die Filiale hinein. „Keine Sorge. Wenn es die gibt, dann finde ich die auch."

Als sie abends beisammen saßen, um sich gemeinsam einen Film anzusehen, bemerkte Ben schnell, dass sein Freund nicht bei der Sache war. Mo starrte unabhängig von dem Geschehen auf dem Bildschirm vor sich hin und schien gar nicht richtig da.

„Wir müssen uns nichts ansehen", meinte Ben schließlich.

„Was?" Entgegnete Mo, als wachte er gerade aus einer Trance aus und müsste sich orientieren. Dabei sah er Ben an, als müsste er sich auch bei ihm erst einmal klar werden, wer er sei. Schließlich lächelte er entschuldigend und rieb sich mit den Händen über das Gesicht.

„Tut mir echt leid, Bruder. Ich bin wohl nicht wirklich bei der Sache. Das Ganze geht mir echt unter die Haut. Ich kenne Anna schon eine Weile und habe mit ihr viel zusammen gearbeitet, inklusive Überstunden. Da kommt man ins Quatschen und da hat sie mir einiges erzählt. Sie mag nicht so wirken, aber sie hat echt eine Menge Scheiße erlebt. Bei all dem Dreck ist sie wahrlich zu bewundern, dass sie jetzt da ist, wo sie ist. Und dann kommt so ein Arschloch wie Ahrend und nutzt seine Position schamlos aus. Aber warum sie das mitmacht, ist mir schleierhaft. Seit Ahrend regelmäßig auftaucht, ist sie auch mir gegenüber total verschlossen."

Ben nickte. „Und du befürchtest, dass Ahrend irgendwas gegen sie in der Hand hat. Oder in irgendwas hineingezogen hat."

Mo atmete durch. „Ich befürchte sogar, dass es noch schlimmer ist. Dass er sie längst ausnutzt. Sie missbraucht." Er schüttelte den Kopf. „Ich muss das beenden."

Damit stand er auf.

„Wohin willst du?", fragte Ben überrascht.

„Sei mir nicht böse, aber ich muss einfach noch mal eine Runde um den Block. Mache ich in der letzten Zeit öfter. Joggen. Auspowern. Durch den Wald. Den Kopf frei kriegen."

Ben lachte. „Alleine durch den Wald?"

Mo lachte ebenfalls. „Hey, ich bin ein großer Türke und kann schon auf mich aufpassen."

Ben nickte. „Versprich mir, dass du keinen Ärger suchst. So als Frustabbau."

Mo tat überzogen unschuldig. „Moi? So etwas würde ich nicht tun. Klingt total untypisch für mich. Aber was soll ich machen, wenn der Ärger mich sucht? Du weißt doch selbst, dass manche es wahrlich darauf anlegen und man das dann schwerlich ignorieren kann."

Ben atmete durch. „Ja. Selbst hier auf den Dörfern."

„Tja, und wenn ich so etwas sehe, dann bleibe ich nicht still. Hast du von den vier Nazi-Arschlöchern gehört? Die haben über Monate immer wieder armen Immigranten und Leute, deren Nase und schon gar nicht Hautfarbe passte, aufgelauert, verprügelt und schwerst misshandelt, sogar vergewaltigt. Tja, bis sie jetzt auf jemanden trafen, der sie richtig aufgemischt hat. Die werden wahrscheinlich nie wieder in der Lage sein, irgendwem noch einmal aufzulauern. Die wurden echt übel auseinandergenommen. Und am Ende jeden von ihnen noch ein Hakenkreuz in die Stirn geschnitten."

Ben schwieg und hielt Mos Blick stand. Mo sah Ben tief in die Augen. „Hast du davon gehört?"

Ben nickte. „Es war ja überall in der Presse."

„Ja, man kam an der Nachricht nicht vorbei. Vor allem, weil es woanders ähnlich Vorfälle gab. Da wurde sogar ein Lokalpolitiker in seinem Haus überfallen, der der extremen rechten Szene angehört. Der hatte sich durch ein paar echt üble Äußerungen hervorgetan und besonders perfide Ansichten vertreten. Jetzt wird er Schwierigkeiten dabei haben, überhaupt einen Satz vernünftig herauszubekommen, ohne dass ihm dabei ständig die Spucke aus dem Mund läuft. Sein Kiefer ist völlig zertrümmert, weil ihn jemand mit einem Hammer bearbeitet hat. Ganz abgesehen von seinem rechten Arm, den er nie wieder zum Führergruß heben kann, geschweige denn, zu irgendetwas anderem nutzen kann. Passierte alles nicht allzu weit von hier. Ich schätze also, ich gehöre nicht zu denjenigen, die sich Sorgen machen müssen, oder?"

Ben blieb erst ernst, dann lächelte er. „Wer weiß? Ultrakonservative Moslems sind ja auch nicht gerade für ihre Umgänglichkeit und bedingungslose Nächstenliebe bekannt."

Mo lächelte freudlos. „Leider wahr. Die gibt es auch. Aber derjenige, der das gemacht hat, scheint sehr spezialisiert zu sein. Der kann rechtes Gesocks nicht leiden."

„Wer kann das schon?"

„Leider zu viele", meinte Mo. „Leider zu viele. Ich schiebe alles auf Trump."

Dann wurde sein Lächeln wieder freundlicher. „Egal. Ich gehe jetzt schnell duschen und dann bin ich eine Weile weg. Mach dir keine Gedanken um mich."

Ben hob seine rechte Augenbraue fragend an. „Du gehst vorher duschen?"

Mo nickte. „Ja, nenn es Spleen. Ich fühle mich dann besser. Hab ich von einer Ex, die hat das immer gemacht. Na ja, so ungefähr."

„Ungefähr?"

Mo druckste herum. „Ja. Denn vor dem Duschen kam noch Sex."

Ben lachte. „Schau mich nicht so an. Ich werde dir da nicht behilflich sein."

Mo stellte sich übertrieben in Pose und gab seiner Stimme einen völlig überzogenen, stereotypischen Akzent. „Willst du sagen, ich bin schwul oder was? Pass auf! Ich fick dich weg, Alter."

Dann lachte er und verschwand im Bad.

Als er nach der erfrischenden Dusche in voller Trainingsmontur samt Hoodie zurückkam, saß Ben auf dem Sofa in ein Buch vertieft. Mo lächelte.

„Noch immer Fool on the Hill?"

Ben lächelte. „Habe ich immer bei mir." Das Buch behandelt den alten Kampf Gut gegen Böse.

„Hast du dich mit der Figur Ragnarök mittlerweile versöhnt?"

Ben nickte. „Das hatte ich schon vom Anfang an, seit du mir davon erzählt hast und ich es gelesen habe."

„Super. Dann nenn ich dich von jetzt an Ragnarök."

Ben verzog das Gesicht. „Es wäre mir lieber, wenn du das nicht tust."

„Wieso? Mach ich doch eh die ganze Zeit. Denn seit ich das Buch das erste Mal gelesen habe, heißt du bei mir nur noch Ragnarök, egal, welchen Namen du dir auch aussuchen magst."

Ben schwieg.

Mo lächelte gutmütig. „Mach dir keine Gedanken, Bruder." Damit klopfte er Ben auf die Schulter. „Ich bin jetzt weg. Geh du schön brav schlafen."

Im nächsten Moment war Mo durch die Tür verschwunden. Ben schaute auf die verschlossene Tür und dann wieder auf das aufgeschlagene Buch.

Ragnarök.

3

Sergej saß in seinem Auto, von dem aus er sowohl den Vordereingang wie auch dem Hintereingang der Bankfiliale im Blick hatte. Zu seinem Glück waren beide Eingänge jeweils durch eine Straßenlaterne gut beleuchtet, während jemand Probleme gehabt hätte, ihn im Wagen sitzen zu sehen.

Es war schon die dritte Nacht, die er so verbrachte, aber der Administrator hatte ihm klare Anweisungen gegeben, da dieser glaubte, dieser Mohamed Aslan konnte hier auftauchen.

Sergej nahm nicht von vielen Menschen Befehle entgegen. Lange Jahre war dies alleine seine Mutter gewesen. Lehrer und Erzieher hatten bei ihm nie etwas zu melden gehabt, es sei denn, seine Mutter hatte es ihm gesagt, dass er auf sie hören sollte.

Dies lag nicht daran, dass seine Mutter besonders gewalttätig gewesen war und ihm grausame Strafen angedeihen ließ, wenn er nicht tat, was sie sagte. Da kannte er von den anderen Kindern ganz andere Geschichten, die niemand je glauben würde. Nein, er hörte auf seine Mutter, weil sie der einzige Mensch war, dem er glaubte, dass er ihn wirklich liebte. Im Grunde war seine Mutter eine sehr zerbrechliche Person gewesen, oft krank, da immer wieder die Heizung ausfiel. Trotzdem beschwerte sie sich nie und verlor ebenfalls nie ein böses Wort über ihrem Sohn.

Sein Vater war anders gewesen. Er war ein brutaler Mann, der mit eiserner Gewalt regierte und schon seinen noch jungen Sohn bis zur Bewusstlosigkeit schlug. Doch wie Sergej später lernte, machte einen das, was einen nicht umbrachte wirklich härter. Und so schlug er eines Tages zurück.

Er mochte in nichts mit seinem Vater übereinstimmen, aber in seinen Hang zur rohen, brutalen Gewalt zusammen mit einer unbändigen Kraft, die er geerbt hatte. Ohne mit der Wimper zu zucken, brach er seinem Vater fast jeden Knochen im Körper. Nur die unglaubliche Kraft seines Vaters ließ es diesen überleben.

Im Veteranenheim aber, wo er sich von seinen Verletzungen langsam erholte, rechnete niemand damit, dass jemand einen Grund haben könnte, dort einzudringen. Daher waren die Sicherheitsbedingungen denkbar schlecht und für Sergej ein Einfaches, dort einzudringen. Wieder brach er seinem Vater jeden schon verheilten Knochen, um dann wieder zu fliehen. Dies wiederholte er einige Male, bis sein Vater ihn das nächste Mal mit einer Pistole erwartete. Es gelang ihm, seinen Sohn drei Schüsse in den Körper zu jagen, doch das hinderte diesen nicht daran, ihm diese Pistole zu entreißen und seinen Vater damit endgültig so brutal zusammenzuschlagen, dass er den Rest seines Lebens nur noch ein vor sich hin sabberndes Etwas war, das sich nicht mehr bewegen und noch schlechter artikulieren konnte. Sergej hoffte der Verstand seines Vaters hatte den Angriff überstanden, unfähig, sich in irgendeiner Form auf sich aufmerksam zu machen und somit verdammt war, in seinem Körper gefangen zu sein.

Nach diesem finalen Angriff ließ sich Sergej widerstandslos verhaften und hätte ungerührt seine sicher stehende Hinrichtung ertragen. Der Staat aber hatte anderes mit ihm vor. Man sah in ihm Potenzial, dass man nicht verschwenden sollte. Wenn man schon in jungen Jahren ungeübt zu solch skrupellosen Taten fähig war, wie würde das dann aussehen, wenn Sergej trainierte? Und so wurde der damals noch Jugendliche für tot erklärt und in ein Spezialkommando gesteckt, in denen man Sergejs angeborenen Fähigkeiten vollendete und für die eigenen Zwecke nutzte.

Sergej war nie das Skalpell, was man herausholte, wenn man besonders fein arbeiten wollte. Er war der Vorschlaghammer, der unmissverständliche Botschaften senden sollte. Dabei ging er immer mit äußerster Brutalität und unaufhaltsam vor, was ihn den Spitznamen "Terminator" einbrachte. Dabei hatte aber niemand Arnold Schwarzenegger vor Augen, sondern eher Robert Patricks T-1000, der auch eher Sergejs Statur und Aussehen entsprach, verfügte er doch weniger über überdimensionale Muskeln, sondern eher eine athletische Gestalt.

Sergej hatte viele Jahre der russischen Geheimorganisation gedient, die überall auf der Welt Tötungsmissionen ausführte. Er kam immer dann zum Einsatz, wenn es wie ein Unfall mit Fahrerflucht, ein Raubüberfall oder Einbruch mit Todesfolge aussehen sollte. Dies war Sergejs Spezialität. Obwohl er wahrlich in allen Arten des Tötens ausgebildet worden war, griff man doch sehr gerne auf seine grobe Art zurück, die wahrlich jeden Tod so aussehen ließ, als wäre das Opfer an einen übereifrigen Kleinkriminellen geraten und nicht einen Profi-Killer.

Wer so gut war, auf den wurde irgendwann auch die Privatwirtschaft aufmerksam. Da Geld immer ein sehr gutes Überzeugungsargument war, waren die Bedingungen schnell geklärt. Hin und wieder arbeitete er noch immer für das Militär, was Sergej einerseits aus Patriotismus tat, andererseits, weil er diesem viel zu verdanken hatte. Trotzdem ließ er sich seine Dienste natürlich sehr gut bezahlen.

Diesen Auftrag jedoch vollzog er umsonst, war es doch auch ihm gelegen, dass die Geheimnisse nicht an die Öffentlichkeit kamen.

Als Sergej Mos Mercedes sah, musste er lächeln. Der Administrator hatte Recht behalten. Sergej mochte Menschen, die Profis waren und strategisch denken konnten, sich in andere hineinversetzten. Der Administrator konnte dies und hatte Sergej somit nicht einfach aus einer Laune heraus die Filiale bewachen lassen und lag damit richtig.

Anerkennend nickend holte Sergej sein Smartphone hervor und rief die ihm bekannte Nummer an, die er nur sehr selten verwendete, er jedoch auswendig kannte.

„Er ist hier“, teilte er nur kurz mit.

Der Administrator zögerte, bevor er mit verzerrter Stimme antwortete, die Sergej immer an Batman erinnerte. Die Vorstellung, dass Batman persönlich ihm Tötungsaufträge erteilte, gefiel ihm, auch wenn dies das erste Mal sein sollte. „Bedauerlich. Tun Sie, was Sie tun müssen. Aber nicht in der Bank. Das lenkt zu viel Aufmerksamkeit darauf. Besorgen Sie mir alles, was er bei sich trägt.“

Mehr Anweisung brauchte Sergej nicht. Er verstand. Auch wenn er den Administrator noch nie persönlich getroffen hatte, vertraute er ihm blind. Und auch der Administrator kannte Sergej und seine Qualitäten und hielt sich somit mit weiteren Ausführungen zurück.

Warum der Administrator ihm im Grunde zum ersten Mal einen Tötungsauftrag gab, war ihm egal. Dieser Mohamed Aslan, genannt Mo, stellte eine Gefahr für ihre geschäftliche Beziehung dar und musste liquidiert werden. Im Grunde unterschied sich der Auftrag nicht von seinen Üblichen und würde vielleicht sogar um einiges leichter sein.

Sergej stieg aus seinem Auto aus und hielt sich weiter in den Schatten versteckt. Gerne hätte er eine Zigarette geraucht, aber das wäre zu auffällig gewesen. Er ließ seinen Blick über die Häuser schweifen und suchte nach verdächtigen Bewegungen. Er rechnete nicht wirklich damit, aber man hatte ihn trainiert, immer das Unerwartete zu erwarten und sich niemals zu sicher zu fühlen. Als Mo die Hintertür zur Filiale öffnete, sah er sich noch einmal um. Nirgends war jemand zu sehen. In einem Dorf wie diesem war es auch kein Wunder, da hier schon sehr früh die sprichwörtlichen Bürgersteige hochgeklappt wurden und alles wie verlassen da lag. Ab und zu konnte man ein paar Jugendliche sehen, die abends oder nachts noch die Straßen entlang kamen, meist von einer Party. Dies war heute jedoch nicht der Fall.

Als er die Filiale betrat, verzichtete er darauf, Licht zu machen. Das lag nicht daran, weil er quasi hier einbrach, als vielmehr, dass Nachbarn bei einem zufälligen Blick nach draußen das Licht sehen konnten und in ihrer Rechtschaffenheit die Polizei riefen, da jemand aus ihrer Bank ihr Geld stehlen könnte.

Da Mo die Filiale wie seine Westentasche kannte, gelangte er ohne Licht problemlos zu Annas Büro. Wenn ihn jemand fragen würde, warum er zu dieser Zeit in der Bank gewesen war, würde er einfach auf Schlaflosigkeit verweisen. Diese hatte er schon öfter angemerkt und auch aus vorherigen Arbeitsorten war bekannt, dass er öfter auch mal nachts arbeitete. Wenn man zu einem Team gehörte, dass auch weltweite Geschäfte tätigte, war dies nicht verwunderlich.

Mo schwitzte. Er wusste, er tat das Richtige, aber auch das Richtige konnte sich sehr falsch anfühlen. Eigentlich sollte dies hier nicht nötig sein. Er hätte Anna fragen können sollen, um gemeinsam eine Lösung gegen Ahrend zu finden. Aber er konnte Anna nicht fragen. Sie war völlig verschlossen. Kein Wunder, da sie sicher keinen Ausweg sah, als das perfide Spiel mitzuspielen und sich dadurch weiß Gott wie zu erniedrigen.

Mo schüttelte den Kopf. Es musste etwas geben. Irgendetwas. Und im Grunde wusste er auch schon was.

Schon vor ein paar Wochen war er auf eine Datei gestoßen, die er nicht richtig einzuordnen wusste. Vermerkt war sie nur mit dem Titel Grimm und befand sich auf einer Festplatte, die eigentlich nicht zu dem Rechner gehören sollte. Alles war verworren und als er Anna darauf angesprochen hatte, in der Hoffnung, etwas gegen Ahrend in der Hand zu haben, wiegelte sie nervös ab.

„Das ist meiner“, hatte sie gesagt. „Bitte sag es nicht weiter. Mein Rechner ist kaputt und es ist irgendwie eh einfacher, wenn ich meine Sachen hier erledigen kann.“

Er hatte es ihr geglaubt. Jedenfalls so getan und hatte sich dann doch ein Schlupfloch auf den Rechner programmiert, um auf die Dateien Zugriff zu haben, selbst wenn sie diesen neu absicherte. Jetzt würde er sich die Dateien genauer ansehen.

Es dauerte etwas, bis er alles soweit gesichtet hatte. Als sich alles schwarz auf weiß vor ihm ausbreitete, wusste er nicht mehr, was der denken sollte. Schnell kritzelte er auf ein Blatt Papier einige Notizen. Als er damit fertig war,. betrachtete er sie noch einmal genau und konnte es noch immer nicht glauben.

Kein Wunder, dass Anna Angst hatte, wenn Ahrend mit so etwas zu tun hatte. Aber konnte das sein? Und wie tief steckte Anna da mit drin?

Mit einem Mal wurde es Mo sehr mulmig zu Mute. Dies überstieg selbst seine Erwartungen, auch wenn er sich noch keinen rechten Reim darauf machen konnte. Doch er glaubte, nun endlich genug Puzzlestücke beisammen zu haben, damit andere dies aufklären konnten. Zu gerne hätte er die Dateien heruntergeladen oder auf einen Stick kopiert, doch dies wurde verweigert. Dies war jedoch egal. Die Notizen, die er angefertigt hatte und die Fotos, die er mit seinem Smartphone machte, waren ausreichend genug. Jetzt war nur die Frage, wem er die Informationen übergeben sollte.

Hastig stand er auf und hätte beinahe vergessen, den Computer wieder auszustellen. Als er durch den großen Raum ging, blickte er durch die Fenster, ob er irgendjemanden draußen erkennen konnte, aber da war niemand. Aber da war so ein Gefühl… Irgendetwas stimmte nicht, ganz abgesehen von der eigentlichen Sache, der er hier auf der Spur war.

Als er aus der Filiale trat, legte sich das Gefühl nicht. Die ihm so vertraute Straße, die er auch in der Dunkelheit kannte, kam ihm auf einmal sehr bedrohlich vor.

Am liebsten hätte er Ben angerufen. Aber der konnte weder etwas machen, noch wollte Mo jetzt etwas in der Hand haben. Seine Hände mussten frei und er auf alles gefasst sein.

Sergej erschien wie aus dem Nichts. Schnell, brutal, unaufhaltsam. Mo aber war vorbereitet. Seit Kleinauf hatte sein Vater ihm beigebracht, sich verteidigen zu können und Mo hatte seine Fähigkeiten immer weiter verfeinert. So war er nicht das hilflose Opfer, dass der Angreifer - ein eher dünner Kerl, in dem Mo direkt eine russische Abstammung erkannte, erwartet. Trotzdem war der Mann noch immer sehr schnell und geschickt.

Sergej griff nach Mo, sicher, um ihn mit der anderen Hand einen harten Treffer zu verpassen. Mo aber wich aus, packte die Hand, die ihn hielt und verdrehte diese. Mo hörte ein Zischen, das daher rührte, dass Sergej Luft zwischen seinen Zähnen einzog. Instinktiv ließ Mo seine Faust auf den so verdrehten Arm krachen, um sich dann zu drehen und in der Drehung noch nach dem Gesicht des Angreifers zu schlagen. Sergej aber duckte sich unter dem Schlag weg, drehte sich nun seinerseits und schlug mit seiner freien Hand gegen Mos rechte Rippen, sodass dieser Sergejs Hand loslassen musste.

Sergej lächelte, öffnete und schloss seine Hand.

„Nicht schlecht“, erklärte er mit breitestem russischen Akzent, um sich dann ganz locker hinzustellen. Aber als geübter Kämpfer erkannte Mo sofort, dass er jemanden vor sich hatte, der sicher über gewisse höhere Kampferfahrungen verfügte.

„Was willst du?“, zischte er ihm entgegen. „Ich habe kein Geld.“

Sergej hob erstaunt die Augenbrauen. „Gehst in Bank um diese Uhrzeit und kommst ohne Geld raus?“

Die Pause gab Mo Zeit, nachzudenken. „Und du, lauerst mir ausgerechnet hier um diese Uhrzeit auf?“

Sergej zuckte mit den Schultern. „Vielleicht hatte ich Glück."

Mo schüttelte den Kopf. „Du hast mich erwartet."

Sergej lächelte. Aber es war kein böses Lächeln, sondern eines voller Anerkennung. „Du bist ein schlauer Kopf. Dann weißt du auch, was ich haben will. Sei schlau und gib es mir."

Mos Verstand arbeitete auf Hochtouren. Mit wem kooperierte dieser Ahrend?

Mo stellte sich in Position und Sergej nickte. „Das heißt wohl nein."

Wieder kam der Angriff überfallartig. Die ersten Schläge konnte Mo noch abwehren, aber die Kraft von Sergejs Schlägen und die Härte seiner Fäuste und Arme waren unglaublich. Schon glaubte Mo, dass er immer wieder auf Stahl traf und er musste die Zähne zusammenbeißen.

Dann kamen auch Sergejs Schläge durch. Wie schwere Eisenkugeln trafen sie auf Mos Körper und trieben ihn die Luft aus den Lungen, während Mo schon meinte, er höre seine Knochen knacken.

Trotzdem kam ihm sein ständiges Training zur Hilfe. Dort hatte er zwar nie solche Schläge einstecken müssen und auch die Typen, mit denen er sonst so zu tun hatte, kamen nicht annähernd an Sergejs Können dran, aber es gelang Mo, selbst Treffer zu platzieren, die jedoch weniger Wirkung zeigten als er hoffte.

Sergej schien wahrlich eine Menge aushalten zu können, kassierte er doch zwei direkte Treffer gegen seinen Kopf, die er aber scheinbar mühelos wegsteckte. Mo hingegen hatte den Eindruck, seine Faust wäre auf eine Betonwand geprallt.

Dieses Mal jedoch wartet er nicht ab und ging sofort zum Angriff über. Er versuchte durch Sergejs Abwehr hindurch zukommen, um weitere Schläge zu platzieren. Gegen diesen Gegner würde er nur mit

Ausdauer ankommen. Schlag um Schlag würde er ihn zermürben müssen und nicht nachlassen. Dies hatte er schon bei seinem Vater gelernt: Jemand, der sich entschlossen hatte, einen zu überfallen, hatte schon die für ihn größtmögliche Grenze überschritten und würde nicht nachlassen. Im Gegenteil. Widerstand würde seine Brutalität und Entschlossenheit noch steigern. So jemanden musste man ausschalten und dafür sorgen, dass er einem nicht mehr gefährlich werden konnte.

Mo schlug und schlug, setzte all sein Können ein. Er war schon als Jugendlicher in so manche Schlägerei verwickelt gewesen, war ein Hitzkopf und suchte sogar offensiv nach Streit. Dass ausgerechnet Ben es gewesen war, der ihn schließlich davon wegholte, hatte schon etwas sehr Komisches. Aber so spielte das Leben nun einmal.

Mo schlug und trat, setzte seine Ellenbogen ein, ebenso seine Knie. Immer wieder schaffte er es, die Deckung seines Gegners zu durchbrechen und harte Treffer zu platzieren. Aber auch Sergej schlug zurück und seine Schläge hatten etwas Verheerendes an sich, etwas Zermürbendes.

Noch nie hatte Mo solche Schmerzen in einem Kampf gehabt. Er konnte einstecken, aber Sergejs Schläge waren von einer Art, als würde er mit einer Eisenstange auf Mo einprügeln. Mo hörte seine Knochen knacken, wahrscheinlich brach sogar die ein oder andere Rippe.

Mo biss die Zähne zusammen, besann sich auf seine Wut und zog seine Kraft daraus. Nun schlug er brutal auf Sergej ein. Schlag um Schlag trieb er ihn zurück. Blockte dessen Angriffe. Durchbrach dessen Deckung. Und ließ immer wieder seine Faust in dessen Gesicht krachen.

Schließlich sank Sergej blutüberströmt nieder, stützte sich auf seine Hände, während Mo schwer atmend und mit erhobenen Fäusten über ihm stand, darauf lauernd, dass sein Gegner auch nur eine falsche Bewegung machte.

Sergej hockte sich auf seine Unterschenkel und lachte Mo an. „Du hast Herz."

Noch ehe Mo begriff, schleuderte Sergej ihm schon ein Messer entgegen. Die Klinge drang tief in Mos Bein ein. Bevor dieser aufschreien konnte, war Sergej schon bei ihm und ließ seine Fäuste auf Mo niedersausen.

Schlag um Schlag traf Mo mit voller Wucht. Was ihn noch auf den Beinen hielt, wusste er nicht. Als Mo mehr hilflos als wirklich koordiniert nach Sergej schlug, bemühte dieser sich kaum auszuweichen. Stattdessen hielt er auf einmal ein weiteres Messer in der Hand und rammte es Mo zweimal in den Leib.

„Du hast gut gekämpft, aber jetzt ist es vorbei", meinte Sergej nur und klang dabei, als spreche er mit einem Freund, dessen verlorenen Kampf er bedauerte.

Fast vorsichtig stützte er Mo, während dieser zu Boden sackte. Hilflos musste Mo mitansehen, wie Sergej das Messer wegsteckte und darauf Mos Taschen durchsuchte, um schließlich dessen Brieftasche, Smartphone und den Zettel mit der Liste herauszunehmen. Diese betrachtete Sergej genauer und runzelte die Stirn.

„Was ist das für ein Kauderwelsch? Ein Code?"

Sergej lächelte und zeigte so seine blutigen Zähne. Sergej nickte anerkennend.

„Du steckst voller Überraschungen."

Damit ging Sergej neben Mo in die Hocke und hielt ihm die Liste vor das Gesicht. „Was steht da drauf?"

Mo hustete. „Die Bewertung für deine Mutter auf Hurenportal."

Sergejs Augen blitzten. Es war nur ein kurzer Moment, aber Mo hatte es doch wahrgenommen.

„Ich werde dir…"

Weiter kam Sergej nicht. Denn als er sich näher an Mo beugte, zog dieser das Messer aus seinem Bein und rammte es Sergej in den Leib. Dieser hatte zwar die Bewegung gesehen, konnte aber nicht schnell genug reagieren.

Sergej rollte sich zur Seite und Mo mobilisierte all seine Kraft, um sich auf die Beine zu stemmen. Mit brutaler Willenskraft trat er nach Sergejs Kopf und traf diesen an der Stirn, sodass sein Kopf zur Seite flog.

Schnell griff Mo nach seinem Smartphone und der Liste und stolperte zurück. Die Schmerzen in seinem Körper waren höllisch, aber er durfte jetzt nicht aufgeben.

Kein Rückzug. Kein Aufgeben.

Mehr stolpernd als irgendwas anderes versuchte Mo so schnell es ging, sein Auto zu erreichen. Sein Bein wollte nachgeben, sein Kopf einfach in Ohnmacht fallen und sein Herz seinen Dienst versagen, aber Mo kämpfte dagegen an.

Mo hatte immer über die neue Elektronik in den Autos geschimpft. „Wer braucht so etwas? Da wird man ja regelrecht zur Faulheit erzogen“, hatte er immer gesagt. Aber hier und jetzt war er froh darum, dass er nichts weiter tun musste, als sich seinem Auto zu nähern und die Türklinke zu berühren. Sofort ging die Tür auf. Die Elektronik des Autos erkannte den Schlüssel, der sich noch immer in Mos Hosentasche befand.

Kaum hatte sich Mo auf den Fahrersitz gequält, hätte er sich am liebsten erst einmal ausgeruht. Aber das ging natürlich nicht. Er konnte nicht hierbleiben. Musste weg.

Immer wieder spürte er, wie es ihm schwarz vor Augen zu werden drohte, aber er kämpfte dagegen an. Er fühlte sich so schwach. So schwach. Und diese Schmerzen… Mo spürte, wie sein Leben ihn durch die beiden Wunden verließ. Sergej hatte bei beiden Stößen die Klinge beim Zurückziehen gedreht, sodass sich diese Wunden nicht von alleine schließen würden. Wenn er nicht schnellstens einen Arzt aufsuchen würde, wäre er geliefert.

Einfach ein bisschen ausruhen, versuchte sein Kopf ihn zu überreden. Nur ein bisschen.

Mo sah, wie sich Sergej regte. Sofort biss er die Zähne zusammen, drückte die Kupplung durch und drückte den Anlasserknopf. Im nächsten Moment heulte der Motor auf und Mo, legte den Rückwärtsgang ein. Durch das Fenster sah er noch, wie Sergej auf die Beine kam. Am liebsten wäre er einfach über ihn rüber gefahren, aber überlegte es sich dann doch anders.

Als Sergej sich vollständig erhoben hatte und das Messer aus der Seite zog, war Mo schon am Ende der Straße.

Mit schmerzverzerrtem Gesicht holte Sergej sein Handy hervor. Es klickte schon nach dem ersten Klingeln.

„Er ist entkommen", teilte er nur mit. Am anderen Ende der Leitung glaubte er, ein Schnauben zu hören. Dann ertönte ein Klicken und die Leitung war wieder tot.

4

Es war kalt.

Es war immer kalt in den Wäldern, doch daran hatten sich die Jungs gewöhnt. Sie lebten hier schon seit ihrer Geburt oder konnten sich nicht mehr daran erinnern, dass sie jemals woanders gelebt hatten. Wenn es so gewesen war, dann sprach niemand darüber. Es gab nur das Jetzt. Und die Zukunft. Aus der

Vergangenheit anderer sollten sie nur lernen, wie sie sich jetzt und zukünftig verhalten sollten. Was ihre Aufgabe war. Ihre heilige Aufgabe, mit der sie betraut worden waren. Sie alle. Und sie durften nicht dabei versagen, diese zu erfüllen.

Noch waren sie zu jung, um ihre letztendliche Aufgabe zu erfüllen. Aber sie würden darauf vorbereitet werden, damit sie einst die Männer sein würden, die sie tief in ihnen drinnen schon waren. Damit sollte heute begonnen werden. Der Tag, auf den sie alle, Finn, Erik, Mat, Gunnar und die anderen gewartet hatten.

Früh waren sie aus ihren Betten geholt worden mit lauten Worten. Der Regen prasselte auf die Gemeinschaftsunterkunft wie unaufhörliches Sperrfeuer, durchnässte jeden einzelnen von ihnen, während sie in Reih und Glied dastanden, zitterten, ängstlich, aber auch voller Erwartung. Es war endlich soweit.

Obwohl die Stimmen laut waren, die zu ihnen sprachen, waren sie durch den unaufhörlichen Regen kaum zu vernehmen. Aber das spielte keine Rolle, denn alle mussten dasselbe machen.

Sie liefen quer durch den Wald. Immer einer nach dem anderen. Liefen und liefen. Keiner von ihnen wagte es, aufzugeben, zu jammern oder größere Schwäche zu zeigen. Schwäche wurde nicht geduldet. Als Mitglied der Gemeinschaft zeigte man keine Schwäche. Schwäche war eine Eigenschaft der anderen. Derer, die es zu besiegen galt. Dafür wurden sie ausgebildet. Sie würden nicht schwach sein.

Kein Rückzug. Kein Aufgeben. Keine Gnade.

Immer wieder wurde ihnen das eingebläut. Auch jetzt, wo sie bis zur Erschöpfung liefen, um immer wieder den Anforderungen Folge zu leisten, hallten diese Worte durch ihre Köpfe, auf dass sie sie niemals vergaßen. Das Mantra der Krieger.

Einst würden sie dazugehören. Zu den Auserwählten. Den Kriegern. Die ihr geschundenes Volk erlösten und wieder zu alter Stärke zurückführen würden.

Und er würde einer von ihnen sein.

Ben stand vor dem Spiegel, die Hände auf das Waschbecken gestützt und blickte sich selbst in die Augen. Diese braunen Augen. Dunkel. Fast so dunkel wie sein schwarzes Haar. Schwarz. Wie seine Seele.

Er schloss seine Augen. Aber da waren wieder diese Bilder. Sie warteten in der Dunkelheit und seinen Gedanken. Und in der Schwärze der Tinte seines Tattoos.

Langsam öffnete er wieder seine Augen und betrachtete sein Spiegelbild.

„Du musst dich akzeptieren", hatte Mos Vater gesagt.

„Aber ich bin ein Monster", hörte er seine eigene, damals noch viel jugendlichere Stimme sagen.

Die Bilder verfolgten ihn immer wieder. Er wurde sie einfach nicht los. Nicht als Jugendlicher und nicht jetzt. Er musste nur die Augen schließen und sie waren da, verfolgten ihn im Traum.

Es gab Tabletten, die für einen traumlosen Schlaf sorgten, aber das war auf Dauer nicht gut. Also hatte Ben auf die Tabletten so gut es ging verzichtet, sich anderen Methoden zugewandt oder war einfach schlaflos durch die Gegend gerannt und…

Er schüttelte den Kopf.

„Aber ich bin ein Monster." Wider seines jugendlichem ich.

Er war knapp sechszehn Jahre alt gewesen, als Ben in Mos Familie kam. Warum dessen Vater ihn aufnahm, konnte Ben sich nicht erklären. Trug er nicht das Zeichen auf seinem Leib, das unmissverständlich klar machte, dass er nichts anderes war als ein Monster in Menschengestalt?

Das Zeichen.

Das Symbol.

Das eine und so viele mehr. Das auf seinem Arm, das zeigte, dass er…

Wieder waren die Bilder da. Die Schreie. Verzweiflung.

„Du hast es verdient!"

Der große Mann. Glatze. Bart. Dieser buschige Bart. Wie ein Wikinger. Alle.

Er spürte förmlich die Lederriemen, die ihn hielten und spürte den Schmerz der Nadel, die unaufhörlich in die Haut drang, sie schwarz färbte.

Ben atmete durch und blickte wieder in den Spiegel. Schließlich griff er den Saum seines schwarzen T-Shirts und zog es sich über den Kopf. Nun war sein Oberkörper frei und er blickte auf das Symbol, das auf seiner linken Brust prangte. Das ihn brandmarkte als das, was er war.

„Egal, wohin du gehst", hatte Odin in seinen Gedanken gesagt, „dies wird dich immer daran erinnern, wer du bist. Und jeder kann sehen, wer du bist."

Ben ließ seine Finger über die breiten Balken des Tattoos gleiten und blickte dann auf die Innenseite seines linken Unterarms, das einen detaillierten Totenkopf zeigte. Einen Totenkopf versehen mit Runen. Eingeweihte wussten, wofür es stand. Mos Vater hatte es auch gewusst. Hatte gewusst, welches Symbol Bens Brust zierte. Welches Symbol auf seinem linken Unterarm. Wusste um die Bedeutung. Und doch…

Ben verstand es bis heute nicht. Mos Vater hätte das nicht tun müssen. Niemand hatte ihn dazu verpflichtet und andererseits war schon alles geregelt gewesen. Aber Mos Vater hatte darauf bestanden, den Jungen mit so viel Zorn, aber auch Verzweiflung in sich mit nach Hause zu nehmen. Den Jungen, diese tickende Zeitbombe, der ein unkalkulierbares Gefahrenpotenzial barg. Und doch hatte Mos Vater sich darauf eingelassen. Von sich heraus.

Ben atmete durch und zog das Shirt wieder an. Er würde nie verstehen, warum Mos Vater das getan hatte. Aber er würde ihm immer dankbar sein. Er hatte in ihm etwas gesehen, was bisher niemand gesehen hatte und er auch selbst nicht für möglich gehalten hatte.

Mo hatte es auch gesehen. Nicht zu Anfang, aber später dann doch. Sie beide teilten jeweils eine Wut, einen Zorn, der jegliche Ausprägung ihrer Umgebung überstieg. Bevor Ben zu ihnen kam, dachte Mo sicher, er wäre der wütendste Junge in seiner Gegend, vielleicht sogar der Stadt. Ben belehrte ihn eines Besseren. Und doch war es Ben gewesen, der Mo von seinen ständigen Zornesausbrüchen kurierte. Ausgerechnet er, der Junge mit dem breiten Hakenkreuz auf der Brust.

Mos Vater hatte ihm angeboten es wegmachen zu lassen. Aber das wollte Ben nicht. Es gehörte zu ihm und sollte ihn daran erinnern, wer er war und woher er kam. Es gehörte zu seiner Identität.

Er wusste selber, dass dies seltsam war, aber man respektierte seinen Wunsch, auch wenn das bedeutete, dass er sich immer erklären musste, wenn er sein Shirt auszog.

Genau das sollte erreicht werden.

Er war nirgendwo sicher. Immer ein Aussätziger. Jeder sah, wer er war. Und man würde ihn jagen.

Und er müsste sich entscheiden.

Wann würde er seinen Dämon rauslassen?

Irgendwann würde es soweit sein.

Ben sah sofort, dass etwas nicht stimmte, als Mo aus dem Auto stieg.

Er erkannte das viele Blut, auch wenn es draußen tiefste Nacht war.

Ohne zu zögern lief er nach draußen und fing Mo auf, bevor dieser niederstürzte.

„Rein" hauchte Mo schwach und Ben legte ihm seinen Arm um die Schulter und schleppte seinen Freund wie einen verwundeten Soldaten in einem entsetzlichen Krieg ins Haus.

Kaum hatten sie die Wohnung betreten, brach Mo schon kraftlos zusammen. Ben schloss die Tür und schleppte Mo ins Wohnzimmer. Dass dieser alles vollblutete, war ihm egal.

Behutsam ließ er ihn auf die Couch nieder, um dann nach der Ursache für Mos Blutverlust zu suchen, aber Mo hielt seine Hand fest.

„Keine Zeit", hauchte er. „Sie sind sicher hinter mir her. Aber ich musste kommen, musste kommen… "

Ben schüttelte verständnislos den Kopf. „Du brauchst einen Arzt."

Mo lächelte und schüttelte den Kopf. Dann zog er unter Schmerzen den Zettel mit der Liste hervor und drückte sie Ben in die Hand. Ben sah ungläubig da drauf und Mo lächelte wieder.

„Du musst auf sie aufpassen. Pass auf Anna auf. Versprich mir das. Dass du dich um sie kümmerst."

Ben schüttelte den Kopf. „Wir müssen die Polizei rufen."

Mo schüttelte entschieden den Kopf. „Nein. Keine Polizei. Du musst das erledigen. Beschütze Anna und schnapp dir Ahrend. Versprich mir, dass du ihn nicht damit durchkommen und ihn büßen lässt. Dass du alle büßen lässt…"

„Ich…", versuchte es Ben, aber er verstummte, als Mo ihn am Arm packte. Seine Augen waren voller Wut.

„Ich weiß, wer du bist. Erzähl mir nicht, dass du das nicht kannst. Ich weiß, was du getan hast. Ich weiß, was du tust. Dass du derjenige bist, der diese ganzen rechten Arschlöcher die Scheiße aus dem Leib prügelt. Und dass du noch viel mehr kannst." Mo hustete und Ben widersprach nicht, lies ihn reden. „Ich bin dein Bruder. Und ich weiß um den Zorn, der in dir ist. Ich weiß, was man dir angetan hat. Aber ich weiß auch, dass du denen allen den Arsch aufreißen kannst."

Ben sah Mo tief in die Augen. „Ich erinnere mich nicht mehr."

Mo biss die Zähne zusammen. „Bullshit. Du musst dich um Anna kümmern. Sie werden hinter ihr her sein."

„Sie?"

Mo nickte schwach und schloss die Augen. „Irgendeine Scheiße geht ab. Irgendwas noch Übleres, als ich gedacht habe. Ahrend ist in ganz große Scheiße verwickelt. Der Typ, der mich überfallen hat, das war kein Straßengangster. Das war ein Profi. Die Polizei kann Anna gegen so jemanden nicht schützen. Und Anna wird erst sicher sein, wenn Ahrend das Handwerk gelegt wurde und all seine Leute erledigt sind. Verstehst du?"

Ben schwieg einige Momente. „Du täuschst dich in mir."

Mo lächelte müde. „Um deinet Willen wünschte ich, es wäre so. Aber um Annas wünsche ich, dass ich mich nicht täusche."

Dann hielt Mo plötzlich inne und seine Augen richtete sich gebannt auf die Tür. „Scheiße."

Im nächsten Moment flog die Tür auf und drei in schwarz gekleidete Männer kamen hineingestürmt. Bevor Ben überhaupt verstand, wie ihm geschah, trat ihn einer der Männer gegen den Kopf. Ben wurde zur Seite geschleudert und blieb benommen auf dem Boden liegen. Sofort kam ein anderer Mann und trat auf Ben ein, bis Ben sich nicht mehr regte.

Die Männer beachteten ihn nicht weiter. Während einer damit begann, das Zimmer zu verwüsten, ging der andere in die weiteren Zimmer, während sich der Dritte vor Mo stellte und sah auf ihn herab.

„Sie haben etwas, das uns gehört."

Mo atmete schwer und sah zu dem Mann herauf, dessen unbewegter Gesichtsausdruck von einer unglaublichen Härte zeugte und dessen Akzent noch mehr auf eine russische Herkunft schließen ließ als von dem Angreifer bei der Bank.

„Sie werden das hier bereuen", stellte Mo fest und zog sein Smartphone hervor.

Der Mann schüttelte den Kopf. „Ich glaube nicht. Vielmehr bereuen Sie jemals Ihren Kopf in fremde Angelegenheiten gesteckt zu haben."

Mo lächelte ein blutiges Lächeln. „Zum Einen bin ich Bankkaufmann. Die Angelegenheiten anderer sind meine eigenen. Und dann bin ich noch Deutsch-Türke. Eine schreckliche Mischung, denn ich fühle mich von allem angesprochen."

Der Mann lächelte und legte seine Hände übereinander, sodass Mo dort blaue Tätowierungen erkennen konnte, die ihm direkt vermittelten, dass dieser Mann zur russischen Mafia gehörte. Wahrscheinlich Angehöriger eines brutalen Trupps, der fürs Grobe zuständig war.

Mit einem Mal trat der Mann gegen Mos Bauch genau auf die Wunde. Mo schrie auf.

„Noch einen blöden Spruch, Scheiß-Araber?“, zischte der Mann.

Mo atmete schwer. „Worauf wartest du noch?“, brachte Mo zischen zusammengebissenen Zähnen hervor. „Worauf verdammt wartest du?“

Der Mann wirkte amüsiert. „Worauf ich warte? Du meinst, warum ich dich nicht töte? Weil ich gerne Sergejs Arbeit bewundere. Er ist ein Künstler und du bist ein toter Mann. Ich warte also einfach darauf, dass du hier verreckst, Araber.“

Mo lächelte. „Wer sagt denn, dass ich mit dir geredet habe?“

Der Mann sah Mo verwirrt an. Dann bemerkte er eine Bewegung neben sich. Als er seinen Kopf drehte, hatte er gerade noch Zeit zu erkennen, dass Ben nicht mehr auf dem Boden lag.

Ehe er sich bewegen konnte, schlug Ben ihm mit den Handflächen mit voller Wucht auf die Ohren, was die Trommelfelle des Mannes zum Platzen brachte. Der Russe schrie auf und Ben rammte ihn seine Faust ins Gesicht. Schon im nächsten Moment rammte er ihm die Faust auf den Sodaplexus. Der Mann japste nach Luft und ging in die Knie.

Der andere Russe, der damit beschäftigt gewesen war, das Zimmer zu verwüsten, kam herangestürmt. Dabei zog er ein Messer, mit dem er sofort nach Ben stach. Dieser wich jedoch aus und konnte auch dem nächsten Angriff entkommen. Als der Russe erneut zustach, griff Ben schnell nach einer Stehlampe, parierte damit den Stich, um dann den Lampenfuß gegen das Knie des Russen krachen zu lassen. Dieser schrie auf, stach aber trotzdem noch einmal nach Ben. Konnte diesen aber nicht erwischen. Ben ließ erneut den Lampenfuß gegen das Knie krachen, um dann ihn ebenso gegen die Hand des Angreifers zu richten.

Dieser ließ das Messer los und ging endgültig zu Boden.

Für Ben gab es keine Zeit durchzuatmen. Der dritte Russe kam aus dem Schlafzimmer zurück. Als dieser sah, dass seine beiden Kameraden am Boden lagen, zog er sofort seine Pistole, die mit einem Schalldämpfer versehen war. Die Pistole mit beiden Händen haltend suchte er den Raum ab.

Plötzlich kam ein Buch angeflogen und traf ihn genau am Kopf. Im nächsten Moment sprang Ben ihn an, schlug ihm nicht nur die Pistole zur Seite, sondern rammte ihm auch sein Knie unterhalb der Brust in seinen Oberkörper. Der Mann japste nach Luft, konnte sich aber halten. Er schlug nach Ben, der den Schlag einsteckte und kurz zurücktaumelte. Schon im nächsten Moment aber hatte er sich wieder gefangen und ging seinerseits zum Angriff über. Er parierte die Angriffe des Russen und deckte ihn dann mit Schlagkombinationen ein, die ihre Wirkung nicht verfehlten. Ben schlug auf jede Stelle ein, die ihm ein Ziel bot. Schlug mit unglaublicher Härte zu, gespeist aus einer tiefen Wut, die ihm Kraft verlieh. Wieder und wieder krachte seine Faust in das Gesicht seines Gegners, bis dieser schließlich stark blutend zu Boden ging.

Ben atmete schwer durch und blickte ungläubig auf die Verwüstung, die vor ihm ausgebreitet lag. Dann aber besann er sich Mos und lief zu seinem Freund.

Mo lächelte, wirkte aber noch schwächer wie vorher. „Vater hatte recht. Es steckt in dir. Oder du hast fleißig geübt."

Ben schüttelte den Kopf. „Nicht reden. Wir müssen einen Arzt holen."

Mo schüttelte entschieden den Kopf, auch wenn ihn dies viel Kraft kostete. „Nein, du musst Anna schützen. Sie sind sicher schon längst hinter ihr her."

Damit deutete er auf das Smartphone und holte schließlich den Zettel hervor.

„Nimm das und hau ab. Du hast nicht viel Zeit."

Ben wirkte hin und hergerissen. „Mo…"

Mo schüttelte wieder den Kopf. „Ich vertraue nur dir. Sonnenallee 38. Mehrfamilienhaus. Hellblauer Anstrich. Zweiter Stock."

Ben wollte noch etwas erwidern, als Mos Augen sich plötzlich weiteten und er fast aufsprang. Im nächsten Moment stieß er Ben zur Seite, bevor er selbst von Einschüssen durchgeschüttelt wurde.

In seinem Schock reagierte Bens Körper wie von selbst. Mit einem Sprung brachte er sich aus der Gefahrenzone. Dort wartete aber der letzte Russe, den er zu Boden geschickt hatte, sich aber jetzt wieder erholt hatte. Dieser holte ein Messer hervor, doch Ben war schneller. Ehe der Mann sich versah, hatte Ben ihn mit Schlägen eingedeckt und ihm das Handgelenk so verdreht, dass die Klinge nun auf diesen selbst zeigte. Als Ben ihm mit einem Fußfeger die Beine wegzog, fiel der Russe in seine eigene Klinge, die sich unterhalb seines Auges in den Schädel bohrte.

Dies alles hatte nur einen Bruchteil einer Sekunde gedauert. Im nächsten Moment zischten schon Kugeln an Ben vorbei. Wäre der Schütze nicht verletzt gewesen, Ben war sich sicher, dann hätte er ihn längst niedergestreckt.

Als er das Klicken hörte, zögerte Ben nicht und ging direkt in den Angriff über. Wie ein Tiger sprang er den Anführer an, dessen Augen sich entsetzt weiteten. Bevor Ben auf ihn traf, griff ihn jedoch der andere Russe von der Seite an, riss ihn zu Boden und schlug auf ihn ein, konnte aus seiner Position aber keine richtigen Treffer landen.

Ben wandte sich unter seinen Armen heraus, packte den rechten Arm und verdrehte ihn so stark, dass dieser schließlich brach. Der Mann schrie auf und Ben schlug ihn immer wieder gegen den Kehlkopf. Röchelnd und die Augen verdrehend ging der Mann zu Boden, wo er schließlich zuckend liegen blieb.

Sofort drehte sich Ben zum letzten Gegner um. Dieser hatte schließlich nachgeladen und hob seine Pistole. Ben aber überwandte die letzte Distanz und schlug gegen die Waffe, bevor der Russe sie abfeuern konnte. Der Mann wusste gar nicht, wie ihm geschah, als Bens gezielte Schläge auf ihn niederprasselte, an jeder Stelle den Knochen zum Splittern zu bringen schien, bis Ben ihm schließlich die Pistole entwandte und nun auf ihn zielte.

Der Mann blickte Ben entgeistert an und sah nur Bens emotionsloses Gesicht.

„Ich…“ begann der Mann. Weiter kam er nicht, denn Ben schoss ihn in beide Schultern, dann in die Arme und schließlich in beide Kniescheiben. Schreiend ging der Mann zu Boden, wo er wie ein nasser Sack einfach zusammenbrach und wimmerte.

Ben drehte sich zu Mo um, der mit geöffneten, jedoch leeren Augen auf dem Sofa saß und noch immer das Smartphone und den Zettel umschlossen hielt. Kraftlos stellte sich Ben vor ihn und hielt einen Moment inne, bis ihm schließlich bewusst wurde, dass sein bester Freund seinen letzten Atemzug getan hatte. Ben strich mit seiner Hand sanft über Mos Augenlider, da er den Anblick der ausdruckslosen erstarrten Pupillen nicht länger ertragen konnte. Dabei schloss er selbst die Augen und sein Gesicht verzog sich im Zorn.

Als er sie wieder öffnete, hatten sich dort Tränen gesammelt. Durchatmend ging Ben vor Mo in die Hocke und entwand ihm das Handy und den Zettel.

Ben hörte ein röchelndes Lachen und sah zu dem letzten noch lebenden Russen.

„Wir werden dich büßen lassen“, verkündete dieser. „Dich und diese Schlampe. Wir werden euch beide ficken. Wir werden euch den schlimmsten der Schlimmen zur freien Verfügung überlassen. Wir…“

Ben schoss ihm in den Bauch und der Mann stöhnte auf.

„Du wirst gar nichts mehr tun, als unter Schmerzen verrecken“, meinte Ben nur. Am liebsten hätte er noch mehr gesagt und getan, aber dann hörte er ein Geräusch. Stimmen. Die Verstärkung für die Russen war eingetroffen.

Schnell schnappte er sich eines der Messer, um dann durch die Terrassentür aus dem Zimmer zu verschwinden. Schon im nächsten Moment traten weitere Männer in Mos Wohnung, dieses Mal direkt mit gezogenen Waffen.

„Garten“, hauchte der verbliebene Mann und sofort begaben sich drei Männer durch die Terrassentür in den Garten. Dieser lag jedoch stockfinster da, sodass sie nichts erkennen konnten. Ben war verschwunden.

5

Russev hasste schlechte Nachrichten. In seiner Zeit bei der Armee hatte er ständig schlechte Nachrichten bekommen. Die Hauptaufgabe als Offizier war es gewesen, sich von diesen schlechten Nachrichten nicht unterkriegen zu lassen und das Beste daraus zu machen. Es war immer eine Sache der Perspektive gewesen und wie man aus der Not eine Tugend machte. Zudem hatte ihm seine Armeezeit zu seinem jetzigen Geschäft verholfen und wäre ohne diese auch nicht denkbar gewesen.

Russev hatte immer gedacht, dass man besonders viel Geld in einem Land machen konnte, das nichts hatte. In Russland gab es immer Bedarf an Waffen, Drogen und Frauen, mit denen man verfahren konnte, wie man wollte. Aber Russev musste mit Erstaunen feststellen, dass der Bedarf in Ländern, die viel mehr hatten, sogar noch größer war.

Russev hatte schon vor Jahren die alte Heimat verlassen und dies nie bereut. Manchmal hatte er etwas Heimweh, aber er würde nie wieder russischen Boden betreten. Er hatte Russland und den Bedingungen, die dort herrschten, einiges zu verdanken. Doch er würde nie die elenden Winter vergessen. Die Kälte. Die Härte. Und die Hoffnungslosigkeit. Dass es nichts gab und jeder bloß versuchte, so gut es ging, zu überleben. Die ganzen Lügen.

Hier war das alles anders. Und doch wurde alles, was er sich aufgebaut hatte, nun bedroht.

Russev strich sich mit der rechten Hand über sein für sein Verständnis schon viel zu speckiges Gesicht. Eigentlich war ihm danach gewesen, mit einer Flasche Wein und seiner Frau einen schönen Abend zu verbringen. Dies war ihm auch gelungen, aber dann hatte sein Smartphone geklingelt und der schöne Abend war beendet gewesen.

Als das Smartphone erneut klingelte, wusste er, dass es keine guten Nachrichten sein konnten.

„Habt ihr ihn?“, fragte er trotzdem.

„Der Türke liegt hier, tot“, kam die knappe Antwort. „Aber sein Smartphone fehlt. Juri sagt, dass da noch ein zweiter Mann war. Kein Türke. Laut Ausweis ein Ben Becker. Arbeitet auch in der Bank.“

Russev schnaubte. „Habt ihr ihn?“

Der Mann am anderen Ende der Leitung zögerte. „Nein. Er hat Juri und die anderen ausgeschaltet.“

„Ausgeschaltet?“

„Juri lebt noch, aber er kommt sicher nicht durch. Die anderen beiden sind tot."

Wieder schnaubte Russev. Er hatte gewusst, dass die ganze Sache zu einem Problem werden würde, sobald er davon erfahren hatte. Er hatte es anfangs geduldet, doch als es die ersten Anzeichen gab, dass alles auffliegen konnte, hatte er es beenden wollen. Nun war es zu spät und er musste sich mit diesem Dreck herumschlagen.

„Findet diesen Ben Becker. Besorgt das Smartphone und was er sonst noch alles bei sich trägt."

Damit legte er auf. Ihm war nach einem Wodka, aber das war nie gut. Er musste wach und bei klarem Verstand sein.

Ein Problem seines Heimatlandes war, dass es dort zu viel Alkohol gab und zu viel getrunken wurde. Da traf man nie gute Entscheidungen. Russev hatte Wodka immer als etwas geschätzt, dass ihn in den kalten Nächten aufwärmte. Aber er hatte nie zu viel getrunken und niemals im Dienst. Wahrscheinlich hatte er deswegen heute sein Geschäft, das er bis zum jetzigen Tag immer weiter aufgebaut hatte. Doch nun drohte alles aufzufliegen und er war gezwungen, mehr Aufmerksamkeit zu erregen, als er jemals getan hatte und es ihm lieb war.

Das Smartphone klingelte erneut. Eine unterdrückte Nummer. Missmutig nahm Russev ab.

„Was wollen Sie?"

„Halten Sie Ihre Männer da raus", erklang die verstellte Stimme des Administrators.

Russev lachte freudlos. „Oder was? Lassen Sie mich umlegen? Von Sergej? Oder einen Ihrer anderen Killer?"

„Halten Sie Ihre Männer da raus", wiederholte der Administrator. „Ich kümmere mich darum."

Wieder lachte Russev. „Genau deswegen musste ich meine Männer ja einsetzen, weil Sie diesen dämlichen Türken falsch eingeschätzt haben. Und nun droht nicht nur Ihr Geschäft aufzufliegen, sondern auch meines. Und wohl von jedem Einzelnen. Glauben Sie da sehe ich oder die anderen tatenlos zu?"

Der Administrator schwieg und Russev lächelte.

„Wir haben Sie schon eine ganze Weile beobachtet und geduldet, was Sie taten. Aber jetzt gefährden Sie uns alle. Und das werden wir nicht zulassen."

„Ihre Männer erregen zu viel Aufsehen", wandte der Administrator ein.

„Vielleicht müssten sie das nicht, wenn Sie diesen Türken nicht so falsch eingeschätzt hätten. Außerdem haben Sie da noch dessen Freund übersehen, diesen Ben Becker, der drei meiner Männer ausgeschaltet hat und jetzt anscheinend mit den wichtigen Informationen weg ist. Aber meine Männer wissen, wo Sie suchen müssen. Der Türke stand mit dieser Anna immer im engen Kontakt. Anscheinend hat er diesen Becker zu ihr geschickt, um sie zu schützen."

Wieder Schweigen. „Ich werde mich darum kümmern."

Russev schnaubte. „Sie hatten Ihre Chance, alles zu begradigen. Aber Sie haben versagt. Sergej war sich zu sicher. Das liegt an Ihnen. Ich werde ein Wörtchen mit ihm sprechen und mich wieder um all seine Angelegenheiten kümmern."

„Kommen Sie mir nicht in die Quere."

Russev grinste. „Sonst was? Glauben Sie, ich habe noch Angst vor Ihnen, nachdem, wie Sie alles in die Scheiße geritten haben? Ich würde vorschlagen, dass Sie schleunigst verschwinden und den Profis die Arbeit überlassen."

Der Administrator schwieg kurz, bevor er fortfuhr. „Sie sind gewarnt."

Russevs Gesicht wurde rot. „Sie warnen mich?! Ich werde…"

Der Administrator hatte aufgelegt. Russev knallt das Smartphone auf den Tisch, dann lachte er. Das würde der Administrator noch büßen. Aber alles nacheinander. Was in den nächsten Stunden passierte, war entscheidend. Noch war er nicht bereit, sein Leben hier aufzugeben und zu verschwinden. Es gefiel ihm hier. Und solange noch die Chance bestand, dass er alles abwenden konnte, würde er dies tun. Aber einige Dinge würden sich ändern müssen.

Kaum hatte der Administrator das Gespräch zu Russev unterbrochen, sendete er auch schon die SMS, die er für diesen Fall, der leider eingetreten war, vorbereitet hatte. Die Empfänger, die sie erhielten, wussten genau, was zu tun war und würden entsprechende Schritte einleiten.

Jetzt konnte der Administrator nur hoffen, dass alles gut ausgehen würde.

6

Finn hörte wieder die Hunde, während er seinen Weg durch den dunklen Wald suchte. Er musste zum Fluss kommen, denn nur dort würden sie seine Fährte verlieren.

Die Hunde. Sie waren riesig. Er hatte sie gesehen. In ihren Zwingern. Hatte gesehen, wie sie andere Hunde, die man ihnen vorwarf, lebendig zerfleischten. Hörte die erbarmungswürdigen Laute der sterbenden Tiere, die mit solch roher Gewalt überfordert waren, winselten, jammerten und doch bloß brutal abgeschlachtet wurden.

Wieder und wieder hatte man ihn gezwungen, sich dies anzusehen. Und dann waren die Hunde hinter ihm her.

„Ihr bekommt einen Vorsprung“, hatte Odin ihnen gesagt. Wie immer ohne eine Regung in seinem Gesicht, aber mit diesen dunklen Augen, die so einschüchternd waren wie nichts anderes in der Welt.

„Wenn ihr alles anwendet, was euch beigebracht wurde, dann werdet ihr es schaffen. Wenn nicht… ist es nicht wert, darüber zu reden.“ Dann beugte er sich ganz nahe an jedes ihrer Gesichter. „Ihr wisst: Kein Rückzug. Kein Aufgeben. Keine Gnade.“

Diese Worte hatten nicht nur Finn gegolten, sondern auch den anderen Jungen, die allesamt in einem ähnlichen Alter waren wie Finn. Einige von ihnen wie Erik, Gunnar und Mat hatten jetzt schon einen so harten Blick drauf, der dem von Odin in nichts nachstand. Andere zeigten eine gewisse Aufregung, manche sogar Angst.

Finn hatte keine Angst gezeigt. Angst war eine Schwäche, die man sich in dieser Welt nicht leisten konnte. Nur wer mutig voranschritt, sein Ziel im Auge, konnte bestehen. Handeln sollte das eigene Tun bestimmten. Es musste einen in Leib und Seele übergehen, sodass man im entscheidenden Moment zur Tat schritt, schnell war und nicht mehr nachdenken musste. Dafür waren sie trainiert worden. Hatten ihre Sinne geschärft und ihre Instinkte, Reaktionen. Handeln mit der möglichst größten Effektivität, um einmal ihrer Gemeinschaft dienlich sein zu können.

Das Gebell kam immer näher. Von irgendwoher hörte er gellende Schmerzensschreie. Irgendeinen von ihnen hatte es erwischt. Die Hunde würden erst von ihm lassen, wenn der Befehl dazu erfolgte. Wenn er erfolgte.

Finn hatte selbst miterlebt, wie ein Junge der Gemeinschaft von den Hunden zerfleischt worden war und Odin stand daneben und hatte dem ganzen emotionslos beigewohnt. Unwürdige wurden einfach verscharrt, irgendwo im Wald. Nicht tief, damit die Wildschweine die eigentliche Drecksarbeit taten und den Kadaver verschwinden lassen würden.

Wieder das Bellen. Der Fluss war ganz nahe, er konnte ihn schon riechen. Finn umschloss mit festem Griff sein Messer. Er hatte gewusst, dass der Tag kommen würde und hatte täglich die Klinge geschärft. Es war ein gutes Messer, rostfreier Stahl, gehärtet in dem Blut seiner Geburt. Die Klinge war zwanzig Zentimeter lang und vier Zentimeter breit. Den Griff hatte Finn selbst angepasst, sodass er perfekt zu seiner Hand passte. Zudem hatte er das Messer mit einem kurzen Lederband versehen, das er um sein Handgelenk gebunden hatte. So konnte er sein Messer nicht so einfach verlieren, selbst wenn es ihm einmal aus der Hand rutschen sollte.

Während seiner Flucht hatte er einen Ast abgeschnitten, der ihm besonders gerade und stabil erschien. Damit hatte er zwar seinen Verfolgern einen Hinweis hinterlassen, in welche Richtung er gerannt war, aber diese hätten auch so keine Mühe gehabt, dies herauszufinden.

Im Laufen hatte er den Ast von allem Überflüssigen befreit und schließlich angespitzt, als wollte er ihn einem Vampir in den Leib rammen. Zudem hatte er sich wirklich ein paar Pflöcke angefertigt, die er an seinen Gürtel befestigte.

Eine kurze Sekunde im Schlamm musste ausreichen, um ihn zu tarnen. Schon am Anfang hatte er sich von einem Hemd getrennt, das ihn mehr behinderte als nützte. Wichtig waren gute Stiefel, eine robuste Hose und ein Gürtel. Ein Hemd konnte dem Gegner nur dienen, einen festzuhalten.

Der Matsch klebte an Finns Körper. Er war kühl, aber das war Finn egal. Wärmen konnte er sich, wenn er in Sicherheit war und er die Prüfung überstanden hatte. Nur das zählte.

Der Fluss. Nur noch wenige Meter.

Wieder war ein Schrei zu hören. Klaas. Auch wenn es Finn nicht genau sagen konnte, war er sich sicher, dass es Klaas war, dessen jammervolles, schmerzverzerrtes Schreien er hörte.

Finn schloss für einen kurzen Moment die Augen, dann lief er weiter. Er konnte Klaas nicht helfen. Jetzt schon gar nicht mehr.

Da war der Fluss. Er hatte es geschafft. Hier konnten die Hunde nur seine Spur verlieren. So gut war keine Nase, als dass sie ihn auch im fließenden Wasser hätte ausmachen können.

Das Gebell kam näher und Finn lief es eiskalt über den Rücken. Fenrir. Er war der größte und gemeinste unter den Bestien. Dass er an dieser Hetze teilnahm, war eigentlich schon zu heftig.

Fenrir war die lebendig gewordene Brutalität und Ausweglosigkeit. Direkt aus der Hölle stammend und doch bloß das Produkt einer Züchtung, die vor Jahrzehnten, wenn nicht sogar Jahrhunderten begonnen hatte. Seine Urahnen hatten schon entflohene Sklaven auf Plantagen zu Tode gehetzt und zerfleischt. Oder waren in brutalen Kämpfen gegen die sogenannten Wilden, den Untermenschen angetreten, um diesen zum Vergnügen der Zuschauer die Eingeweide herauszureißen.

Niemand, der in Fenrirs Klauen geriet, würde dies je überstehen. Es sei denn, sein Herr und Meister Odin befahl ihm den Rückzug. Doch das würde nie geschehen.

Fenrir war hinter ihm. Nicht mehr lange und er würde sich auch auf ihn stürzen. Ihn seine Zähne in den Leib schlagen und ihn bei lebendigen Leib…

Mit einem Mal glaubte Finn doch daran, dass es zumindest diesem Höllenhund, dieser pechschwarzen Bestie mit den gelben Augen und den elfenbeinweißen Zähnen so lang wie seine Finger, ihn im Wasser riechen konnte. Er umfasste den Griff seines Messers fester ebenso seinen Speer und lief los. Nur noch ein kurzes Stück und er hätte es geschafft.

Plötzlich rammte ihn etwas in die Seite und riss ihn zu Boden. Schon glaubte er Fenrirs Zähne in seinem Fleisch zu spüren, aber da war nichts. Nur der verkraftbare Schmerz des Aufpralls an seiner Schulter.

Sofort versuchte Finn das Gewicht, was auf ihm lastete, zu Seite zu drücken, doch etwas oder vielmehr jemand zwang seine Hände hinunter.

„Ich wusste, dass du diesen Weg nehmen würdest", erklang Gunthers Stimme. „Du bist so berechenbar. Verlässt dich auf Bekanntes und wählst immer dieselben Routen. Wenn du wirklich die Fähigkeiten hättest, die Odin in dir sieht, dann könntest du dich überall zurechtfinden und müsstest nicht immer wieder den Schutz von Bekanntem suchen."

Gunther presste Finns Arme auf den Boden und grinste aus seinem wieselartigen Gesicht. Er war zwei Jahre älter als Finn, größer, muskulöser. Eigentlich hätte er längst die Prüfung hinter sich haben müssen, aber eine Beinverletzung hatte dies verhindert. Eine Verletzung, die ihm Finn beigebracht hatte. Das hatte Gunther ihm nie verziehen und nun würde er sich dafür rächen.

„Geh von mir runter", rief Finn und versuchte, sich gegen Gunthers Kräfte zu stemmen, vergeblich. Niemand aus Gunthers Jahrgang hatte ihn je besiegt. Selbst Ältere fürchteten ihn, denn er war ein brutaler, unbarmherziger Kämpfer und somit genau das, was die Gemeinschaft haben wollte. Gunther liebte es, seine Gegner zu quälen und ihnen absichtlich Verletzungen beizubringen, auch wenn diese eigentlich seine Kameraden waren.

„Geh von mir runter“, wiederholte Finn. „Fenrir ist gleich hier.“

Gunther grinste bösartig. „Ich weiß.“

„Er wird uns beide umbringen!“

Gunthers Augen funkelten vor Boshaftigkeit. „Nein nur dich kleine Made.“

Finn sah ihn entgeistert an und Gunther weidete sich an diesem Anblick.

„Ich hätte eines Tages der Anführer sein sollen. Ich allein. Das wusste jeder. Odin sah es in mir. Und ich tat alles, um mich dessen würdig zu erweisen.“ Gunthers Griff wurde stärker, als er mit zusammengebissenen Zähnen fortfuhr. „Aber dann kamst du kleine Made und hast alles verdorben. Hast dich geweigert, wie die anderen aufzugeben. Und mir mit einem Stein, einem verfickten Stein, die Kniescheibe zertrümmert. Einem Stein! Mein Knie und meine Hand. Zertrümmert. Und Odin wandte sich von mir ab. Alle wandten sich ab. Ich würde nie mit diesen Verletzungen zu den Kriegern gehören. Nie Anführer sein. Das wussten alle. Ich war nur noch geduldet. Geduldet! Egal, wie gut ich noch kämpfe, ich bin für sie nur ein Krüppel.“

Gunther hielt kurz inne und lauschte, bevor er sich wieder Finn zuwandte. „Und Odin beobachtete fortan dich. Oh, ich habe gesehen, wie er dich anblickt. Genau so hat er einst mich angesehen. Du hast mir alles genommen. Und dafür wirst du jetzt sterben.“

Damit stand Gunther auf und holte ein Fläschchen hervor, dessen Inhalt er über Finn verteilte, bevor er es wieder schloss.

„Weißt du, was das ist? Damit sprenkeln sie Fenrirs Opfer ein, denn es macht ihn rasend. Schon ein paar Tropfen reichen und er wird wie wild. Dann hört er nicht einmal mehr auf Odin. Ich habe mir ein Fläschchen geklaut und extra auf diesen Augenblick gewartet. Ich werde es genießen, dabei zu zusehen, wie Fenrir dich vor meinen Augen zerfleischt."

Finn blickte Gunther an, dann das Fläschchen. Schließlich drehte er seinen Kopf dem Gebell zu, das immer näher kam. Als er über den Fluss sah, konnte er in einiger Entfernung Erik und Mat erkennen, die wie gebannt verfolgten, was da geschah. Von ihnen war jedoch keine Hilfe zu erwarten. Nur um ihn zu retten, würden sie sich weder mit Gunther noch mit Fenrir anlegen. Er war auf sich allein gestellt.

Nicht denken! Wissen! Handeln!

Finn sprang auf, packte seinen Speer und schlug Gunther das Fläschchen aus der Hand. Geschickt fing er es auf, um es sofort zu öffnen und den Inhalt komplett auf Gunther zu verteilen.

„Was machst du?!", schrie dieser in Panik auf.

Beide blickten gleichzeitig in dieselbe Richtung und sahen die schwarze Bestie auf sich zu rasen. Gunther drehte sich um und wollte zum Fluss sprinten. Finn aber ließ seinen Speer herumfahren und ihn gegen Gunthers Knie krachen, das er schon damals verletzt hatte. Während Gunther schreiend zu Boden sackte, sprintete Finn los und sprang in dem Moment in den Fluss, als Fenrir sich auf den noch immer schreienden Gunther stürzte. Selbst unter Wasser konnte Finn noch Fenrirs gierige Geräusche und Gunthers schrille Schreie hören.

7

Ben lief. Er wusste nicht, wann er das letzte Mal so gerannt war. Doch. Eigentlich schon, denn die Bilder kamen wieder hervor, drängten sich in sein Bewusstsein, ausgerechnet jetzt.

Ben hörte Gunthers Schreie noch immer. Selbst jetzt, als er durch das Wäldchen hetzte. Warum kamen die Erinnerungen ausgerechnet jetzt zurück? Drängten sich in seinen Verstand.

Er versuchte sie abzuschütteln. Wenn er seinen Verfolgern entkommen wollte, brauchte er all seine Sinne und Konzentration. Bilder aus der Vergangenheit hatten dort keinen Platz.

Nicht denken! Wissen! Handeln!

Keine Hunde verfolgten Ben, sondern Menschen. Menschen aus Fleisch und Blut. Aus Knochen, Muskeln und Sehnen. Zerbrechlich. Verletzlich.

Er musste Anna beschützen, das war das Einzige, was jetzt zählte.

Kein Rückzug. Kein Aufgeben. Keine Gnade.

Sein Herz schlug ihm bis zum Hals. Mehr noch als damals, als er das ganze Geschehen mitbekommen hatte und schließlich sah, wie Fenrir Gunther genüsslich zerfleischte. Mit seiner Beute spielte und sich an ihrem verzweifelten Todeskampf weidete, wie es ihm beigebracht worden war.

Wut stieg in Ben auf. Die altbekannte Wut. Unermesslich. Nicht zu kontrollieren. Nicht, wo Mo jetzt tot war.

Ben atmete durch und schlüpfte hinter einen Baum. Er musste zu Anna, aber so würden ihn seine Verfolger vorher einholen oder er führte sie direkt zu ihr. Beides stand nicht zur Debatte.

Hinter dem Baum vorlugend, versuchte Ben sich zu orientieren. Die Anzahl seiner Verfolger konnte er nur schätzen. Fünf. Vielleicht mehr. Und sie hatten sich verteilt. Einer kam direkt auf ihn zu. Gut.

Der Mann hielt eine Automatik in seiner Hand. Wie er das tat, zeigte Ben deutlich, dass dieser damit umzugehen wusste. Der Umgang mit einer Waffe war ihm vertraut und er hatte sicher kein Problem damit, Ben einfach zu erschießen.

Militärische Ausbildung? Möglich. Es gab aus dem Osten so viele ehemalige Soldaten, die von den Verbrecherorganisationen nur zu gerne angeheuert wurden. Meist bestanden auch diese Organisationen rein aus ehemaligen oder noch angehörenden Mitgliedern irgendeiner militärischen Einheit. Die Übergänge waren fließend und die Verbindungen wurden immer aufrecht gehalten.

Der Mann kam immer näher und Ben umschloss sein Messer. Als der Mann an ihm vorbeikam, sprang Ben blitzschnell aus seinem Versteck, stieß die Pistole bei Seite und rammte ihm die Klinge unter dem Brustkorb hinauf in die Lunge, die sofort in sich zusammenfiel und somit ein Schreien unmöglich machte.

Vorsichtig ließ Ben den Mann zu Boden sinken und versteckte ihn hinter dem Baum. Erst dann betrachtete er ihn und atmete durch. Er hatte ihn umgebracht. Einfach so. Er hatte die Gefahrenlage im Bruchteil einer Sekunde eingeschätzt und die Möglichkeiten abgewägt. Eine andere Möglichkeit wäre gewesen, ihn durch einen waffenlosen Angriff auszuschalten. Doch das hätte zu lange gedauert und wäre zu auffällig gewesen, zumal es dem Mann die Gelegenheit gegeben hätte, auf sich aufmerksam zu machen. Somit war sein Tod die einzige Möglichkeit gewesen. Zudem…

Ben atmete ein. Er hatte den Mann wahrlich ohne zu Zögern getötet. Die Entscheidung erschien ihm logisch. Er musste nicht einmal viel darüber nachdenken, hatte es einfach getan, automatisch. Seine Bewegungen waren perfekt gewesen und der Mann hatte keine Chance gehabt.

Du bist besser als er.

Ein Knacken riss Ben aus den Gedanken. Sofort duckte er sich und tastete in Windeseile die Taschen des Toten ab. Dort fand er ein weiteres Messer, einen Schlagring und mehrere Magazine passend zu seiner Automatik. Er nahm alles an sich und orientierte sich nach seinem weiteren Verfolger.

Als dieser vorbei kam, packte er ihn am Kopf, trat gegen sein Knie und knallte ihn mit voller Wucht gegen den Baum. Hämmerte sein Gesicht so oft dagegen, bis der Mann sich nicht mehr rührte.

Wie aus dem Nichts tauchte ein weiterer Mann auf. Ben gab ihm keine Chance, seine Pistole zu heben. Instinktiv warf er ihm das Messer an den Hals, um ihm dann auch noch eine Kugel genau zwischen die Augen zu schießen. Während der Mann zu Boden fiel, versteckte sich Ben blitzschnell hinter einem Baum und ging in die Hocke. Wie er erwartet hatte, kamen zwei Männer schreiend angerannt. Während sie über den Körpern ihrer toten Kameraden standen und sich noch fragten, was geschehen war, kam Ben hinter dem Baum hervor und schoss beiden aus nächster Nähe in den Kopf.

Ben atmete durch und blickte sich um, lauschte. Die einzigen Geräusche, die er vernahm, kamen aus einiger Entfernung. Während er sich zu den Leichen beugte und ihre Taschen nach Magazinen durchsuchte, hielt er mit all seinen Sinnen nach weiteren Gegnern Ausschau. Aber da war niemand mehr.

Ben kannte die Sonnenallee. Als sie noch jünger waren, war dies die Gegend, die mal als die Bessere angesehen worden war. Hier wollte man leben, um seine Kinder in einer ruhigen Gegend aufzuziehen. Hier war alles sauber, ordentlich, perfekt. So perfekt, dass sich so mancher darüber lustig machte. Insgeheim aber wollte man nur zu gerne hier wohnen, wo man abends problemlos vor die Tür treten konnte. Hier luden sich die Nachbarn zu gemeinsamen Grillpartys ein und versuchten nicht, einem den Wagen in Brand zu setzten.

Mo und seine Familie hatten nicht gerade in der schlechtesten Gegend gewohnt, aber auch nicht in der Sonnenallee. Ben war dies egal gewesen. Er hatte nie erwartet, jemals in ein solches Haus aufgenommen zu werden wie das von Mos Familie. Für ihn war es das Paradies gewesen und die Sonnenallee war für ihn nur anstrebend gewesen, weil er es sich für seine Adoptivfamilie oder was immer sie waren, etwas Besseres wünschte. Nein, das Beste wünschte. Sie hatten das Beste verdient.

Stattdessen starb Mos Vater an den Folgen von Verletzungen, die ihm ein paar jugendliche Halbstarke beigebracht hatten, weil er sie davon abhalten wollte, einen Jungen zu Tode zu prügeln. Und Mo war nun auch tot. Ermordet von irgendwelchen Gangstern, die anscheinend verhindern wollten, dass Mo es ans Licht brachte, worin Ahrend verstrickt war. Und natürlich hatte Mo recht, wenn er davon ausging, dass auch Anna in Gefahr war.

Ben hatte Mo nicht retten können, weil er zu lange gezögert hatte. Aber Anna würde er retten. Komme da was wollte.

Kein Rückzug. Kein Aufgeben. Keine Gnade.

Er beobachtete das Haus und ließ seinen Blick über die Gegend gleiten. Jedes Auto, jeder Baum, jedes

Haus wurde von ihm genau betrachtet, bevor er sich weiter fortbewegte. Er nutzte jede Deckung, die sich ihm bot, ohne in seiner Bewegung innezuhalten. Instinktiv nutzte er die Gegebenheiten der Umgebung. Seine Sinne waren alle geschärft.

Du musst unsichtbar sein. Je weniger sie von dir sehen, desto weniger können sie dich einschätzen. Die Zeiten der offenen Kämpfe sind vorbei. Krieger agieren im Schatten.

Obwohl er niemanden entdecken konnte, schlich Ben auf die Rückseite des Gebäudes zum Kellereingang, der in den Garten führte. Hier gab es reichlich Verstecke, die potenziellen Angreifern Schutz davor boten, von ihm entdeckt zu werden. Ben aber konnte nichts entdecken.

Lautlos gelangte Ben an die Kellertür, die natürlich verschlossen war. Ben holte eines der Messer hervor, das eine militärisch einfache, zweischneidige Klinge. Ohne darüber nachzudenken, was er machen musste, schob Ben die Klinge zwischen den Türrahmen und die Tür. Mit einem leisen Klicken öffnete sie sich und Ben schlüpfte hinein.

Er suchte nach etwas, was er vor die Tür stellen konnte, da er sie nicht mehr schließen konnte. Er schob ein kleines Regal, in dem alte Farbdosen und Übertöpfe verstaut waren, davor und platzierte einige Eimer und Besen kreuz und quer, die ihm als Alarmanlage dienten. Sollte irgendwer denselben Eingang nutzen, so würde dies von ihm nicht unbemerkt bleiben.

Nutze deine Umgebung. Alles kann sinnvoll sein. Jeder Gegenstand ist eine Waffe.

Ben steckte das Messer wieder weg und umfasste den Griff seiner mit einem Schalldämpfer ausgestatteten Pistole. Ihm wäre eine andere Waffe lieber gewesen, aber hier musste er bereit sein, schnell zu reagieren um möglichst effektiv mehrere Gegner auszuschalten.

Als er das Treppenhaus betrat, schalteten sich sofort die Lichter an. Bewegungsmelder. Ben presste sich an die Wand, aber nichts geschah.

Das Treppenhaus war einfach in Weiß gehalten. Alles war sauber. Der Boden nicht rutschig und man konnte vom Keller aus bis ins oberste Stockwerk blicken. Verstecken würde so schwierig werden, für ihn, aber auch für seine Gegner.

Als er die Haustür passierte, tat er dies mit äußerster Vorsicht. Es gab keinen Hinweis darauf, dass sich jemand daran zu schaffen gemacht hatte, noch, dass sich jemand in der Nähe befand.

Ben schlich in den zweiten Stock, wo es nur zwei Wohnungstüren gab. Das Schild an der Klingel war klein und aus Messing, die Buchstaben kaum lesbar, aber Ben erkannte den Namen.

Ben überlegte, ob er klingeln oder einbrechen sollte, entschied sich dann aber dazu, den Knopf zu betätigen. Der Ton war nicht laut, aber in Bens Ohren war jedes Geräusch eines zu viel. Er hatte aber keine Wahl und musste etwas riskieren.

Hätte er die Tür aufgebrochen, hätte die Chance bestanden, dass Anna ihn für einen Einbrecher oder gar Auftragsschläger halten könnte. So wie Mo Annas Situation erklärt hatte, ging Ben davon aus, dass die junge Frau mit unliebsamem Besuch rechnete. Wenn sie nur im Ansatz begriff, mit wem Ahrend sich eingelassen hatte, dann wusste sie auch, dass diese Menschen nicht gerade subtil vorgingen.

Ben klingelte erneut und stellte sich gut sichtbar vor den Türspion. Er war Anna bisher nur einmal begegnet, aber er hoffte, dass Mo ihn hoffentlich so beschrieben hatte, dass Anna nicht direkt die Polizei rief, wenn sie ihn hier vor ihrer Tür stehen sah.

Ben lauschte und vernahm Schritte. Nur leise, aber für ihn doch deutlich hörbar. Er widerstand dem Impuls, die Tür aufzudrücken, sobald Anna diese auch nur einen spaltbreit öffnen würde. Es wäre ihm sicher ein Leichtes gewesen, sie dann einfach einzutreten, da die meisten nur über ein einfaches Vorhängeschloss verfügten, das einer direkten Gewaltanwendung nur wenig entgegenzusetzen hätte.

Anna öffnete die Tür und Ben erkannte sofort, dass sie über deutlich mehr als nur ein Vorhängeschloss verfügte. In der Gegend konnte das nur bedeuten, dass sie entweder paranoid war oder doch erkannt hatte, mit welchen Typen sie es zu tun bekommen könnte. Wahrscheinlich waren ihre Fenster ähnlich gesichert. Gut für sie. Aber heute Nacht würde das nicht ausreichen, da die Männer, die sicher Jagd auf sie machten, mehr als nur gewöhnliche Einbrecher waren. Auch ein paar Schlösser mehr und die dicksten Sicherheitsscheiben würden diese nicht aufhalten.

Ben musterte Anna kurz. Sie trug ein graues Tanktop mit einem Sport-BH darunter mitsamt einer rot-schwarz karierten Pyjamahose und weißen Socken. Ihre Haare hatte sie zu einem einfachen Zopf gebunden und ihre Augen sahen aus, als hätte sie die bisherige Nacht eher durchwacht als wirklich geschlafen. Wahrscheinlich war dies heute nicht das erste Mal vorgekommen.

„Ja?“ Fragte sie zögerlich. „Ben? Habe ich recht? Ben Becker. Was wollen Sie hier? Ist etwas mit Mo?“

Ja. Es war etwas mit Mo, aber wie hätte er ihr das hier und jetzt so direkt erklären sollen?

Ja, es ist etwas mit Mo. Er ist tot. Aber das Blut an meinen Händen und meiner Kleidung ist nicht von ihm. Und ja, er wurde erschossen, aber ich bin es nicht gewesen, obwohl ich eine Pistole habe.

Das klang nicht sehr glaubwürdig.

„Sie sehen ja schrecklich aus“, stellte Anna fest und zu Bens großer Überraschung öffnete sie die Tür. „Was ist mit Ihnen denn bloß passiert?“

Ben wägte ab, zu lügen. Aber das hätte dem Vertrauensverhältnis Schaden zugefügt, bevor es überhaupt bestand.

„Mo ist ermordet worden“, sagte er deswegen.

Anna sah ihn fassungslos an. „Was?!“

Dann schlug sie die Hände vor den Mund und ihre Augen wanderten unaufhörlich hin und her. Tränen bildeten sich und Ben konnte erkennen, dass sie kurz vor einem Zusammenbruch stand.

„Darf ich bitte hereinkommen?“

Als Anna nicht reagierte, schob er sich in die Wohnung und schloss die Tür.

Anna blickte ihn wieder an, suchte nach Antworten in seinem Gesicht.

„Warum?“

Ben atmete durch. Er wusste, sie hatten nicht viel Zeit, aber er musste Anna irgendwie dazu bringen, ihm zu vertrauen und mit ihm zu gehen. Hier waren sie nicht sicher.

Er bemerkte, dass Anna erschrocken auf seine blutigen Hände blickte, sowie auf das Messer in seinem Gürtel. Die Pistole hatte er hinten in seinen Hosenbund gesteckt.

„Ist das Blut von ihm?“, wollte Anna mit zitternder Stimme wissen.

„Nicht alles. Aber wohl schon etwas.“

Anna schluckte. „Haben Sie…?“

Ben schüttelte hastig den Kopf. „Nein. Er kam schon schwer verletzt zurück. Ich habe versucht die Blutung zu stoppen.“

Anna nickte wie in Trance. „Und das andere Blut?“

„Stammt von denjenigen, die ihn verfolgt haben.“

Anna schluckte. „Was….Warum….Weswegen hat man ihn verfolgt?“

Ben schwieg einen Moment. „Er war in der Filiale an Ihrem Rechner, weil er glaubte, dort Hinweise finden zu können, womit Ahrend Sie erpresst und in welche Machenschaften er verwickelt ist.“

Anna war entgeistert. „In der Filiale? Aber warum?“

„Weil er Sie schützen wollte. Er glaubte, Ahrend nutzte Sie aus und…“

„… dass er mich belästigt“, fügte sie schwach hinzu. „Natürlich. Das macht Sinn. Er glaubte das sicher.“

Ben holte den Zettel hervor und reichte ihn Anna. „Hier, das hat er notiert.“

Vorsichtig faltete Anna den Zettel auseinander. Der Inhalt verwirrte sie noch mehr. „Das ergibt keinen Sinn. Das sind nur Buchstaben und Zahlen.“

Ben nickte. „Ein Code. So hat er immer Notizen verschlüsselt, die ihm wichtig erschienen. Mit dem richtigen Schlüssel, können wir es lesen.“

Anna runzelte die Stirn aber verstand langsam. „Haben Sie den Schlüssel?“

Ben nickte. „Ja. Aber das spielt im Augenblick keine Rolle. Was eine Rolle spielt, ist, dass er sich Sorgen um Sie gemacht hat als er starb. Er dachte, dass die Männer auch hinter Ihnen her sein könnten und Ihnen etwas antun.“

Anna sah ihn panikerfüllt an. „Mich? Aber…“ Sie nickte. „Weil ich zu viel weiß? Ahrend will mich töten, weil ich zu viel wissen könnte.“

Ben nickte. „So sieht es aus. Und seine Männer sind sicher schon auf dem Weg hierher.“

Anna sah sich um und begann apathisch in ihrem kleinen Flur auf und ab zu gehen. Plötzlich hielt sie inne und schien angestrengt nachzudenken. „Aber Ahrend hat doch gar keine Männer. Er ist ein Banker.“

„Es waren, soweit ich das sagen kann, Russen."

Anna schien zu begreifen. Dann nickte sie. „Russev."

„Bitte?"

„Russev. Ahrend hat Verbindungen zu Russev. Er ist so etwas wie der hier ansässige russische Mafiaboss. Keine Ahnung, ob das stimmt. Aber es würde passen. Ein skrupelloser Geschäftsmann, der in alle möglichen illegalen Machenschaften verwickelt ist, trifft es wohl besser. Aber der hält sich eigentlich bedeckt."

Ben atmete durch. „Nicht heute." Anna nickte und blickte sich dann wieder fast panisch um.

„Sie werden kommen. Ahrend hat Russev sicher gesagt, er solle mich umbringen."

Sie schlug die Hände vors Gesicht und blickte wieder auf Ben. „Aber warum schickt Mo Sie? Warum hat er nicht gleich die Polizei gerufen?"

Ben schwieg einen Moment. „Er glaubte nicht daran, dass die Polizei Sie schützen kann. Sein Vater war Polizist und er hatte immer eine sehr eindeutige Meinung darüber, was die Polizei in so einem Fall ausrichten kann. Außerdem glaubte Mo wohl, Sie seien womöglich in alles verwickelt. Dass Ahrend etwas gegen Sie in der Hand hat und die Polizei dies dann entdecken könnte."

Anna lehnte sich an die Wand. Das alles war scheinbar zu viel für sie. „Aber warum Sie?"

Ben hielt wieder für einen Moment inne. „Er vertraut mir."

Anna schnaubte. „Mich beschützen zu können? Vor der Russenmafia? Sie sind ein Bankkaufmann, herrje."

Ben konnte sich ein kurzes Lächeln nicht verkneifen. „Das habe ich ihm auch gesagt."

„Und trotzdem schickt er Sie."

Ben nickte. „Hören Sie. Wir müssen hier weg. Ich bin gerade Ihre einzige Chance unterzutauchen. Ziehen Sie sich was an, indem Sie sich gut bewegen und vor allem schnell laufen können. Und tun Sie es schnell. Wir haben schon viel zu viel Zeit verschwendet, aber es ist wichtig, dass Sie mir glauben."

Anna lächelte freudlos. „Ich habe also keine andere Wahl?"

Ben sah sie durchdringend an. „Wenn Sie überleben wollen, nicht."

Anna nickte.

„Bitte geben Sie mir den Zettel wieder."

Anna sah auf das Papier und lächelte verlegen. „Entschuldigen Sie."

Sie gab Ben den Zettel zurück und verschwand dann in einem der Zimmer.

Ben sah sich um. Sein Nacken kribbelte und er hatte das Gefühl, dass jederzeit jemand durch die Wohnungstür oder Fenster gestürmt kam. Zudem hatte er irgendwie noch das Bedürfnis, Anna zu folgen. Doch diese hätte sicher wenig Verständnis dafür, wenn er das Zimmer betrat, indem sie sich gerade umzog. So beschränkte er sich darauf genau zu lauschen, ob er irgendwelche verdächtigen Geräusche hörte.

Vorsichtig näherte er sich eines der großen Fenster, welche tagsüber im Sommer sicher viel Licht einströmen und die in Pastellfarben gehaltene Wohnung nur noch heller wirken ließen. Ben gefiel die Wohnung. Es gab nicht viele Gegenstände sondern viel leeren Raum zwischen den Möbeln. Alles war neu, das meiste weiß schlicht, aber geschmackvoll. Fotos gab es keine, dafür Gemälde von schönen Landschaften.

Das war natürlich alles unerheblich, denn für ihn zählte nur, dass er potenzielle Verstecke von Angreifern oder für sich selbst entdeckte, Schwachpunkte und Gegenstände, die man als Waffen einsetzen konnte. Das alles lief automatisch ab, ohne dass Ben lange darüber nachdenken musste, instinktiv.

Als Ben an das Fenster trat und hinausblickte, sah er auch nicht, wie schön die Lage war, sondern nur die strategischen Gegebenheiten. Eine große Wiese von der Größe von zwei Fußballfeldern. Ein Spielplatz in der Mitte. Vereinzelt an den Rändern Bäume. Dahinter der Parkplatz.

Von hier aus würde man sich nur schwer unbemerkt anschleichen können. Wenn sie aber hinaus mussten, dann hätten sie es ebenso schwer. Dann spielte dies möglichen Angreifern in die Hände.

„Können Sie jemanden sehen?“, wollte Anna wissen. Sie hatte sich eine sportliche Hose, Sportschuhe sowie ein Longsleeve und eine Fleecejacke angezogen, über die sie einen kleinen Rucksack schulterte, alles dunkel. Sie band sich einen einfachen Zopf und wirkte ruhiger als eben noch.

Ben schüttelte den Kopf. „Nein. Aber das muss nichts heißen. Haben Sie irgendwelche Waffen?“

Anna schaute ihn entrüstet an. „Ich bin eine Bankkauffrau. Meine Waffe ist ein Laptop.“

Ben lächelte schief. „Irgendwelche Kampferfahrungen?“ „Zumba?“

Ben zuckte mit den Schultern „Könnte sogar nützlich sein. Aber ich meinte was anderes.“

Anna zeigte ein verkniffenes Gesicht. „Selbstverteidigungskurs für Frauen. Hatte mal aufgehört, jetzt aber wieder angefangen.“

„Besser als nichts.“

Anna war irritiert. „Besser als nichts? Ich fand, das ist gut.“

„Wie viele Männer waren in den Kursen?“

„Na gar keine. Es war ja ein Selbstverteidigungskurs für Frauen.“

„Und mit denen haben Sie trainiert.“

„Natürlich. Ich habe mich immer gemeldet, wenn nach einem Kampf gefragt wurde.“

„Mit Schutzkleidung.“

„Worauf wollen Sie hinaus?“

„Werden Sie oft von Frauen in Schutzkleidung angegriffen, die Sie vergewaltigen wollen?“

Anna schwieg.

Ben sah sie durchdringlich an. „Die Männer, die hinter Ihnen her sind, sind keine Frauen in Schutzkleidung. Und wenn diese Sie einmal treffen, werden Sie wissen, worauf ich hinaus will.“

Damit sah er wieder hinaus und fixierte einen Punkt in der Ferne.

Anna verschränkte die Arme. „Und Sie? Welche Erfahrungen haben Sie? Haben Sie schon einmal einen richtigen Kampf bestritten?“

Ben lächelte. „Ich habe in der Vergangenheit die ein oder andere Auseinandersetzung gehabt.“

„Aha. Sie sehen nämlich aus wie ein Milchbubi.“

Bens müdes Lächeln wurde breiter. „Regel Nummer 1: Niemanden unterschätzen.“

„Es ist nur, weil Sie derjenige sein sollen, der mich beschützt. Und ich kapiere nicht ganz warum.“

Ben sah sie an. „Vertrauten Sie Mo?“

Bei der Nennung des Namens biss sich Anna auf die Lippen. „Ja. Natürlich.“

Ben nickte. „Und er vertraute mir.“

Dann fiel sein Blick auf ein kleines Regal, das mit akkurat aufgereihten Büchern versehen war. Eines fiel ihm direkt ins Auge. Er ging hin und holte es hervor. Ja, es war das Buch *Fool on the Hill*.

„Das war ein Geschenk von Mo“, meinte sie. „Er meinte, ich sollte es unbedingt lesen.“

„Haben Sie?“

Anna verzog das Gesicht. „Die Geschichte war nett. Aber ich bin mehr für Serien.“

Ben nickte, dann sah er aus dem Fenster.

„Sie sind da."

„Was?!". Anna wollte ans Fenster treten, aber Ben schob sie zur Seite. Dann deutete er nach draußen. Vorsichtig blickte sie in die angegebene Richtung.

Erst erkannte sie nichts. Dann jedoch erkannte sie einige Gestalten, die sich dem Haus näherten und sich dabei auffällig unauffällig verhielten. Alles an ihnen schrie geradezu danach, dass sie nicht hierher gehörten.

„Vorne wird es ähnlich aussehen", stellte Ben fest.

„Und wo sollen wir jetzt hin?"

„Aufs Dach."

Anna sah ihn an. „Aufs Dach? Dort hängen wir doch in der Falle. Da können wir nirgendwo hin."

„Doch. Auf das andere Dach."

Annas Augen wurden groß. „Sie scherzen."

Bens Augen waren emotionslos. „Mo ist tot. Ich scherze nicht. Sie werden nicht sterben."

Anna nickte nur und ihre Augen füllten sich mit Tränen, die sie wegwischte. „Ok."

„Bereit?"

Anna lachte matt. „Habe ich eine Wahl?"

„Nein."

Anna zuckte mit den Schultern. „Dann bin ich bereit."

Ben nickte. „Gut. Dann lassen sie uns gehen."

Damit holte er ein Messer hervor und hielt es in Annas Richtung, die abwehrend die Hände hob.

„Was soll ich damit?"

„Benutzen. Zielen Sie auf die weichen Körperregionen. Bauch. Hals. Augen. Genitalien."

Anna nahm es zögerlich und Ben drehte sich um, öffnete vorsichtig die Wohnungstür. Auf jedes Geräusch lauschend betrat Ben den Flur. Sofort ging die Beleuchtung durch den Bewegungsmelder an.

Ben lief los zur Treppe nach oben und drehte sich nicht um. Er hatte gehört, dass Anna ihm folgte und nahe bei ihm war. Sie mochte Angst haben, aber sie wollte auch leben. Er hatte sie sicher nicht gänzlich überzeugt, aber er war ihre einzige Option. Ihr war klar, dass sie wirklich in Gefahr war, mehr als jemals zuvor.

Die Treppe endete in einem Flur, der mehrere Türen aufwies und eine, die offensichtlich nach draußen führte. Ben ging darauf zu, aber Anna hielt ihn zurück.

„Sie ist verschlossen. Warten Sie, ich habe den Schlüssel." Damit holte sie ein kleines Schlüsselbund hervor, an dem fünf Schlüssel hingen. Nach kurzer Suche hatte sie den Richtigen gefunden und öffnete die Tür.

Sobald sie durchgeschlüpft waren, verschloss Anna die Tür und sah sich zu Ben um.

„Und nun?"

Sie befanden sich auf einer Art Dachterrasse, die anscheinend von mehreren Personen benutzt wurde. Es gab eine Hollywoodschaukel, diverse Tische und Gartenstühle. Außerdem waren zahlreiche Pflanzen vorhanden, die alles wie einen Dachgarten aussehen ließ.

Wären die Umstände anders, so wäre es ein wahrlich schöner Ort gewesen, wo man einfach mal die Seele baumeln lassen konnte. Jetzt jedoch war dafür keine Zeit.

Ben ging zum Rand des Daches, das durch eine Balustrade umgrenzt war, und sah hinunter, dann zu dem angrenzenden Haus.

„Das ist jetzt nicht Ihr Ernst", stellte Anna nur fest und machte instinktiv einen Schritt zurück. „Ich dachte, Sie scherzten wirklich. Wir uns hier irgendwo verstecken und es nur so aussehen lassen würden, dass wir da rüber sind."

„Wir müssen dort rüber. Hier sitzen wir in der Falle."

Anna schnaubte. „Und warum haben Sie uns dann hier hoch geführt."

„Damit wir auf das andere Haus springen können."

Anna warf die Hände in die Luft. „Hätten Sie das nicht vorher sagen können, dass Sie das tatsächlich ernst meinen? Dann hätte ich nämlich gesagt: Auf gar keinen Fall."

Ben sah Anna an. „Wollen Sie lieber Ihr Glück mit den Kerlen da unten probieren?"

Anna schwieg und kaute auf ihren Lippen herum. Dann schüttelte sie verärgert den Kopf. „Scheiße."

Als sie an den Rand trat und hinunterblickte, wurde es ihr heiß und kalt. Drei Stockwerke waren schon sehr hoch und das andere Dach erschien sehr weit entfernt.

„Ich kann das nicht", meinte sie nur.

Ben nickte. „Die wenigsten sind gut darin, zu sterben. Und doch werden Sie es tun, wenn sie hierbleiben."

„Es muss doch einen anderen Weg geben."

Ben sah zur Tür. „Sicher. Der andere Weg führt durch ungefähr ein Dutzend bewaffneter Männer hindurch."

Anna wirkte zornig. „Langsam kann ich verstehen, warum Mo Sie fast nie erwähnte. Ihre Einstellung ist sehr deprimierend."

Ben atmete durch. „Ich mache Ihnen einen Vorschlag: Ich spring darüber und hole Hilfe. Und Sie blieben hier und halten die solange auf, wie Sie können."

Annas Augen funkelten. „Ich hasse Sie."

Ben lächelte matt. „Gut. Hass kann Ihnen unglaubliche Kräfte verleihen und Sie Sachen tun lassen, von denen Sie nie geglaubt hätten, dass Sie sie können."

Anna blickte ihm in die Augen, dann sah sie wieder zum anderen Haus. „Das weiß ich leider nur zu gut. Keine Sorge. Aber wie kommen wir jetzt da rüber? Gibt es nicht eine andere Möglichkeit? Irgendetwas, wo wir nicht direkt sterben?"

Ben sah zu der Tür, dann lief er zu einen der Ränder und sah dort rüber. „Könnten Sie das schaffen?"

Anna kam zu ihm und sah hinunter auf den sich dort befindenden Balkon. „Als Alternative zum Sprung da rüber? Ja. Müsste der Balkon der Müllers sein."

„Ok. Dann nehmen wir die Balkone."

„Mehrzahl?"

Ben nickte. „Erst den dann den darunter."

Anna schüttelte den Kopf. „Sie haben echt Humor."

Bevor Ben antworten konnte, hämmerte etwas gegen die Tür.

„Aber ich schätze, ich kann mich daran gewöhnen", meinte Anna nur und begann über die Balustrade zu klettern. „Wird die Tür halten?"

„Nicht zu lange. Sie ist konzipiert, dass niemand über sie einbricht. Ans Ausbrechen hat niemand gedacht."

Mit diesen Worten sprang die Tür aus den Angeln und sofort kamen drei Männer zum Vorschein, die in schwarz gekleidet Ebenbilder derjenigen sein konnten, die Mo und Ben in der Wohnung angegriffen hatten, als hätten sie alle denselben Ausstatter. Und sie sahen sehr wütend aus.

Anna schrie auf und ließ sich fallen. Ben riskierte einen kurzen Blick, ob sie einigermaßen gut auf dem Balkon angekommen war, dann drehte er sich zu den Männern um. Diese waren bedrohlich nahe und griffen sofort an. Der größte von ihnen kam durch die Mitte und schlug nach Ben. Dieser wich aus, blockte den Arm ab, konnte aber nicht zum Gegenschlag ansetzen, da schon der nächste einen Tritt gegen ihn ausführte, den er ausweichen musste.

Der Dritte, der ihn noch nicht angegriffen hatte, ging zu der Balustrade und sah hinüber. Als er Anna sah, verzog sich sein Gesicht und er setzte an, hinunterzuklettern. Ben sah dies, packte sich einen der Stühle und schleuderte diesen gegen ihn, wodurch der Mann den Halt verlor. Er drehte sich in der Luft und knallte ungebremst mit dem Kopf auf das eiserne Balkongeländer kaum einen Meter von Anna entfernt. Das Knacken ließ darauf schließen, dass er sich den Schädel zertrümmert hatte, das Knirschen, dass er sich auch noch das Genick gebrochen hatte. Anna schrie auf, als er wie ein nasser Fleischsack einfach vor ihr liegen blieb und sich das Blut aus seinem geplatzten Schädel wie ein See immer weiter ausbreitete.

Sein hünenhafter Partner sah über die Balustrade und sein Gesicht wurde zornesrot. Mit hassverzerrtem Blick sah er zu Ben. Der Hüne griff hinter sich und holte ein langes Messer hervor. Sein Partner tat es ihm gleich.

Ben griff hinter sich und holte die Pistole hervor. Bevor die beiden begriffen, hatte er schon abgedrückt und jedem von ihnen eine Kugel in den Brustkorb, die andere mitten in den Kopf gejagt. Beide wurden von der Wucht nach hinten geschleudert und fielen ebenfalls über die Balustrade. Auf ihrem Weg nach unten knallten sie auf das Balkongeländer, um dann weiter nach unten zu stürzen, mit einem ekelerregenden Geräusch kamen sie unten auf.

Anna zitterte am ganzen Leib. In kürzester Zeit hatte sie miterleben müssen, wie drei Männer quasi vor ihren Augen brutal gestorben waren. Vor ihr und unten auf dem Rasen lagen verschiedene Leiber, die in ihren grotesken Verrenkungen kaum etwas mit Menschen zu tun hatten.

Als sie nach oben blickte, sah sie, wie dort Ben über die Balustrade hinunter sah. Bevor sie etwas sagen konnte, ertönte vom Dach ein Geräusch und Bens Kopf war verschwunden.

Ben drehte sich um und sah weitere Männer aus der Tür kommen. Sofort gab er erneut Schüsse ab, die allesamt ihr Ziel trafen. Dann jedoch war sein Magazin leer. Ohne zu zögern warf er dem nächsten Mann, der durch die Tür trat, die Pistole entgegen, sodass diese ihm direkt auf die Nase prallte. Als Ben sich ihm entgegenstürzte, griff er sich das große Messer, das der Hüne fallen gelassen hatte und schlug damit auf den Arm seines Angreifers. Die Wucht des Schlages und die Schärfe des Messers, das eher einer Machete glich, reichten aus, um ihm den Arm sauber abzutrennen.

Schreiend ging der Mann in die Knie, während aus seinem Armstumpf das Blut spritzte. Ben achtete nicht mehr auf ihn und stürzte sich auf den Nächsten, dem er einen Tritt gegen den Brustkorb versetzte, nur um sogleich mit dem Messer nach einem weiteren Angreifer zu schlagen und diesen horizontal durch das Gesicht zu schneiden. Als dieser zur Seite schwankte, vollzog Ben eine Drehung und schlug mit dem Messer nach dem Mann, den er eben einen Tritt verpasst hatte und sich nun wieder aufrappelte. Der Schnitt ging genau durch seine Kehle und ließ ihn röchelnd zu Boden sinken.

Ben schnappte sich die Pistole des Mannes und schoss sofort auf die Tür. Ein Mann lief mitten in den Kugelhagel hinein und wurde nach hinten gerissen. Ben stellte das Feuer ein, wechselte das Magazin und wartete. Als sich jemand zeigte, schoss er sofort, um dann wieder abzuwarten.

Mit einer Hand weiter auf die Tür zielend, untersuchte er die Leichen nach weiteren Magazinen ab, die er sich einsteckte. Dann bewegte er sich langsam zu der Balustrade, um dann hinunterzuspringen.

Anna schrie auf. „Was für eine Scheiße geht hier ab?!“

Ohne ihre Frage zu beantworten, drückte Ben sie zur Seite und zielte nach oben. Als ein Kopf erschien, feuerte er sofort. Blut und Hirn spritzten wie ein Regen herunter, während der Rest wieder aus dem Sichtfeld verschwand.

Anna schrie erneut, als sie vergeblich versuchte, die Spritzer aus Blut und Hirn, die ihr Gesicht getroffen hatten, loszuwerden. Ben hingegen schoss auf das Glas der Balkontür, um dieses dann einzuschlagen, hineinzugreifen und die Tür zu öffnen. Schnell zog er Anna mit sich, durchquerte mit ihr den Raum und schob sie hinter die Mauer der nächsten Tür, während er nach draußen zielte.

Ein Fuß erschien und Ben schoss. Darauf fiel der Mann, dem er gehörte, schreiend herunter und knallte auf den Balkon auf.

Nun war es nicht nur Anna, die schrie, auch ein älteres Ehepaar guckte verschreckt aus ihrem Schlafzimmer in den Flur.

„Verstecken Sie sich!“, rief Ben und das Paar tat panikerfüllt, was er sagte.

Während Ben weiter auf die Balkontür zielte, bewegte er sich langsam zu der Haustür und löste dort die Schlösser. Der Schlüssel steckte und er drehte ihn langsam herum.

„Haben Sie ein Auto?“, fragte Ben leise.

„Ja“, hauchte Anna. „Ich parke immer auf der anderen Seite.“

Ben nickte, um dann die Tür fast lautlos zu öffnen. Sobald er hinaustrat, ging sofort das Licht an. Zu Annas Verwunderung ging er aber wieder in die Wohnung hinein und zog sie zur Seite in die Ecke hinter die Tür, die er offen stehen ließ.

Im nächsten Moment hörte Anna Stimmen, die sowohl aus dem Treppenhaus kamen, wie auch vom Balkon. Als sie plötzlich Gestalten erkannte, musste sie einen Schrei unterdrücken. Die Gestalten aber liefen an ihr und Ben vorbei in das Treppenhaus, wo sie auf Weitere trafen und sich scheinbar nach unten bewegten.

Als nichts mehr zu vernehmen war, glitt Ben hinter der Tür hervor und schloss diese vorsichtig, um dann wieder mit vorgehaltener Waffe zum Balkon zu gehen.

Dort lag noch immer der Mann, den er in den Fuß geschossen hatte und von seinen Kameraden zurückgelassen worden war. Völlig überrascht wollte dieser aufschreien. Ben trat ihm auch schon gegen den Kopf, der mit voller Wucht und einem brechreizerzeugenden Geräusch gegen die dahinter liegenden Wand krachte und dort einen dunkelroten Fleck hinterließ.

„Oh, mein Gott“, entfuhr es Anna leise, aber Ben kümmerte sich nicht darum. „Sie sind verrückt. Sie sind krank.“

Ben sah über den Balkon. „Können Sie da runterspringen.“

Annas Augen wurden groß. „Verdammt, das ist immer noch zu hoch.“

Ben deutete auf den Baum, eine Birke, der zwischen den parallel liegenden Balkon stand. „Dann nehmen wir den.“

„Der sieht aber nicht besonders stabil aus“, gab Anna zu bedenken.

„Dann also doch springen.“

„Sie können mich mal", zischte Anna und begab sich zu dem Baum. Unsicher blickte sie nach unten, um dann aber doch über das Geländer zu klettern, durchzuatmen und in den Baum zu springen.

Im nächsten Moment wurde die Wohnungstür aufgetreten und ein breitschultriger Mann kam hereingestolpert, gefolgt von einem im Gegensatz zu ihm eher Schmächtigeren. Ben sprang zur Seite, um ein besseres Schussfeld zu haben und schoss. Er traf den Schmächtigeren der beiden erst nur in den Arm, dann aber doch in Brustkorb und Kopf, konnte aber nicht verhindern, dass der andere ihn ansprang, sodass Bens Pistole über das Geländer hinunter flog.

Während Anna sich verzweifelt in dem Baum festhielt und langsam hinunter bewegte, rangen die beiden Männer miteinander. Der breite Russe setzte allein auf seine rohe Kraft, während Ben in den Nahkampf überging, wobei er erst einige harte Treffer einstecken musste. Dann aber gelang es ihm, die Angriffe des Russen zu blocken und nun seinerseits auf ihn einzuschlagen, während er die Angriffe allesamt abwehrte. Immer wieder versetzte er dem Angreifer mit seinen Fäusten und Ellenbogen Schläge ins Gesicht und verwandelte dieses in eine immer blutiger werdende Masse.

Der Mann taumelte rückwärts an das Geländer wie ein angeschlagener Boxer in die Seile. Kurz entschlossen nahm Ben Anlauf und sprang den Mann an, um mit ihm über das Geländer zu stürzen. Dabei riss Ben ihn herum, sodass dieser es war, der hart auf den Boden krachte, während Ben weicher auf ihm landete.

Der Russe stöhnte auf und spuckte Blut. Als er versuchte, sich zur Seite zu drehen, hockte sich Ben auf ihn und schlug weiter auf ihn ein, bis er sich nicht mehr regte. Schwer atmend blickte Ben noch einen

Moment auf den Mann hernieder. Dann erhob er sich schließlich, ging zu seiner Pistole und hob diese auf.

Als Anna den Boden erreichte, gönnte Ben ihr keine Pause. Er drückte sie gegen die Wand und wartete. Sobald sich weitere Männer zeigten, schoss er ihnen direkt in den Kopf. Der Schuss war durch den Schalldämpfer kaum zu hören, während das Geräusch des aufplatzenden Kopfes unglaublich laut in Annas Ohren klang und sie an eine Wassermelone erinnerte, die auf einen harten Boden fiel.

Statt zu schreien, schloss Anna nur die Augen und öffnete sie erst, als sie einen Zug an ihrem rechten Handgelenk spürte.

Ben dirigierte sie zu den Bäumen, die ihnen Schutz boten. Bevor sie weitergingen, orientierte sich Ben, ob nicht weitere Männer erschienen, während er seine Pistole mit einem neuen Magazin versah.

„Wo steht Ihr Wagen?“

Anna schluckte. „Da drüben auf der anderen Seite.“

Ben atmete durch und nickte.

Vorsichtig, als würden sie von einem gefährlichen Raubtier gejagt, wagten sie sich langsam vorwärts, nutzen jeden Schatten und jede Deckung, die sich ihnen bot.

„Wir müssen da rüber über den Spielplatz“, meinte Anna.

Ben gefiel das gar nicht. Durch die Bäume hatten sie ein gutes Versteck, zum Spielplatz mussten sie aber ein Stück über offenes Gelände und die Spielgeräte boten kaum Schutz. Trotzdem mussten sie so schnell es ging fort.

Sich umblickend, gingen sie schließlich einfach quer hinüber, ohne dass irgendwer von ihnen Notiz nahm. Als sie sich dem Parkplatz näherten, holte Anna ihren Autoschlüssel hervor, drückte den Knopf und sofort gingen die Lichter an ihrem Golf an.

Im nächsten Augenblick erfolgte der Angriff.

Bevor die Kugel sie treffen konnte, stieß Ben Anna zur Seite, um dann selbst auszuweichen. Dabei kam er zwar zunächst ins Straucheln, fing sich dann aber schnell wieder und schoss. Wieder und wieder.

Anna wurde an den Haaren gepackt und hochgezogen. Doch da meldete sich ihr Instinkt. Im nächsten Moment packte sie den Arm ihres Angreifers, drehte ihn herum, wodurch dieser losließ und sie, wie sie es gelernt hatte, zutreten konnte. Sie traf ihm am Knie und hörte einen Schmerzensschrei, worauf sie ihm ins Gesicht schlug. Trotzdem packte der Mann nach ihr, umfasste ihre linke Hand mit einem Griff so stark wie ein Schraubstock.

Anna griff nach dem Messer, das Ben ihr gegeben hatte. Ohne zu überlegen, stach sie auf den Mann ein, bis die Klinge bis zum Schaft neben dem Hals eindrang. Der Griff des Mannes löste sich und er sank mit seinem letzten Atemzug ins Gras.

Bevor Anna überhaupt begriff, was sie getan hatte, kam schon der Nächste. Im Gehen zog er selber ein Messer und Anna glaubte, ihr Herz müsste still stehen bleiben. Bevor er sie jedoch erreichte, wurde dieser plötzlich nach hinten gerissen, als eine Kugel in seinen Brustkorb einschlug.

Erschrocken wich sie zurück, drehte sich dabei um und sah, wie ein Mann ganz nah an Ben herankam und seine Waffe auf seinen Kopf richtete, als wollte er ihn einfach hinrichten. Anna schrie auf, aber Ben hatte längst reagiert. Er wich zur Seite aus, schlug dem Angreifer gegen den Arm, um ihm dann die Beine wegzuziehen und auf die Motorhaube zu knallen. Er drehte dessen Pistole gegen ihn selbst und drückte ab. Einmal. Zweimal. Dreimal.

Tief durch die Nase einatmend, richtete sich Ben auf und sah sich um. Dann entwand er dem Toten die Pistole und hob seine eigene noch auf.

„Zum Auto“, sagte er nur knapp und Anna folgte ihm wie in Trance. Sie hob die Schlüssel auf, die sie fallen gelassen hatte und gab sie ihm. Während sie sich auf den Beifahrersitz niederließ, mechanisch den Sicherheitsgurt anlegte, startete er schon den Wagen, fuhr rückwärts und dann einfach los.

„Wer zum Teufel sind Sie?!“, schrie Anna und sah sich um, ob irgendeiner der Angreifer sie noch verfolgte, aber nirgends rührte sich etwas.

Ben atmete durch. „Jemand, der den letzten Wunsch eines Freundes erfüllen möchte.“

„Aber Sie sind doch nicht bloß ein Bankkaufmann, herrje!“ Anna war noch immer außer sich. „Ich meine, ich weiß, dass Mo jahrelang Selbstschutz trainiert hat und sein Vater ein Polizist war, aber das da?! Das lernt man doch nicht in einem Kurs! Sie haben die Kerle, ohne mit der Wimper zu zucken umgebracht. Und wieso können Sie so gut schießen? Und kämpfen? Wer sind Sie?! Wo haben Sie das alles gelernt?!“

Ben schwieg. Annas Worte hatten eine Fülle von Bildern und Emotionen in ihm ausgelöst, die er jetzt nicht brauchen konnte. Er musste sich konzentrieren, denn es war sicher noch nicht vorbei.

Schon sah er im Rückspiegel, wie ein Wagen in einiger Entfernung hinter ihnen auf die Straße bog und beschleunigte.

„Könnten Sie mal bitte was sagen?“

Ben sah wieder in den Rückspiegel. „Ich will nur sichergehen, dass uns niemand verfolgt.“

Anna lachte freudlos auf. „Wer denn? Sie haben doch jeden umgebracht. Jeder, der uns angegriffen hat, ist tot.“

„Ich habe Sie nur beschützt."

Da er weiterhin immer wieder in den Rückspiegel sah, blickte sie sich erschrocken um. Deutlich sah sie die Scheinwerfer des anderen Wagens, den sie nicht richtig erkennen konnte.

„Das könnte doch auch irgendwer sein."

„Davon gehe ich lieber nicht aus."

Der Wagen folgte ihnen, bog dann aber ab. Ben nickte, blieb aber aufmerksam.

Anna schluckte und sah wieder nach vorn. „Was haben Sie jetzt vor? Haben Sie einen Plan?"

Ben nickte. „Mo hatte recht, dass wir die aufhalten müssen. Solange wir die nicht aufgehalten haben, werden Sie nicht sicher sein. Wir müssen unbedingt wissen, was auf der Liste steht. Zudem müssen wir wissen, was auf dem Computer enthalten ist."

„Aber den werden die doch sicher bewachen."

„Trotzdem ist dies unsere einzige Chance. Und wir müssen schnell dorthin, bevor sie alles löschen."

Anna schüttelte den Kopf. „Damit führen Sie uns doch in die Höhle des Löwen."

„Nennen Sie mich Ben."

Anna atmete tief durch, sah aus dem Fenster und nickte. „Anna."

Ben nickte ebenfalls knapp. „Ja, du hast recht damit, dass wir uns auf direktem Weg in die Höhle des Löwen begeben."

Anna schien zu resignieren und schüttelte den Kopf. „Erst rettest du mich, damit ich denen entkommen kann, und nun willst du mich auf Gedeih und Verderb denen in die Arme treiben."

„Ich würde dich lieber an einen sicheren Ort wissen, aber die Gefahr ist zu groß, dass ich dich brauche, um an die Informationen zu kommen. Zudem kann ich nur so auf dich aufpassen. Leider geht aber das eine nicht ohne das andere."

Anna atmete aus. „Ich glaube dir leider. Sonst wäre ich schon längst abgehauen.“ Sie schwieg einen Moment und sah Ben dann an. „Wohin soll es jetzt zuerst gehen?“

„Wir suchen uns jetzt erst einmal ein sicheres Versteck. Dort entziffern wir die codierte Liste.“

„Das kannst du?“

„Ja. Der Code basiert auf Mo und meinem Lieblingsbuch. Wenn wir uns codierte Nachrichten senden wollten, haben wir schon immer dieses Buch benutzt oder eher eine bestimmte Seite.“

Anna nickte. „Wenn man das nicht weiß und die Seite nicht kennt, ist man aufgeschmissen. Die Liste hätte den Typen also nichts gebracht.“

„Nein, nicht ohne das Buch und ohne das Wissen, welche Seite man wie nutzen muss.“

Anna atmete durch und schüttelte resigniert lächelnd den Kopf. Dann sah sie Ben an. „Tut mir leid wegen deines Freunds. Mo war wirklich…“

Ben nickte, aber in seinen Augen blitzte es. „Ja.“
„Und er hat dir gesagt, du sollst auf mich aufpassen.“

Ben nickte. „Ja. Es war das Letzte, was er wollte.“

Anna schüttelte den Kopf. „Unfassbar. Warum hat er das getan? Ich meine, er lag im Sterben und da dachte er noch an mich?“

„So war Mo. So habe ich ihn kennengelernt. Ich meine nicht direkt so. Am Anfang war er sehr abgewandt und wäre mich am liebsten losgeworden. Später erfuhr ich, dass er schon da der Mo war, den ich dann wirklich kennenlernen durfte. Er hat sich immer um andere Sorgen gemacht. Ihm war lieber, dass ihm etwas passierte als jemand anderes. Familie und Freunde kamen für ihn an erster Stelle. Gleichwertig. Er selbst, nun er selbst spielte für sich keine große Rolle.“

„Aber für dich.“

Ben atmete durch. „Mo und sein Vater waren für mich die wichtigsten Menschen."

Anna nickte. „Das klingt danach, dass du diejenigen, die für seinen Tod verantwortlich sind, nicht davon kommen lassen wirst."

Ben atmete durch und er umfasste das Lenkrad so fest, bis seine Knöchel weiß hervortraten.

Den Rest der Fahrt schwiegen sie. Anna blickte aus dem Fenster, um sich irgendwie zu orientieren, wohin Ben sie bringen wollte, konnte aber nichts erkennen. Als er in ein Waldgebiet fuhr, machte sie sich doch allmählich Sorgen, sagte aber nichts. Schließlich hielt Ben an und schaltete den Motor aus.

Anna beobachtete Ben, der weiterhin nur nach vorne blickte. Dann sah er in den Rückspiegel, wartete, um dann auszusteigen. Anna folgte ihm, sah sich aber irritiert um.

„Du willst doch nicht jetzt wirklich in den Wald? Es ist total finster."

Ben nickte. „Wenn uns jemand gefolgt ist, wird er dort Schwierigkeiten haben."

Anna wurde zynisch. „Wir auch. Man kann die Hand nicht vor Augen sehen."

„Ich kenne mich hier aus. Mo und ich haben hier viel Zeit in unserer Jugend verbracht."

„Ja. Mit Taschenlampen oder am Tage."

Ben lächelte. „Ich habe ihm gezeigt, wie man hier Verfolger abhängt. Dies ist nützlicher, als sich immer einem Kampf zu stellen."

Anna schüttelte den Kopf und folgte Ben. „Etwa so wie die Typen eben?"

„Da gab es keine Chance, sie abzuhängen."

Ben wartete, bis Anna ganz nah bei ihm war. „Geh immer ganz genau hinter mir. Dann sollte dir nichts passieren."

„Großartig. Da fühle ich mich jetzt schon viel besser."

Ben schlich geradezu wie eine Katze in den völlig dunklen Wald hinein, während Anna sich vorkam wie ein großer Elefant, da sie immer wieder auf Zweige trat und fast vermeidlich stolperte.

„Wer bist du verdammt? Ich meine, so etwas lernt man doch nicht beim Camping? Welcher Spezialeinheit hast du mal angehört? Wobei, dafür bist du zu jung. Oder nicht? Und wann hast du dann deine Banklehre gemacht?"

„Pfadfinder?" Schlug Ben vor. Anna stieß genervt Luft aus.

„Ja klar. So etwas lernt man alles bei den Pfadfindern."

„Wir sollten besser leise sein. Nur weil wir unsere Verfolger nicht sehen, heißt das nicht, dass wir nicht verfolgt werden."

Anna schüttelte den Kopf. „Und du berätst Menschen wirklich bei Geldanlagen? Bei deiner positiven Einstellung kann ich das kaum glauben. Und wenn wir nicht bald mal ein Versteck finden, müssen sich unsere Verfolger um mich keine Sorgen mehr machen, denn ich werde mir sicher mein Genick brechen."

„Wir sind da", stellte Ben fest und Anna sah sich irritiert um.

„Was macht denn jetzt diese Stelle besser als die ganzen anderen, an denen wir vorbei sind?"

Ben lächelte. „Pfadfindergeheimnis."

Damit hockte er sich hin und holte die Liste hervor. Anna schaltete das Licht ihres Handys an und stellte es auf die schwächste Stufe, um hinter Ben zu bleiben und von dort aus zu leuchten. Sie selbst konnte dadurch kaum etwas erkennen, aber Ben schien dabei weniger Probleme zu haben.

Ben betrachtete den Zettel und die vollkommen willkürlich aussehende Buchstaben- und Zahlenfolgen.

„Hast du einen Stift?", fragte er schließlich.

Anna kramte in ihrem Rucksack und gab ihm einen schwarzen Kuli. Wieder schien Ben zu überlegen, dann begann er zu schreiben, reihte Buchstabe an Buchstabe, ergänzte Zahlen, bis er schließlich die gesamte Liste übersetzt hatte.

Anna sah genauer hin. „Was ist das? Namen?"

Ben nickte. „Keine echten Namen, sondern Codenamen."

„Isegrim, Adebar, Reineke, Braun, Hylax", las Anna vor. „Das sind Namen von Tieren in der Fabel."

Ben nickte. „Und das dahinter scheinen Kontonummer zu sein. Und dann Zahlen… Jeweils ein Datum würde ich sagen. Und dann noch Initialen."

Anna nickte. „Ja, sieht so aus. Aber was heißt das?"

Ben schwieg einen Moment. „Keine Ahnung. Es scheinen nur kurze Notizen zu sein."

Annas Augen verengten sich. „Und was steht dort unten?"

Anna deutete auf eine Zeile, die Ben nicht übersetzt hatte.

„Das ist scheinbar der Pfad, wie man an die Daten auf dem Computer herankommt."

Anna nickte. „War das alles, was Mo dir gegeben hat?"

„Nein. Er gab mir noch sein Handy. Ich schätze, dort sind noch weitere Beweise."

Anna sah Ben an. „Und wo ist dieses Handy?"

„Versteckt. Mit einer Notiz, sodass es jemanden übergeben wird, dem ich vertraue."

„Polizei? Du hast doch gesagt, du vertraust nicht der Polizei."

Bens Ausdruck wurde ernster. „Nein. Schlimmer."

Anna nickte. Plötzlich schreckte sie auf. „Was ist das?"

Ben kam hoch und blickte sich um. Da spürte er einen Stich in seinem Hals und seine ganze Wahrnehmung wurde von einem Augenblick auf den anderen verschwommen.

Das Letzte, was er sah, war Annas Gesicht, die sich über ihn beugte und dann zur Seite sah.

„Scheiße" entfuhr es ihr.

Dann war alles schwarz.

8

Das Handy klingelte. Wenn es das tat, hieß das nie etwas Gutes. Wenn es dies auch in einer Nacht tat, in der Frank Wolters keinen Dienst hatte, war etwas ganz übel aus dem Ruder gelaufen.

Ohne das Licht einzuschalten, nahm er den Anruf an.

„Ja", meldete er sich nur kurz. Wer auch immer ihn angerufen hatte, tat dies nicht aus Versehen und sicher hatte sich niemand verwählt.

„Strobel hier."

Wolters kannte Strobel. Sie war eine der Datenanalytikerin und eine der wenigen, denen er vertraute. Sie war ihm dankbar gewesen, dass er sich für sie eingesetzt hatte, obwohl sie so nervös wirkte, sodass sie für die Stelle ungeeignet schien. Durch seine Unterstützung durfte sie bleiben und sich beweisen. Nun gehörte sie zu den Topanalytikern, deren Meinung oftmals über Gefahreneinstufungen entschied.

Strobel war ein Nachtmensch. Wolters wunderte es nicht, dass sie um diese Zeit noch arbeitete. Dass sie ihn aber anrief, war schon beunruhigend genug.

„Entschuldigen Sie meine späte Störung um diese Uhrzeit", entschuldigte sie sich, aber Wolters schob das direkt bei Seite.

„Strobel, bitte, Sie werden sich niemals bei mir entschuldigen müssen, dass Sie Ihren Job machen. Worum geht es? Ich hoffe, ein paar Arschlöcher haben nicht wieder ein Asylantenheim angesteckt."

„Nein. Es geht um Mohamed Aslan. Er wurde ermordet."

War Wolters bis eben noch nicht ganz wach, so war alle Müdigkeit mit einem Moment verschwunden, die er immer öfter spürte, seit er die fünfzig überschritten hatte.

„Wie?"

„Nach Angaben der Polizei war es ein Überfall. Seine Leiche weist sowohl Stich- wie auch Schusswunden auf."

„Mist."

„Irgendwelche Hinweise auf einen möglichen Täter?"

„Die Meldung kam eben erst rein. Als ich den Namen sah, habe ich Sie direkt informiert."

Wolters nickte. Strobel hatte sich als so loyal erwiesen, wie er es vermutet hatte. Er ließ ihr Zeit, die weiteren Informationen zu sichten.

„Es gibt weitere Berichte über tote, Russen, die man nah des Tatortes gefunden hat. Zudem häufen sich die Berichte über merkwürdige Vorkommnisse. Schüsse. Verfolgungsjagden. Kämpfe und weitere Tote. In der Sonnenallee 38."

Wolters schloss die Augen. Es war also geschehen.

Er atmete durch und stand auf. Schlaf würde er in dieser Nacht nicht mehr bekommen, denn er musste ganz schnell los.

„Schicken Sie mir alles auf mein Handy. Ich werde mir vor Ort ein Bild machen."

„In Ordnung. Soll ich den dortigen Einsatzleiter informieren?"

Wolters schnaubte. „Sie meinen den, den wir schon überwachen wegen seiner Verbindung zur rechten Szene? Nein. Ich werde ihn eventuell vor Ort informieren."

„In Ordnung. Brauchen Sie ein Einsatzteam?"

Wolters schwieg einen Moment. „Ja. Aber wenn es so ist, wie ich vermute, brauchen wir etwas ganz anderes."

„Und was?"

„Leichensäcke. Jede Menge Leichensäcke."

9

Jeder wusste, wie Gunther wirklich ums Leben gekommen war. Fenrir mochte ihn umgebracht haben, aber es war Finn gewesen, der ihn in die Falle geführt hatte. Dass es eigentlich Gunther war, der Finn aufgelauert hatte, um sich daran zu ergötzen, wie Finn von der schwarzen Bestie zerfleischt wurde, spielte keine Rolle.

Finn hatte niemandem gesagt, was vorgefallen war, es hätte auch niemanden interessiert. Jeder hatte es sicher gedacht, aber es war unwichtig.

Finn war lange unter Wasser geblieben, hatte sich einfach abtreiben lassen, bis er wahrlich es nicht mehr schaffte, die Luft anzuhalten. Als er es endlich wagte, sah er nur aus der Entfernung, wie Fenrir sich noch immer an Gunthers Leiche verging, wahrscheinlich, weil er darüber erbost war, dass ihm seine eigentliche Beute entkommen war.

Als Finn zurückkehrte, erklang kein Jubel. Zu viele vielversprechende Jünglinge waren nicht zurückgekehrt. Und ausgerechnet er, von dem man sich wenig bis gar nichts erhoffte, hatte überlebt. Niemand würde seine Missbilligung darüber Ausdruck verleihen, aber Finn konnte es in ihren Augen sehen.

Später erfuhr er, dass Erik und Mat da gewesen waren und wirklich sahen, was zwischen ihm und Gunther vorgefallen war. Und was danach geschehen war. Keiner von ihnen trauerte Gunther eine Träne nach, aber selbst sie wussten, dass der eigentliche Weg gewesen wäre, dass Gunther ein Krieger werden sollte und nicht er, Finn, der Außenseiter.

Odin sah dies anders. Er legte Finn seine riesige Pranke von einer Hand auf die Schulter und blickte ihn mit diesen dunklen Augen an, die Finn und eigentlich jedem eines klar machte: Nicht Fenrir war das gefährlichste Geschöpf der Gemeinschaft, denn Odin gebot nicht ohne Grund über die schwarze Bestie.

„Gut gemacht, Finn. Ich bin sehr stolz auf dich."

Diese Worte, hörbar für alle, waren mehr als jeder erwarten konnte. Und doch ging Finn die Angst durch Mark und Bein. Er hatte es immer geschafft, sich aus den Augen der Ältesten fernzuhalten und nicht so sehr aufzufallen. Er machte, was man ihm sagte, stach aber nicht heraus.

Doch dann war der Kampf mit Gunther gekommen, in dem er als Verlierer auserkoren gewesen war. Den er aber gewann und den einstigen vorbildlichen Jüngling auf immer zerstörte, indem er ihm mit einem einfachen Stein Knie und Hand zerschmetterte. Er hätte ihm auch den Schädel spalten können, aber etwas hielt Finn damals zurück. Wenn

Gunther an seiner Stelle gewesen, er hätte keine Sekunde gezögert, da war sich Finn sicher. Aber er war nicht Gunther. Und er war auch keiner der anderen. Er wollte bloß überleben, bis… Ja, bis wann eigentlich?

Nachdem er Gunther endgültig besiegt hatte, war es damit vorbei, dass er sich immer bedeckt halten konnte. Nun hatte er die volle Aufmerksamkeit der Alten und vor allem Odins.

Eines Tages kam der Führer ihrer Gemeinschaft zu ihm und übergab ihm einen kleinen Welpen. Im Gegensatz zu dem sonstigen Nachwuchs der wolfsähnlichen Kampfhunde war dieser geradezu mickrig und wirkte kränklich.

„Hier. Der ist für dich“, hatte Odin gesagt und Finn den Welpen übergeben. „Eigentlich hätte er nur als Futter gedient, aber ich sah in seinen Augen etwas, was ich auch in deinen sah. Ein Feuer, das scheinbar niemand wahrnahm. Ich glaube, man unterschätzt den Kleinen, wie man dich unterschätzt hat. Daher werdet ihr gut zueinander passen. Ich will, dass du beweist, dass ich recht habe. Kümmere dich um ihn, zieh ihn auf und mache aus ihm einen so guten Kameraden, wie du es bist.“

Von Odin einen Auftrag übertragen zu bekommen, bedeutete, ihn auch zu erfüllen. Es gab kein Versagen. Sein Wort galt mehr als jedes andere. Aber von allen Aufträgen war es dieser, den Finn sehr gerne annahm.

Er blickte den Welpen an und dieser ihn. Als der kleine Hund ihm über die Hand leckte, wusste er, sie würden Freunde für immer werden.

Warum er ihn Ben nannte, konnte Finn auch Jahre später nicht sagen. Er hatte nie darüber gesprochen und doch schien es jeder zu wissen, dass er seinem Hund keinen erwartungsgemäßen Namen gegeben hatte, einen solch eigentlich unpassenden. Aber Odin schien es zu dulden und so sagte niemand etwas.

Ben wuchs zu einem stattlichen Wolfshund heran, der all dem entsprach, was man von den Hunden der Gemeinschaft erwartete. Sein Körper unter seinem bläulich schimmernden Fell war muskulös, sein Körperbau kräftig und er war fast der Größte aller Hunde, von Fenrir natürlich abgesehen. Bei den Jagden gab es kein Team, das so perfekt harmonierte wie Finn und Ben. Somit war es auch niemanden gestattet, sich in die Erziehung einzumischen, an der so mancher etwas auszusetzen hatte. Aber seit dem damaligen schicksalhaften Tag stand Finn unter Odins Schutz und somit auch Ben.

Ben war Finns bester Freund. Und sein einziger Wahrer. Das Schicksal hatte sie verbunden auf eine Weise, für die Finn keine Worte fand. Aber ohne ihn, hätte Finn nicht gewusst, wo er jetzt gewesen wäre.

Als Finn mit Ben neben sich vor Odin stand, die gesamte Gemeinschaft um sie herum. Alle Blicke ruhten auf ihnen und Finn spürte, dass etwas bevorstand. Etwas Schlimmes. Anders konnte es nicht sein.

Odin saß auf seinem großen hölzernen Stuhl, verziert mit allerlei Symbolen, Runen und Schnitzereien, weshalb alle es nur den Thron nannten. Neben ihm saß aufmerksam wie je Fenrir und beobachtete Ben, während Odins Blicke allein auf Finns ruhten. Finn wagte es nicht, diesem Blick nicht standzuhalten.

„Zu führen heißt, Stärke zu zeigen. Entschlossenheit“, erklärte Odin und Finn war sich nicht sicher, ob die Worte allen galten, so wie immer oder nicht alleine nur ihm.

„Was ist das Wichtigste?“, fragte Odin, und nicht nur Finn ließ sofort laut verkünden. „Kein Rückzug! Kein Aufgeben! Keine Gnade!“

Odin zeigte keine Regung. „Und dies wird erreicht durch Handeln. Direkt. Kein Nachdenken. Wissen. Die Gemeinschaft hängt davon ab, dass jeder Einzelne danach lebt, nicht nur die Anführer. Gehorchen führt zu Stärke. Handeln führt zu Stärke. Kein Rückzug! Kein Aufgeben! Keine Gnade! Jeder muss sich daran halten, sonst gehen wir in der Welt dort draußen unter."

Finn hielt Odins Blick weiter stand und Odin lächelte.

„Du hast all unsere Erwartungen übertroffen, Finn. Du hast dich zu einem vorbildlichen Mitglied unserer Gemeinschaft entwickelt und dich in den Fokus aller gerückt, besonders in meinen. Auch hast du meine Erwartungen übertroffen, was deinen Kameraden betrifft. Als ich ihn dir gab und dir auftrug, dich um ihn zu kümmern, war er klein, mickrig und nichts deutete darauf hin, dass er einmal zu diesem Tier werden würde, was wir nun vor uns sehen. Bei vielerlei Tests habt ihr bewiesen, wie stark eure Verbundenheit ist. Beeindruckend. Höchst beeindruckend. Beispielhaft an ihm hast du bewiesen, dass wir noch Großes von dir erwarten können."

Odin hielt inne und Finn lief es kalt über den Rücken herunter. Als der Anführer der Gemeinschaft sprach, war seine Stimme vollkommen ruhig und sein Blick emotionslos wie vorher.

„Nimm dein Messer und schneide ihm den Leib auf. Blick ihm in die Augen, während er stirbt."

Niemand wagte, etwas zu sagen. Es gab kein Raunen. Finn wusste, dass einige sicher in sich lächelten, aber niemand würde dies zeigen.

Alle Blicke ruhten auf Finn und dass er nicht direkt sein Messer gezogen hatte. Stattdessen stand er da und rührte sich nicht, blickte weiter in Odins Augen. Dieser ließ sich nichts anmerken, aber jeder konnte in seinen

Augen sehen, was in ihm vorging. Finn hatte seinen Befehl nicht ausgeführt. Hatte nicht augenblicklich sein Messer gezogen und es seinem Hund in den Leib gestoßen. Das war Hochverrat.

So emotionslos wie vorher sprach Odin nur ein Wort. „Fass."

Sofort sprang Fenrir vor und hielt direkt auf Finn zu. Schon sah er den schwarzen Schrecken auf seine Kehle zuspringen. Doch bevor der Höllenhund Finn erreichen konnte, wurde dieser im Sprung zur Seite gerissen.

Ohne zu zögern hatte sich Ben auf Fenrir geworfen und beide gingen in einem wilden Knäul zu Boden. Ben war es gelungen, Fenrir am Hals zu packen, sodass das gewaltige Tier nicht nach ihm schnappen konnte. Im Gegenteil hatte zum ersten Mal ein Artgenosse ihn an der Kehle und rang ihn zu Boden und auf den Rücken. Eine Demütigung.

Blut sickerte aus der Wunde, die Ben ihm beigebracht hatte, aber der Schmerz machte Fenrir nur noch wilder. So fest Ben ihn auch gepackt hatte, es war nicht fest genug.

Mit aller Kraft riss sich Fenrir los und Ben konnte ihn nicht mehr halten. Sofort setzte er nach, aber jetzt war Fenrir vorbereitet. Ben hatte ihn an den Rand einer Niederlage gebracht und dafür würde er ihn jetzt büßen lassen. Für Finn hatte Fenrir keine Augen mehr. Wenn sein Herr ihm einen Befehl gegeben hätte, von Ben abzulassen und sich auf Finn zu stürzen, er hätte es ohne zu zögern getan, aber der Befehl blieb aus.

Die beiden Hunde, deren Ahnenreihen auf die ersten großen Wölfe zurückreichten, die einst mit den ersten Menschen gemeinsam jagten, umkreisten sich. Unentwegt fletschten sie die Zähne und ließen keinen Zweifel daran, dass nur einer diesen Platz lebend verlassen würde.

Und dann prallten sie aufeinander und Finns Herz blieb stehen. Wieder und wieder schnappten die Mäuler nacheinander. Versetzten sich Wunden, dass das Blut nur so spritzte. Ben schien Fenrir wahrlich ebenbürtig. Jedoch war Fenrir nicht umsonst der gefürchtetste unter allen. Und als Finn gerade zu hoffen wagte, dass Ben vielleicht doch eine Chance haben könnte… packte Fenrir Ben am Hals und schleuderte ihn mit einer gewaltigen Bewegung auf den Boden. Im nächsten Moment vergruben sich seine Zähne in Bens Unterleib und rissen diesen brutal auf.

Ben jaulte auf. Noch nie hatte Finn einen solchen herzzerreißenden Laut gehört und der ließ ihn wahrlich erzittern. Ben sackte regelrecht zusammen und nun mischte sich in seinen Klagelaut auch aller Schrecken, zu dem ein fühlendes Lebewesen fähig war.

Fenrir schlich um Ben herum, umkreiste ihn und weidete sich an dem Leid desjenigen, der es gewagt hatte, ihn an der Kehle zu packen und ihn auf den Rücken zu werfen. Unter den wachsamen Augen seines Herren und aller weidete er sich an dem Schrecken und dem Leid, das er verursachte.

Er stellte sich vor Ben, als wollte er, dass dieser sah, dass er ihn nun noch mehr leiden lassen würde. Doch als er Ben zum letzten Todesstoß anspringen wollte, wurde er erneut gerammt, dieses Mal von Finn. Dieser stach mit dem Messer auf Fenrir ein, während sie über den Boden rollten. Finns Messer rutschte ab und schon im nächsten Moment fuhr Fenrirs Kopf herum und er schnappte nach Finns Arm. Ein stechender Schmerz jagte Finns Schulter herauf und er ließ das Messer fallen, konnte seinen Arm aber befreien.

Fenrir zögerte nur einen Moment und ging direkt wieder in den Angriff über, sprang Finn an. Aber Finn war vorbereitet, kümmerte sich nicht um seine Wunde und sprang Fenrir entgegen. Bevor dieser wieder zupacken konnte, umgriff ihn Finn und schleuderte ihn wie ein Ringer zu Boden. Fenrir versuchte, sofort wieder auf die Beine zu kommen, aber Finn packte nach, umschloss Fenrirs Leib und hielt ihn fest an sich gepresst.

Fenrir knurrte und schnappte um sich, konnte Finn aber nicht entreißen. Dieser drückte noch fester zu, was Fenrirs Wut in Raserei steigerte. Finn ließ nicht nach. Stattdessen umschloss er Fenrirs Leib nur noch fester. Fenrirs Knurren ging in Jaulen über.

Immer verzweifelter gebar sich die sonst so furchtbare Bestie, die nun ein Bild des Jammers bot. Trotzdem gab Fenrir nicht auf und bewegte sich immer heftiger. Und als es schon so aussah, dass Fenrir sich losreißen konnte und sein Jaulen wieder in Knurren überging, ließ sich Finn nach hinten fallen und hob Fenrir über sich.

Als Fenrir mit seinem Rücken auf den harten Boden aufkam, konnte jeder das Knacken hören. Im nächsten Moment war das Jaulen und Winseln sogar noch erbärmlicher als das von Ben.

Kraftlos stand Finn auf und torkelte zu seinem Messer. Mit zitternden Händen umschloss er den Griff und stellte sich über Fenrir, dessen Vorderläufe verzweifelt versuchten, den Körper anzuheben, aber der hintere Teil gehorchte ihm nicht mehr. Ohne Fenrir weiter zu beachten, wankte Finn zu Ben hinüber und sank neben seinen Freund zu Boden. Zärtlich strich er Ben über den Kopf. Dieser winselte, leckte Finn aber trotzdem über die Hand.

Finn senkte seinen Kopf und drückte seine Stirn auf die von Ben. Dann stach er zu und rammte das Messer seinem Freund ins Herz. Das Winseln hörte auf.

Während plötzlich einsetzender Regen auf die beiden niederfiel, verharrte Finn in der Haltung, während um ihn herum kein Laut zu hören war. Alle schwiegen. Dann vernahm er durch den Regen näherkommende Schritte. Finn musste nicht aufsehen, um zu wissen, um wen es sich handelte.

Odin passierte Fenrir, der noch immer winselnd im Matsch lag, verzweifelt versuchte, sich aufzurichten, als würde dies alleine sein Leiden beenden. Vergeblich. Sein einstiger Herr würdigte ihn keines Blickes und würde ihn nicht von seinen Leiden erlösen, wie es Finn mit seinem Freund getan hatte. Er hatte verloren und seinem Herrn Schande bereitet.

Als Odin vor Finn stehen blieb, hob dieser den Kopf und sah dem Anführer der Gemeinschaft fast trotzig ins Gesicht. Keine Regung zeigte sich dort. Dann schlug Odin plötzlich zu und seine mächtige Faust traf Finn mitten gegen die Schläfe.

Bewusstlos ging Finn neben seinen toten Freund zu Boden, während Odin über ihm stand und auf ihn herabblickte. Er drehte sich einfach um und ging vom Platz vorbei an allen, die mit ihren Blicken ihm stumm folgten. Als Odin an den Hunden vorbeikam, ließ er nur einen Befehl verlauten.

„Fresst."

Geifernd stoben die Hunde los und stürzten sich auf den noch lebenden Fenrir, dessen Jaulen immer leiser wurde. Finn und Ben rührten sie jedoch nicht an, als wüssten sie, dass der Befehl diese nicht einschloss.

10

„Ah, er kommt wieder zu sich."

Ben hörte die Stimme wie aus weiter Ferne, aber den Schlag mit der flachen Hand spürte er.

„Na komm schon. Aufwachen."

Wieder ein Schlag mit der flachen Hand. Dieses Mal fester.

Ben konzentrierte sich auf den Schmerz, versuchte ihn in seiner Gänze wahrzunehmen, um sich so aus seiner Bewusstlosigkeit herauszuziehen.

Lachen.

„Dich hat es ja ganz schön erwischt.“

Wieder ein Schlag. Erneut fester als vorher. Oder kam er immer mehr zu Bewusstsein und konnte alles nun besser spüren?

Ben horchte in sich hinein. Seine Beine fühlten sich noch taub an, auch seine Hände. Er spürte, sie waren gefesselt. Sein Kopf fühlte sich an, als sei er in Watte gepackt. Dieses Gefühl verschwand nach und nach.

Er befand sich noch immer im Wald. Gefesselt an einen Baum gelehnt. Wenn er die Augen etwas öffnete, sah er mehrere Lichter, Taschenlampen. Direkt vor ihm hockte ein Mann mit einem eher unfreundlichen Gesichtsausdruck. Im Mundwinkel hatte er einen Zahnstocher, den er immer wieder von einer Seite zur anderen schob. Nach seinem Akzent zu urteilen war er eindeutig russischer Herkunft.

Wieder traf Ben ein Schlag, der ihn endgültig in das Hier und Jetzt zurückholte. Trotzdem ließ er die Augen geschlossen und den Kopf hängen. Die Dunkelheit würde ihm zudem ermöglichen, seine Fesseln zu untersuchen, ohne dass es jemand mitbekam.

„Alexej, da kommt jemand“, hörte Ben eine weitere Stimme. Der Mann vor ihm stand auf, Alexej.

„Ziemlich viel los hier heute Nacht“, meinte er belustigt.

„Wen haben wir denn da? Leute hier trefft ihr eine Berühmtheit.“

Ben öffnete die Augen einen Spalt weit, ohne aber die Position seines Kopfes zu ändern. Durch die großen Taschenlampen war der Bereich gut erhellt und er konnte vier Männer erkennen, die zusammen gehören zu schienen. Zu ihnen gesellte sich ein weiterer Mann, der kein Russe war.

„Matteo. Was führt dich in diese verlassene Gegend? Und auch noch zu dieser Zeit?"

Matteo lachte, breitete seine Arme aus und umarmte Alexej, um ihn rechts und links auf die Wange zu küssen, während die anderen drei Russen ihn nicht aus den Augen ließen.

„Ciao, Alexej. Ich schätze, ich bin aus demselben Grund hier, wie ihr. Auch mein Boss ist über die Ereignisse dieser Nacht etwas nervös geworden. Er hat Fragen, die er nur zu gerne beantwortet haben möchte."

„Wenn du nach dieser Anna Kerkov suchst, die ist nicht mehr hier. Auch unser Boss hat Fragen und sie zu sich bestellt."

Ben hatte Schwierigkeiten, still zu sitzen. Am liebsten wäre er aufgesprungen und hätte auf Alexej eingeprügelt, damit er ihm verriet, wo sich Anna befand.

Matteo nickte und legte die Hände übereinander vor sich.

„Also in die alte Zuckerfabrik. Nutzt ihr die immer noch?"

Alexej hob beschwichtigend die Hände. „Betriebsgeheimnis. Aber wo du schon selbst drauf gekommen ist, ja. Ich kann Russev da verstehen. Da ist es abgelegen und man ist für sich."

Matteo nickte. „Ja, ich hatte mal die zweifelhafte Ehre."

Wieder hob Alexej die Hände. „War nichts Persönliches. Ich bin ja auch schon mal in eure Fänge geraten. Geschäft ist nun mal Geschäft und manchmal kommt man sich in die Quere."

Matteo lächelte freudlos.

„Ja. Glaubst du Russev hat etwas dagegen, wenn ich bei dem Gespräch dabei bin, damit ich meinem Boss berichten kann.“

Alexej lachte. „Ich glaube, deine Anwesenheit könnte Russev etwas nervös machen. Zudem ist er wohl noch immer schlecht auf dich zu sprechen. Die Sache in Berlin stößt ihn noch immer auf.“

Matteo hob abwehrend die Hände. „Damit hatte ich nichts zu tun.“

„Trug aber deine Handschrift.“

„Hey, wir kommen uns nicht die Quere. So lautet die Abmachung.“

Alexej ließ einige Momente verstreichen, dann nickte er. „Ja. Russev glaubt aber nicht mehr so recht daran, dass ihr euch an die Abmachung haltet. Und jetzt haben wir die Sauerei. Und ich bin hier um alles zu bereinigen.“

Matteo nickte. „Ist das nicht normalerweise Sergejs Aufgabe?“

Alexej lachte höhnisch. „Ah, hattest du ihn hier erwartet? Lust bekommen auf ein weiteres Tänzchen? Ist das letzte Mal ja nicht so gut für dich ausgegangen. Na, wie auch immer. Sergej hat es verbockt und ich muss es jetzt geradebiegen. Diese Anna ist jetzt bei Russev und dieser andere Kerl auch. Damit werden die Probleme heute Nacht vom Tisch sein und dann war das alles nur ein Ärgernis.“

Matteo nickte und deutete dann in Bens Richtung. „Und wer ist der Kerl da?“

Alexej zuckte mit den Achseln. „Ein Niemand. Er war zufällig bei dieser Anna. Ist wohl ein Freund von diesem Scheißtürken, den wir umgelegt haben. Keine Ahnung. Wir sollten bloß Russev diese Anna bringen und auf den da aufpassen, bis wir ihn auch zu Russev bringen können.“

Matteo ging auf Ben zu und hockte sich vor ihn, um ihn genau zu betrachten.

„Ein niemand, ja? Ich hab gesehen, was dieser niemand angerichtet hat."

Matteo stand wieder auf und Alexej breitete lachend die Arme aus. „Was soll ich sagen? Ich habe keine Ahnung, wer der Kerl ist. Sein Freund hat rumgeschnüffelt und Sergej hat den nicht richtig erledigt. Hat sogar selbst was abbekommen. Und jetzt sind wir hier. Eine große Sauerei, ja. Aber es wird sich alles klären. Und dann ist alles wieder wie vorher."

Matteo nickte. „Na ja nicht ganz."

Alexej war irritiert, lachte jedoch und sah zu seinen Männern, die ebenfalls lachten.

„Keine Sorge, Matteo. Wir kriegen das schon wieder hin."

Matteo lächelte und nickte. Im nächsten Moment zog er eine Pistole mit Schalldämpfer. Bevor die vier Russen irgendetwas machen konnten, erklangen vier leise Schüsse und Ben vernahm, wie vier Körper zu Boden fielen. Matteo wartete einen Augenblick, dann ging er langsam zu den Leichen und schoss jeder noch einmal eine Kugel in den Kopf.

Ben rührte sich nicht, aber er vernahm deutlich, wie Matteo zu ihm kam und sich wieder vor ihn hockte. Als Ben sich nicht rührte, drückte ihm Matteo das noch heiße Ende des Schalldämpfers auf eine freie Stelle seines Schulterblattes.

Ben schrie auf und Matteo drückte noch etwas fester, bevor er die Pistole wieder zurückzog.

„Somit ist unsere Schlafmütze wach", stellte Matteo fest und erhob sich. „Ich schätze, du bist schon eine ganze Weile wieder wach."

Ben atmete schwer durch und kämpfte gegen den Schmerz an. Er blickte mit stechenden Augen Matteo entgegen, der ihn mit einer Taschenlampe ins Gesicht leuchtete.

„Wie heißt du?", wollte Matteo wissen.

Ben zögerte einen Moment und atmete einige Male tief durch, wobei seine Wangenmuskeln spielten und nur zu deutlich seinen Zorn offenbarten.

„Ben", brachte er schließlich hervor.

Matteo nickte. „In Ordnung, Ben. Wer bist du? Ich kenne alle Mitspieler in diesem merkwürdigen Szenario, aber du bist ein unbeschriebenes Blatt. Wahrlich niemand hatte dich auf dem Schirm und doch bist du hier. Warum?" Matteo hielt kurz inne, bevor er fortfuhr, als erwarte er von Ben keine wirklich Antwort. „Oh ja, dein Freund wurde ermordet, schon klar. Er hat seine Nase in Dinge gesteckt, die ihn nichts angingen. Konnte seine Finger nicht davon lassen. Es nicht auf sich beruhen lassen. Und hat damit leider eine Kettenreaktion ausgelöst, die uns hierher führte und leider hier nicht endet. Nein, ich bedauere. Der gute Alexej hatte vollkommen Unrecht, wenn er glaubte, dass alles wieder in Ordnung kommt. Schon vorher war die alte Ordnung ins Wanken gekommen. Nie hätte ich geglaubt, dass es so passieren würde und genau jetzt. Dass was passieren würde war klar, aber noch nicht jetzt."

Matteo hockte sich wieder vor Ben und sah ihn direkt an. „Dein Freund hat alles ganz schön durcheinandergebracht. Vielleicht hätte es mit seinen Tod enden können, aber auch daran glaube ich nicht.

Nun, das spielt jetzt auch keine Rolle mehr.

Was aber eine Rolle spielt, weil ich es nur zu gerne wissen möchte, ist: Wer bist du?

Deinen Weg pflastern etwas zu viele Leichen, als dass man dies ignorieren könnte. Ich schon gar nicht, weil das direkt mein Interesse weckt. Das, was du da getan hast, das war kein Glück. Ich gebe zu, ich halte von Russevs Männern nicht viel. Immerhin sind sie allesamt militärisch ausgebildet. Ok, auch das heißt jetzt auch nicht viel, aber sie sind sicher skrupellos. Und doch hast du es bis hierher geschafft. Wer also bist du? Und was weißt du?"

Ben sagte nichts, starrte sein Gegenüber nur mit hasserfülltem Blick an. Matteo lächelte nur matt. „Siehst du? Das meine ich. Das ist nicht die Reaktion eines Menschen, der sich nicht mit einer solchen Situation auskennt. Du verhältst dich eher wie ein Soldat auf einer Mission, von der er sich um keine Umstände abbringen lässt. Wenn ich mich nicht um die Kerle hier gekümmert hätte, ich bin sicher, du hättest es getan."

Er wartete einen Augenblick. Ben schwieg.

„Noch immer nichts zu sagen? Ok, ich habe auch nicht ewig Zeit. Hast ja gehört, dass Anna bei Russev ist und ich gehe davon aus, dass er sehr ungehalten bezüglich der Vorkommnisse dieser Nacht ist. Das könnte sehr unerfreulich für sie werden und auch dort werden wichtige Fragen geklärt. Daher kann ich mich mit dir nicht ewig beschäftigen und auf Antworten warten."

Matteo kniff die Augen zusammen. „Ich tippe ja auf Militär. Aber deutsch? Bund? Das wäre schon sehr merkwürdig. Egal."

Damit steckte er seine Pistole weg und holte stattdessen ein Springmesser hervor.

Matteo verdrehte die Augen und lächelte verlegen. „Ja, ich weiß: was für ein Klischee. Ein Italiener mit einem Springmesser.

Sagen wir, ich bin mir der Ironie bewusst und habe es deswegen. Oder aus nostalgischen Gründen. Suchs dir aus oder lass es. Ist ja auch egal."

Damit zerschnitt er Bens Shirt, ohne aber ihn selbst zu verletzten.

„Militärtypen wie du haben doch immer irgendeine Art Tätowierung, womit ich vielleicht auf die Spur…“

Matteo hielt inne und leuchtete auf das große Symbol, was auf Bens linker Brust prangte. Für einige Auenblicke konnte er nicht fassen, was er dort sah.

11

„Du wolltest also unsere Gemeinschaft verlassen?“

In Odins Stimme hörte man nur selten Wut. Diese war für all die Verräter vorbehalten, von denen er immer sprach. Finn war nun einer von ihnen.

Man hatte ihn auf einen Tisch gebunden, Arme und Beine gefesselt, ebenso den nackten Oberkörper, sodass er sich nicht bewegen konnte.

In der Hütte waren nur wenige versammelt. Außer Odin und einige der ältesten noch Kameraden aus Finns Gruppe, Erik, Mat, Gunnar und die anderen, die Zeugen von Finns Bestrafung werden sollten.

„Du hast es sogar gewagt, die Gemeinschaft zu gefährden, indem du einen von denen entkommen lassen wolltest.“

„Er war unschuldig!“, spie Finn Odin entgegen.

Odins Gesicht wurde zornesrot. „Er war minderwertig und stellte für alle eine Gefahr dar. Nur Eriks besonnenes Eingreifen ist es zu verdanken, dass das Schlimmste verhindert wurde. Er hatte keine Skrupel, das Richtige zu tun und seine Gemeinschaft zu schützen. Dafür wurde ihm auch die Ehre des Zeichens gewährt.“

Damit stellte sich Odin vor Erik, der ihn stolz anblickte und seinen linken Unterarm präsentierte, auf dessen Innenseite unmittelbar unter dem Ellenbogen ein Totenkopf eintätowiert war, dessen Knochen mit allerlei feinen Runen versehen war. Dieses Zeichen zeigte den Eingeweihten, dass er für die Gemeinschaft getötet hatte und nun zu den Todbringern gehörte. Fortan würde er im Auftrag von Odin denjenigen den Tod bringen.

„Dieses Zeichen ist eine der größten Ehren, die wir zu vergeben haben. Die Träger sind die ehrenvollsten Mitglieder unserer Gemeinschaft."

Er wendete sich wieder Finn zu und packte seinen linken Arm, auf dem dasselbe Symbol prangte.

„Auch du hast dir einst die Ehre verdient, als du noch nicht so zurückhaltend warst. Aber was du heute getan hast, war gegen alles, wofür wir und dieses Zeichen stehen." Er ließ Finns Arm los und seine Miene beruhigte sich wieder.

„Dafür wirst du ein neues Zeichen bekommen. Das Zeichen des Verstoßenen, damit jeder derjenigen, die du zu retten versuchtest, sofort erkennt, wer und was du bist. Die du als gleichwertig ansiehst. Die du deinen Leuten, deinen Kameraden, deinem Blut vorziehst.

Wie kannst du das wagen? Dieses Geschmeiß uns vorzuziehen. Die mit einem Blick auf das Symbol dich ihren Hass spüren lassen werden. Die dich mit Verachtung strafen. Dich verfolgen. Ächten. Bespucken. Schlagen. Misshandeln. Und dich töten. Weil sie in dir den Abschaum sehen, der du bist.

Sobald wir dich gezeichnet haben, wird es keinen Ort mehr geben, zu dem du fliehen könntest. Niemand wird dir Obdach geben. Niemand dich schützen. Du wirst geächtet sein, sobald man das Zeichen, das Symbol sieht.

Mal sehen, wie lange du dann diese Kreaturen noch schützt und dich ihrer nicht erwehrst, wenn du es bist, dessen Haut sie fordern."

Odin trat vom Tisch zurück und der Zeichner trat heran. In der Hand hielt er die Tätowiernadel, mit der er schon so viele gezeichnet hatte und mit der er das Symbol des Hasses großflächig auf Finns linker Brust auftrug, während dieser aus vollstem Halse schrie.

12

„Also das ist jetzt überraschend." Matteo lachte und versuchte das Gesehene noch immer einzuordnen. Dann schüttelte er den Kopf. „Wenn die Kerle das gesehen hätten, oh Mann, die hätten dich dafür bluten lassen. Die hätten dir das glatt rausgeschnitten.

Und Russev erst…", er hielt inne. „Aber dein Freund ist doch türkischer Abstammung. Wie konnte er denn dann dein Freund sein?"

Matteo lachte auf. „Mann, du gibst mir immer mehr Rätsel auf. Jetzt will ich erst recht Antworten haben. Wer bist du? Und wie bist du in das alles hier hereingeraten?"

Ben beugte sich vor. „Ich bin ein niemand."

Matteo nickte lachend. „Wenn man das Symbol sieht auf jeden Fall. Dafür wirst du in den Kreisen, in die du geraten bist, umgebracht. Das ist geradezu eine Pflicht."

Er schüttelte wieder den Kopf. „Du kleines perverses Arschloch. Es wird mir ein Vergnügen sein, dich umzubringen. Ja, sogar eine verdammte Pflicht. Dann erfahre ich von dir halt nicht, wer du bist. Auch gut. Wichtig ist jetzt nur Anna."

Ben lachte. Matteo lachte erst mit, wurde darauf aber wütend. „Was ist so verdammt lustig."

Ben lachte weiter und schien sich dann zu beruhigen. „Es ist so lustig, weil es nicht wichtig ist, wer ich bin, was das Symbol soll oder was mit Anna ist. Nicht in diesem Augenblick."

Matteo zeigte deutlich, dass er wütend war. „So. Und was ist dann wichtig?“

Bens Faust krachte in Matteos Gesicht. „Dass ich längst nicht mehr gefesselt bin.“

Ben stand auf und Matteo griff in seine Jacke nach seiner Pistole. Aber schon war Ben bei ihm und trat genau gegen die Stelle. Matteo schrie auf und zog seine Hand heraus, die zwar eine Pistole enthielt, aber Ben mit einem Schlag gegen den Lauf die Kugel ablenkte. Im nächsten Moment setzte er einen Hebel an und Matteo ließ schmerzerfüllt die Pistole fallen, konnte aber Bens nächsten Schlag abblocken und selber einen Schlag ausführen, der gegen Bens Stirn krachte und ihn zum Wanken brachte.

Matteo lachte. „Gut so. Dich bloß abzuknallen, wäre auch zu einfach gewesen. Zu gut für dich, du Nazi-Schwein.“

Damit griff er hinter sich und holte ein Jagdmesser mit einer scharfen Schneide auf der einen und mit einer gezackten auf der anderen Seite hervor.

Ben nickte anerkennend. „Das ist mal wirklich ein Messer.“

Matteo lächelte. „Es wird mir eine Freude sein, dir die Klinge in deine Augen zu rammen. Und dann schneide ich dir das verdammte Hakenkreuz lebendig vom Leib.“

Ben schnaubte. „Die Idee ist nicht so neu, wie du vielleicht denkst.“

Matteo griff an. Ben bemerke sofort, dass dieser über einige Erfahrungen beim Kampf mit einem Messer verfügte. Er war nicht einfach ein Straßenkämpfer, der seine Fertigkeiten in der Gosse von Palermo erlernt hatte. Vielleicht hatte er dort angefangen, aber was er zeigte, offenbarte eine speziellere Ausbildung.

Ben wich Matteos Stich aus, aber er bemerkte, dass seine Sinne noch nicht so reagierten, wie er es eigentlich gewöhnt war. Trotzdem konnte er sich auf sein antrainiertes Reaktionsvermögen verlassen, dass ihn noch immer zu einen der besten Kämpfer gemacht hatte. Mo hatte nie eine Chance gegen ihn gehabt, ebenso wie sein Vater. Doch da ging es auch nie um Leben und Tod. Dies war hier anders. Matteo wollte ihn nicht nur verletzen, er wollte ihn töten. Das Mal der Schande rief wahrlich bei jedem den größten Zorn hervor, unerheblich auf welcher Seite derjenige stand.

Matteo war gut und ein paar Mal hätte er mit der Klinge Ben beinahe erwischt. Ben gelang es immer wieder der Klinge, die bei jedem Stich- und Schnittversuch zu summen schien, auszuweichen.

Schließlich schaffte es Ben, einen von Matteos Angriffen zu blocken und ihm gegen das rechte Knie zu treten. Schmerzerfüllt schrie Matteo auf und Ben rammte ihn sein eigenes Knie in die Seite, um ihm sogleich den Arm zu verdrehen, sodass der Italiener seine Klinge aufgeben musste. Als Ben ihm auch noch das Bein zur Seite zog, ging Matteo zu Boden. Allerdings tat er dies ausrechnet neben der Pistole, die er eben noch hatte fallen lassen.

Bevor Matteo diese ergreifen konnte, packte Ben das Messer und sprang zur Seite, als Matteo auch schon seine erste Kugel in seine Richtung abfeuerte und ein Loch in die Rinde des getroffenen Baumes riss.

„Nicht schlecht für einen Niemand“, meinte Matteo höhnisch. „Mit dem Türken hätten wir wahrlich weniger Probleme gehabt.“

Matteo ließ seine Pistole kreisen, peilte kein bestimmtes Ziel an. Er konnte durch die Dunkelheit auch nicht viel sehen. Vorsichtig griff er mit seiner freien Hand in seine Jacke und holte dort ein volles Magazin hervor. Blitzschnell hatte er das fast Leere entfernt und durch das Neue ersetzt. Erst dann griff er nach einer der am Boden liegenden Taschenlampen, worauf er die Hände überkreuzte und so immer genau in die Richtung leuchtete, in die er auch zielte.

„Ok, so macht das Ganze doch gleich viel mehr Spaß", meinte Matteo. „Ich liebe es, wenn sich mein Opfer ziert oder wegläuft. So ein Kampf ist doch gleich viel aufregender. Ich gebe zu, dich unterschätzt zu haben. Das passiert mir nicht noch einmal."

Matteo schwenkte die Taschenlampe herum, weil er meinte, etwas gehört zu haben, doch er war Profi genug, dass er nicht einfach schoss. Seine Sinne waren so geschärft, dass sie automatisch auf typische Umrisse reagierten. Hier im Wald jedoch wurden seine Sinne und Instinkte aufs Äußerste gefordert. Zudem war es stockfinster und nur die Taschenlampen der vier toten Russen gaben noch etwas zusätzliches Licht.

Matteo musste zugeben, dass dies wahrlich nicht sein Terrain war. Ihm lag es mehr, sich in Häuser oder auf Feiern und Veranstaltungen einzuschleichen. Mitten im Wald, das war nicht das Seinige. Aber er war anpassungsfähig. Immer gewesen.

Früh hatte er erkannt, wie es in seiner Welt wirklich ablief. Sein Vater sah das anders und auch seine Mutter versuchte immer wieder auf ihren Sohn einzureden. Matteo erkannte, für ihn war das Leben auf einem Bauernhof nichts. Tagtäglich in den Weinbergen zu schuften, während die Sonne auf ihn niederbrannte, Jahr für Jahr, nein. Lieber wollte er zu denen gehören, denen sein Vater und dessen Familie den Wein brachten. Vor denen er sich verbeugte und Achtung hatte. Und fürchtete.

Diese Menschen arbeiteten nie in den Weinbergen. Sie saßen im Schatten vor ihren prächtigen Häusern und es fehlte Ihnen an nichts. Und sie fuhren teure

Autos, die in der Sonne glänzten. Geldsorgen kannten sie nicht und kümmerten sich um alles.

Matteo war nicht dumm. Er wusste, was sie waren und womit sie ihr Geld verdienten. Im Gegensatz zu seinem Vater aber hatte er keine Scheu, ihnen dies genau zu sagen, als sie ihn danach fragten. Und er wusste, dass ein Weg aus seinem schon vorgeschriebenen Leben nur über sie hinausführte. In ein Leben, das ihm alles bot, was er nur wollte. Das hatte seinen Preis und Matteo war bereit, diesen Preis zu zahlen. Somit tat er alles, worum man ihn bat. Es musste nie etwas von ihm verlangt werden. Man bat ihn darum. Oder man tat nicht einmal das, denn Matteo wusste instinktiv, was man von ihm erwartete. Genau das verschaffte ihm ein gutes Leben. Und Respekt. So viel Respekt, dass man ihn alleine hierher geschickt hatte, obwohl man wusste, dass er auf mehrere Männer treffen konnte. Das tat man nicht, weil man ihn in eine Falle schicken wollte oder ihn als Kanonenfutter verwendete. Nein. Man wusste, man konnte sich auf ihn verlassen. Wenn auch nur einer geahnt hätte... Aber das war eine andere Geschichte, bei deren Bereinigung er helfen würde. Vielleicht war es wirklich an der Zeit. Doch dem allen, den großen Plänen, stand jetzt nur noch einer entgegen. Und das würde Matteo nicht zulassen.

Matteo bewegte sich weiter vorwärts, lugte hinter jeden Baum, während er spürte, wie seine Anspannung stetig stieg. Dieser Ben war nicht irgendwer und schon gar nicht ein Niemand. Er hätte ihn direkt töten sollen, aber nun war es zu spät. Und es würde ihn Zeit kosten. Zeit, die er nicht hatte. Längst hätte er an einem anderen Ort sein müssen.

„Ich investiere in dich jetzt schon viel zu viel Zeit. Wir sollten das hier jetzt beenden.“

„Wie du meinst“, ertönte plötzlich eine Stimme und ließ Matteo herumfahren. Da stand er. Ben.

Matteo drückte ab. Einmal. Zweimal. Dreimal. Doch keine Kugel traf Ben. Jedenfalls konnte Matteo dies nicht sehen. Aber er musste ihn getroffen haben. Drei Schüsse. Einer musste sein Ziel erwischt haben.

Vorsichtig bewegte sich Matteo vorwärts. Langsam. Sich zu sicher zu fühlen, konnte so schon ganz schnell dazu führen, dass man es selber war, der blutend auf dem Rücken lag.

Matteo schwitzte. Das hatte er schon lange nicht mehr getan. Er spürte das Adrenalin, das durch seinen Körper rauschte und ihm Gefiel dieses Gefühl ganz und gar nicht.

Einen Gegner wie Ben hatte er schon seit Ewigkeiten nicht mehr gehabt. Einen echten Gegner, der ihn herausforderte. Eigentlich sollte er solche Situationen meiden. Sie erledigen wie bei den vier Kerlen eben. Da hatte er gewusst, dass sie ihm keine Probleme bereiten würden. Ben aber…

Blut. Am Baum war Blut. Er hatte Ben also erwischt. Wie groß die Wunde war, konnte er nicht sagen, aber immerhin war Ben jetzt verletzt. Das war wenigstens etwas, auch wenn Matteo gehofft hatte, Ben hier liegend vorzufinden.

Ein Krachen ließ Matteo umschwenken. Er sah noch gerade, wie die letzte der Taschenlampen der nun toten Männer erlosch und alles in Dunkelheit tauchte. Nun war Matteos Taschenlampe die Einzige, die noch brannte, eine weitere Lichtquelle gab es nicht mehr.

Matteo musste zugeben, dass ihm so langsam mulmig wurde. Er war schon gegen Männer angetreten, die einiges auf den Kasten hatten. Manchmal galt es, jemanden auszuschalten, der im Grunde dem entsprach, was er selbst war. Das war ein Duell auf Augenhöhe, was Matteo immer sehr genoss.

Aber noch nie war ihm jemand begegnet wie Ben, bei dem er immer mehr ein ganz mieses Gefühl hatte. Er konnte ihn einfach nicht einschätzen und wünschte sich, mehr Informationen über ihn gehabt zu haben. So vorgehen zu können, wie er es normalerweise tat, indem er erst einmal Erkundigungen einzog und sein Opfer genau studierte. Dies wäre bei jemandem wie Ben mehr als hilfreich gewesen. Dann wäre dies alles ganz anders gelaufen.

Hatte Ben nur die Taschenlampen zerstört oder hatte er auch irgendwelche Waffen mitgenommen? Matteo wusste nicht mit Bestimmtheit, mit welchen Waffen die Russen bewaffnet waren, ging aber davon aus, dass es auch einige Schusswaffen waren. Ein Messer hatte Ben auf jeden Fall, aber was hatten die vier Männer selbst noch mit dabei gehabt? Ohne Pistolen waren sie sicher nicht hier gewesen. Wenn Ben jetzt auch noch eine Schusswaffe besaß…

Matteo musste hier weg. Er hatte so schon zu viel Zeit hier verschwendet. Das war nicht sein Auftrag gewesen. Aber wie so vieles in dieser Nacht war einiges gründlich nicht nach Plan gelaufen. Andererseits konnte er sich aber auch nicht leisten, Ben davonkommen zu lassen. Die Gefahr, ihn plötzlich im Rücken zu haben, war einfach zu groß. Er musste ihn erwischen.

Etwas sprang unmittelbar vor ihm hinter einem Baum hervor. Eine Gestalt, unverkennbar.

Matteo schoss. Und dieses Mal traf er. Jeder Schuss saß, er konnte das Blut sehen und wie sich der Körper unter den Einschüssen rüttelte.

Beim fünften Treffer bemerkte Matteo, dass er einen Fehler gemacht hatte.

Da war es schon zu spät.

Er hatte noch gerade die Chance, seine Waffe in die richtige Richtung zu drehen, als Ben schon vor ihm stand, mit einer Hand den Lauf der Waffe von sich ablenkte und Matteo mit der anderen das Messer schräg nach oben in den Leib rammte und sofort drehte. Matteo war auf der Stelle tot und fiel wie ein nasser Sack neben die Leiche des Russen, dem Ben Jacke und Hemd ausgezogen und als Köder benutzt hatte.

Ben sah auf Matteo herab, dessen erstarrten Augen von der Taschenlampe erleuchtet wurden. Dann nahm er die Taschenlampe auf und sah auf die Wunde an seiner linken Seite. Eine blutige Linie zog sich dort entlang. Ein paar Zentimeter mehr nach innen und Ben hätte wahrlich größere Probleme gehabt und wäre wohl derjenige gewesen, der auf dem Boden gelegen hätte.

Schließlich leuchtete Ben die Leichen ab. Eben war es ihm nur darum gegangen, die Taschenlampen auszubekommen. Jetzt untersuchte er sie, ob die Männer nicht doch Waffen bei sich gehabt hatten, was tatsächlich der Fall gewesen war. Jeder von ihnen hatte eine Schusswaffe und mehrere Magazine. Zudem hatten auch sie Schlagringe und Messer.

Matteo hatte von allen noch die ähnlichste Statur von Ben gehabt. Leider hatte er dessen Bekleidung ruiniert, sodass er sich mit etwas weniger Passendem begnügen musste. Wenigstens war es schwarz.

Bei der Leiche von Alexej fand er auch noch einen Autoschlüssel, ebenso bei Matteo. Mit etwas Glück würde er über ein Auto verfügen, was auch bedeutete, dass er dort einen Verbandskasten finden würde. Er hatte schon wahrlich schlimmere Wunden gehabt, mehr Schmerzen ertragen müssen, aber er wusste auch, dass aus einer solchen Wunde schnell etwas Schlimmeres werden konnte.

Doch dies würde nicht sofort geschehen. Eine Grundreinigung würde reichen müssen, da er etwas viel Wichtigeres zu tun hatte. Er musste Anna finden.

13

Der Eisregen prasselte hernieder. Erbarmungslos. Eiskalt war er. Und der Wind machte alles nur noch schlimmer.

Finn stand mit nacktem Oberkörper da und zitterte. Seine Glieder fühlten sich wie gefroren an, aber leider betäubte es nicht den Schmerz der Kälte.

Finn wankte, aber er fiel nicht. Auch nicht, als ihn Eriks Schlag traf. Mitten gegen die linke Schläfe, da Erik Finns Unaufmerksamkeit sofort gesehen und eine Chance gewittert hatte. Der Treffer war hart und jemand anderes als Finn hätte es sicher zu Boden geschickt. Finn aber stolperte nur zurück, ging jedoch nicht in die Knie.

Was ihn noch auf den Beinen hielt, konnte niemand sagen. Auch die anderen Jungen, die gebannt um den Kampfplatz herumstanden, hatten jegliches Zeitgefühl verloren. Keiner führte mehr die eigenen Übungen durch oder kämpfte. Selbst die Lehrer standen da und sahen dabei zu, wie Finn schon gegen seinen sechsten Gegner kämpfte.

Die ersten drei hatte er bewusstlos geschlagen. Dann hatte Odin direkt zwei gegen ihn geschickt, denen es nicht besser erging. Mat und Erik hatten bisher am längsten durchgehalten, vor allem, weil Finn schon seit dem frühen Morgen auf dem Trainingsplatz stand, während sie erst zur üblichen Zeit angekommen waren.

Erik setzte nach und achtete dabei nicht auf Mat, der sich mittlerweile wieder zu regen schien. Er wusste, dass er Finn hatte und er lächelte innerlich. Finn mochte bewiesen haben, dass er eine Menge einstecken konnte, aber nun verließen ihn sichtbar die Kräfte. Es war nur noch eine Frage der Zeit, dass Erik, Finn zu Boden schlagen würde, zu Odins Zufriedenheit.

Seit den Vorfällen, als Finn sich nicht nur geweigert hatte, seinen Hund zu töten, sondern auch noch versucht hatte, einen Nigger zu retten, war Odin bestrebt, Finn wieder auf den rechten Weg zu führen, selbst wenn es ihn umbrachte. Jeder wusste, dass Odin Finn noch immer für einen großen Kämpfer hielt, dem es bloß an der richtigen Einstellung mangelte. Entweder Finn nahm endlich seinen Platz an, oder er würde sterben.

Finns Stand war unsicher. Und seine mit Hanfschnüren umwickelten Hände zitterten. Er hatte eine Platzwunde über dem rechten Auge, die böse blutete. Ebenso eine aufgesprungene Lippe und diverse blaue Flecke, die gut zu sehen waren. Aber genauso gut war zu sehen, was Finn für einen muskulösen Körper besaß. Ja, er würde sicher einmal einen perfekten Krieger abgeben, wenn er nicht vorher starb. Vielleicht würde es Erik sein, der ihn nun den Tod brachte.

Immer wieder schlug er auf Finn ein, der seine Schläge mittlerweile nur noch unzureichend blocken konnte und selbst kaum noch Angriffe ausführte. Erik hatte ihn wirklich in der Hand, beherrschte ihn und diesen Kampf. Aber angeschlagene Gegner waren gefährlich, das wusste Erik. Besonders Finn durfte niemand unterschätzen. Vielleicht war heute der Tag, an dem Finn wirklich nichts mehr entgegenzusetzen hatte. Vielleicht endete heute alles, so wie Finn auch Gunther überwunden hatte. Den Unbesiegbaren besiegt. Vielleicht war heute der Tag, wo endlich er,

Erik, die Anerkennung der Gemeinschaft endgültig erlangen würde.

Erik gestattete sich ein Lächeln, täuschte mit der linken Schulter an und holte mit dem rechten Arm aus, um Finn einen so heftigen Hieb zu verpassen, welchen er nicht mehr abfangen konnte.

Wie ein Donnerschlag schnellte Eriks Faust nach vorne. Er legte alle Kraft hinein, seinen ganzen Körper. Finn würde das Gefühl haben, von einem Amboss getroffen worden zu sein, wenn er nach dem Treffer überhaupt noch etwas fühlte.

Mit dieser Faust und einem ähnlichen Schlag hatte Erik vor nicht allzu langer Zeit einen Angehörigen einer minderen Rasse, die hier waren, um ihnen das Land und ihre Art zu leben zu nehmen, einfach getötet. Natürlich war dies was anderes, weil die minderen Rassen nicht über die gleiche körperliche Konstitution verfügten wie sie und daher einfacher zu töten waren, aber trotzdem hatte es ihm das Zeichen eingebracht, dass er nun stolz am linken Unterarm trug.

Er hatte sich sogar ebenfalls das Symbol auf die linke Brust tätowieren lassen, das auch Finns linke Brust zierte. Erik trug es aber nicht aus Schande, sondern als Bestätigung, dass er zu dieser Gemeinschaft gehörte. Sich ihr und nur ihr alleine zugehörig fühlte. Es war sein Bekenntnis, dass er mit den Menschen dort draußen nichts gemein hatte und er zu seiner Gemeinschaft gehörte. Sein Gelöbnis.

Welches Zeichen würde er wohl bekommen, wenn er nun Finn tötete? Würde Odin dann ihn als neuen Schützling erwählen? Als Anwärter?

Dies alles ging Erik im Bruchteil einer Sekunde durch den Kopf, als er seinen tödlichen Schlag ausführte. In dem gleichen Gedanken konnte er schon spüren, wie seine Faust auf Finns Gesicht traf. Wie die

Nase in einem Blutregen brach. Der Kiefer. Die Wangenknochen. Zähne abbrachen oder lösten. Sich alles in einen blutigen Brei verwandelte. Der Schädel splitterte und ins Gehirn gerammt wurden.

Doch Eriks Schlag sollte Finns Gesicht nie erreichten.

Von einem Augenblick auf den anderen war Finns Stand wieder fest gewesen, sein Zittern vorbei und sein Blick fokussiert. Er wich zur Seite, lenkte Eriks Schlag ab, um ihm seinerseits den Ellenbogen ins Gesicht und sein Knie in den Magen zu rammen. Da Erik in der Vorwärtsbewegung war und sich lediglich auf seinen Schlag konzentriert hatte, war es für ihn zu spät, um sich zu verteidigen oder seinen Muskel anzuspannen. So wurden die Treffer von seiner Vorwärtsbewegung noch verstärkt.

Schon trafen Erik weitere Schläge, die seine Welt ins Wanken brachten. Instinktiv führte er die so lange antrainierten Verteidigungsmodi aus, die ohne jegliches Nachdenken einfach abliefen, aber hier und heute folgenlos waren. Finn blockte sie alle ab, nur um weitere Treffer anzubringen und schließlich seine Arme um Eriks Hals zu legen. Nun war es ihm ein Leichtes, ihm so entweder das Genick zu brechen oder die Luft abzudrücken. Oder beides.

„Hör auf dich zu wehren."

Erik hörte die Worte nur von irgendwie weit her und dann wieder von Nahem, da Finns Kopf direkt neben seinen war.

„Gib auf."

Kein Rückzug. Kein Aufgeben. Keine Gnade.

Aufgeben war keine Option. Das hatten sie von Kindesbeinen an gelernt. War ihnen wortwörtlich eingebläut worden. Wie oft hatte er unsägliche Schmerzen gehabt und hatte er doch weitermachen müssen. Seinen Körper trainiert. Die nicht enden wollenden Übungen durchführen. Als Vorbereitung auf den großen Tag, an dem die Krieger und vor allem die Todbringer dem Volk alles zurückgeben würden. Der große Tag, an dem sie die alte Ordnung wiederherstellten, dieses Mal endgültig. Nur die Tapfersten und Ausdauernsten würden bestehen und sich als würdig erweisen.

Kein Rückzug. Kein Aufgeben. Keine Gnade.

„Gib auf."

„Nein!"

Finn hatte ihn. So sehr sich Erik auch bemühte, Finn hatte ihn fest im Griff. Finn hatte mit seinen Schlägen genau auf Eriks Muskeln gezielt, sodass diese nun ihren Dienst verweigerten. Er konnte auch nicht nach Finn greifen, da dieser sehr genau wusste, wie er seine bessere Position halten konnte.

Erik krallte seine Finger, seine Nägel in Finns Arme, aber dieser ließ nicht los. Auch als Erik spürte, wie Finns warmes Blut ihm über seine Finger lief, ließ Finn nicht los.

Und dann spürte Erik mehr und mehr, wie ihm die Sinne schwanden. Verzweifelt versuchte er mit seinen Füßen Halt zu finden. Aber der Boden war von dem Dauerregen viel zu matschig. Zudem lagen sie, er auf Finn, der dadurch die bessere Position hatte.

Die Welt um Erik wurde erst verschwommen, dann immer dunkler.

„Brich ihm das Genick", hörte Erik eine Stimme, die aus weiter Ferne zu kommen schien. Odin.

Dann schwanden Erik vollends die Sinne. Kurz bevor es schwarz wurde, hörte er nur noch ein Wort.

„Nein."

Dann wurde seine Welt endgültig dunkel.

14

Als Anna die Augen aufschlug, wusste sie, dass etwas schief gelaufen war. Eben noch war sie im Wald gewesen und jetzt… Ja, wo war sie?

Ihre Augenlider waren schwer und ihr Kopf tat weh. Sie schloss die Augen und versuchte sich daran zu erinnern, was geschehen war.

Ben.

Ben war bei ihr gewesen und hatte sie in den Wald gebracht, weil er meinte, dort seien sie sicher. Er hatte den Code von Mo lesen können, womit er wohl so ziemlich der Einzige war.

Sie schüttelte den Kopf.

Und dann waren Russevs Männer aufgetaucht. Sie mussten es sein. Bevor sie irgendwas richtig begriff oder sagen konnte, hatte einer der Männer sie auch schon niedergeschlagen. Und nun war sie hier. An einen Stuhl gefesselt in einem mit dreckigen, einst weißen Kacheln versehenen Raum, durch den alte Rohre liefen. Alles war alt und wirkte abbruchreif. Allein die langen Neonröhren waren neu und tauchten den Raum in ein bedrohliches, kaltes Licht. Nur durch den Eindruck der Umgebung lief ihr ein kalter Schauer den Rücken herunter.

Anna wusste, wo sie war. Sie hatte hiervon schon früher gehört. Die alte Zuckerfabrik, die schon seit Ewigkeiten leer stand und für die es keinen Käufer gab. Oder eher: Keinen Käufer geben sollte. Denn Russev hatte ein großes Interesse daran, diese Räumlichkeiten weiter zu nutzen.

Sie zu kaufen, wäre für ihn zu auffällig gewesen. Also blieb die Fabrik weiter im Besitz der Bank. Etwaige Käufer wurden damit abgeschreckt, dass die Umgestaltung oder Beseitigung des alten Gemäuers große Investitionen erfordern würde. Zudem gab es Gutachten, die nahe legten, dass ein Abriss große Umweltschäden mit sich brächte. Es wäre unerlaubtes Material verbaut worden. Dies alles reichte, um die meisten Kaufwilligen problemlos abzuhalten. Für die hartnäckigen hatte hingegen Russev seine eigenen Methoden.

Nun war auch sie hier gelandet. Und sie wusste nur zu gut, dass sie hier nur lebend heraus kam, wenn ihr jemand zur Hilfe kommen würde.

Diese konnte sie von dem Mann, der neben ihr gefesselt war, nicht erwarten. Ahrend sah sicher viel schlimmer aus als sie selbst. Er blutete aus einer Wunde an seiner Stirn und seiner Lippe. Sein Unterhemd war vom Blut fleckig, ebenso seine Pyjamahose.

Anna verzog das Gesicht. Dann sah sie sich um. Es musste eine Möglichkeit zur Flucht geben, sonst würde alles nur noch viel übler werden.

Die Stühle ließen sich zwar bewegen, aber man hatte sowohl sie wie auch Ahrend mit Kabelbindern an diese befestigt. Die würden sie nicht aufbekommen. Und wenn sie durch allzu heftige Versuche umfielen, sich sicher auch noch so manchen Knochen brechen könnten.

Auf dem Tisch vor sich war ihr Rucksack ausgeräumt worden. Alles war noch da, was wenigstens etwas war. Ob es ihr etwas nutzte, sie konnte es nur hoffen.

Wie viel Zeit war vergangen?

Und wie dick waren die Wände?

Und der Stahl?

Sie war nicht in einem Keller, wenn sie genau hinsah. Oder doch?

Würde hier ein Signal durch…?

Schritte, die immer lauter wurden und sich schnell ihnen näherten.

Jetzt kam es darauf an. Wenigstens etwas Zeit musste sie sich verschaffen oder Besseres.

An Russevs Gesicht konnte sie schon erkennen, dass er nicht erfreut war. Bei ihm waren einige seiner Männer, die allesamt auf einen Wink von ihm alles tun würden, was er verlangte.

Russev lächelte bedrohlich, als er Anna ansah.

„Ah, Frau Kerkov. Wie schön. Sie sind schon wach."

Damit nickte er in Ahrends Richtung und einer der Männer ging zu ihm, um ihm mit der flachen Hand hart ins Gesicht zu schlagen. Dies hatte die erhoffte Wirkung und Ahrend schrie auf.

Im nächsten Moment kam ein anderer Mann und schüttete Ahrend einen Eimer mit Wasser über, was diesen endgültig ins Hier und Jetzt holte.

„Was zum Teufel…?!", entfuhr es ihm. Doch dann schwieg er, da er mit wenigen Blicken die Situation erfasste. Dann wurde sein Gesicht leichenblass. „Haben Sie den Verstand verloren? Was soll denn jetzt diese Scheiße?"

Russev ließ sich davon nicht aus der Ruhe bringen.

„Ah, Herr Ahrend beehrt uns auch. Wie schön, dass wir uns mal persönlich treffen", meinte Russev und Anna gefror das Blut in den Adern. Sie waren so gut wie tot.

„Was soll das?", setzte Ahrend schließlich nach. „Warum bin ich hier?"

Russev tat überrascht. „Warum Sie hier sind? Weil uns die Scheiße um die Ohren fliegt. Weil Sie großen Mist gebaut haben. Deswegen sind wir hier."

Russev stand vom Tisch auf und schüttelte den Kopf. „Alles lief doch hervorragend, nur dann wurden

Sie zu gierig, nicht wahr? Glauben Sie, dass uns Ihre Nebengeschäfte nicht aufgefallen sind."

Er ging ganz nah an Ahrend heran. „Natürlich ist es uns das. Aber das spielte keine große Rolle, solange unsere Mitarbeiter zufrieden waren und es nicht unseren Geschäften in die Quere kam. Alles war gut. Aber dann wurden Sie zu gierig und vor allem zu unvorsichtig. Und mit einem Mal drohten Ihre Tätigkeiten aufzufliegen, womit auch unsere Geschäfte in Gefahr gerieten. Und was haben Sie getan?" Russev schnaubte und breitete die Arme aus. „Na, da sehen Sie ja, wohin das führte."

Russev strich sich mit der Hand über das Gesicht. „Ich habe Jahre gebraucht, um meine Geschäfte aufzubauen. Und innerhalb einer Nacht droht alles einzustürzen. Einfach so. Aber Sie werden das jetzt endlich korrigieren, Administrator."

Damit funkelte er Ahrend an, als wollte er ihm alleine mit seinen Blicken die Haut von den Knochen schälen.

Ahrend lächelte überheblich. „Sie haben alles aufgebaut? Ehrlich? Wer hat denn Ihr Aufgebautes wirklich zu Geld gemacht? Und quasi allem einen Anstrich von Legalität gegeben? Ohne mich wären Sie doch nur ein weiterer Aushilfsgangster."

Russev schlug zu. Hart, sodass sofort Blut aus Ahrends Nase spritzte und selbst Anna traf.

Ahrends Gesicht wurde vor Zorn fast ebenso rot wie vom Blut. „Sie blödes Arschloch! Sie…"

„Wagen Sie das ja nicht noch einmal", drohte ihm Russev. „Meine Geduld wurde lang genug auf die Probe gestellt."

Damit kam ein Mann und stellte einen Laptop auf den Tisch.

Russevs Augen blieben auf Ahrend gerichtet. „Ich weiß, dass Sie beide mit der Sache zu tun haben und

Frau Kerkov sicher behilflich sein kann, wenn Sie es nicht sind."

Ahrends Augen wurden groß. Er sah wohl seine Felle wegschwimmen, dass Russev auf die Idee kommen könnte, ihn nicht mehr zu brauchen. Doch das dauerte nur einen Augenblick. Dann lachte er wieder höhnisch.

„Sie? Wieso sie?"

Russev sah Anna an. „Können Sie das beheben?"

Anna schluckte. „Wenn ich vollen Zugriff auf die Dateien habe…"

„Und den hat sie nicht. Den habe nur ich." Ahrend grinste, Russev lächelte.

„Gut zu wissen. Und warum haben Sie dann nichts unternommen? Wollten Sie nicht Ihre Männer ausschicken und sich der Sache annehmen?"

Ahrend sah Russev irritiert an.

„Meine Männer?" Dann lachte er. „Ja, das passt. Immerhin bin ich es, der sie bezahlt. Denn immerhin verwalte ich ja das ganze Geld."

Russev lächelte. „Ja, allerdings verwalten Sie es. Mehr als eigentlich gedacht war nicht wahr? Haben Sie mit Sergej nicht ein lukratives Nebengeschäft am Laufen? Steht er nicht auch in Ihren Diensten und bessert etwas seine Kasse auf?"

Ahrends Augen blitzten und Russevs Gesicht bekam eine kleine Falte des Zornes auf der Stirn. „Und glauben Sie, Sie könnten mich mit denen bedrohen? Sergej mag auch mit Ihnen Geschäfte machen, das ist ok. Aber er konnte Sie nicht beschützen, als meine Männer, die mir und nur mir untergeben sind, Sie nach hier geschliffen haben. Und Sergej konnte Ihnen auch nicht helfen, als es darum ging, das Problem zu beseitigen."

Russev schloss die Augen. „Dies endet heute und hier. Sie werden das alles in Ordnung bringen und dann trennen sich unsere Wege. Für immer."

Ahrend war so perplex, dass er nur nicken konnte. Russev nickte ebenfalls, trat zur Seite und deutete auf den Laptop.

„Dann bitte."

Ahrend schluckte wieder und sah hilfesuchend zu Anna, die ihn ebenfalls nur verängstigt anblickte.

„Das geht nicht von hier aus", versuchte Ahrend zu erklären.

Russev lachte. „Keine Sorge wegen der Verbindung. Die ist hier erstklassig."

Ahrend schüttelte den Kopf, als hätte er es mit einem kleinen, dummen Jungen zu tun. „All die Dateien sind auf dem Rechner in der Filiale. Zudem gibt es aber keine Verbindung. Man muss da dran, um irgendetwas machen zu können."

Weil Russevs Blick wieder stechend wurde, nickte Anna. „Er sagt die Wahrheit. Zu aller Sicherheit ist alles nur dort gespeichert und kann auch nur von dort geändert werden."

Ahrend lächelte überlegen. „Meinen Sie, ich bin so blöd, die Dateien für jedermann zugänglich zu machen? So mag es vielleicht etwas umständlich sein, aber auch viel sicherer. War es immer gewesen."

Russev sah ihn an. Anna merkte, dass er Ahrend am liebsten wieder eine reingehauen hätte, hielt sich aber zurück. Solange er nicht wusste, ob er ihn nicht wirklich brauchte, musste er sich in Geduld üben. Und ihr würde es nicht helfen, wenn sie beteuerte, dass sie alles genauso gut hinbekäme wie Ahrend, ja, sogar besser. Im Augenblick war, so wenig sie dies auch fassen konnte, Ahrend und sein wie immer beschissenes Verhalten der beste Weg, um ihrer beider Überleben zu sichern. Die Nacht war so katastrophal gelaufen, dass Russev sich keine weiteren Fehler mehr erlauben konnte. So gesehen konnte sich alles noch zum mehr oder minder Guten wenden. Mit etwas Glück war heute Nacht alles vorbei.

Russev nickte schließlich und wirkte wieder wie der sympathische nette Russe, der er vielleicht in den richtigen Situationen auch wirklich war. „Na gut. Dann fahren wir zu der Filiale."

Anna biss sich auf die Lippen, sprach dann aber doch. „Wird die denn nicht überwacht?"

Russev sah sie mit einem Blick an, als würde er eine Kakerlake ansehen. Für einen kurzen Moment schwieg er, schien zu überlegen, ob er ihr, der Frau überhaupt antworten sollte. „Das ist geregelt. Es wird sich dort keine Polizei befinden."

Ahrend lächelte schief. „Und dann? Was soll da passieren?"

Russevs Augen blitzten. „Sie schaffen mein Geld weg und löschen alle Hinweise und Daten auf dem Computer. Denn die Polizei wird auftauchen. Nicht jetzt. Aber im Laufe des morgigen Tages sicher."

Dann breitete er die Arme aus. „Jubeln Sie stattdessen diesem Türken was unter, damit alles so aussieht, als hätte er was veruntreut. Mir egal, wie Sie es machen, aber auf mich und auch Ihre Nebengeschäfte sollte dort kein Hinweis mehr sein. Wie es dann weitergeht, sehen wir dann. Lassen wir Gras drüber wachsen. Wer weiß. Aber für heute Nacht will ich alles von hier weghaben. Klar?"

Ahrend atmete durch und schüttelte den Kopf. Dann schnaubte er verächtlich.

Er wollte gerade etwas sagen, als alle vernehmliche Geräusche hörten.

Anna lauschte. Ja. Unverkennbar.

„Was ist das?"

Ahrend lachte und schüttelte wieder den Kopf. „Na fabelhaft. Ich dachte immer, Sie gingen subtiler vor.“

Anna sah, wie Russev Ahrends Worte wütend machten, aber er hielt sich zurück. Wenn Ahrend nicht noch ein Ass im Ärmel hatte, dann würde Russev Ahrend sicher heute noch umbringen, sobald dieser gemacht hatte, was Russev wollte. Anna musste nur zusehen, dass es sie nicht auch traf und die Chance nutzen, wenn sich diese auftat.

Russev ging zu einen seiner Männer und flüsterte ihm etwas ins Ohr.

„Kontaktiert Sergej.“

Der Mann zögerte. „Ist das klug?“

Russev schlug ihn gegen die Brust „Willst du mir sagen, was klug ist und was nicht. Er hat den Mist begonnen, dann soll er ihn auch beenden. Ich will ihn hier herhaben. Sofort. Und sagt mir, was da verdammt noch einmal los ist.“

Anna hatte da so eine Ahnung.

Ben beobachtete die Fabrik. Er kannte sie noch aus der Zeit, als sie ihm Betrieb war. Dies war aber nicht mehr lange und als man sie still legte, war sie natürlich für die Jugendlichen der perfekte Ort, um sich zurückzuziehen, unbeobachtet Partys zu machen und sich in Mutproben zu veranstalten. Für Ben war es vor allem ein Rückzugsort, an dem er auch in aller Ruhe trainieren konnte, so wie er es immer gelernt hatte.

Ben brauchte dazu keine teuren, speziellen Trainingsgeräte. Er trainierte alleine mit Hilfe des eigenen Körpergewichts. Damit wurden nicht einzelne Muskeln isoliert, sondern zusammen trainiert, richtige Bewegungsabläufe. Das half ihm dabei, in seinen Bewegungen geschmeidiger zu bleiben, wodurch er sich wie selbstverständlich bei seinen Parcourläufen durch das Fabrikgelände bewegte.

Mo hatte ihn immer für verrückt erklärt. Er bevorzugte das Ambiente eines Fitnessstudios, das ihm auch die Möglichkeit bot, Mädels aufzureißen. Danach stand Ben jedoch gar nicht der Sinn, was Mo nie recht verstanden hatte.

Ben war sehr oft hier gewesen und kannte das gesamte Gelände wie seine Westentasche. Es war auch unwahrscheinlich, dass sich im Laufe der Jahre etwas geändert hatte, mit der Ausnahme, dass sich nun dort einige Männer herumtrieben, bewaffnet, und so wirkten, als seien sie Wachen.

Ben war überrascht gewesen tatsächlich mehrere Autos vorzufinden, als er den Wald verlassen hatte. Matteos Wagen erwies sich als der Unauffälligere, war es doch ein älterer Golf, bei dem man mehrmals hinsehen musste, dass die Fassade nicht dem Inneren entsprach.

Im Kofferraum fand Ben auch einen unangebrochenen Verbandskasten, mit dem er seine Wunde versorgte. Dies würde für die nächsten Stunden vollkommen ausreichen, sodass er sich darum erst kümmern musste, wenn er Anna befreit hatte.

Am liebsten wäre es ihm gewesen, wenn er direkt mit Vollgas zur Fabrik hätte fahren können. Dies hätte aber zu viel Aufmerksamkeit erregt. Er entschloss sich in ausreichender Entfernung den Wagen zu parken und sich dann zu Fuß aufzumachen.

Als er erst einmal festgestellt hatte, dass er sehr wahrscheinlich am richtigen Ort war, schlich er sich vorsichtig an. Das Gelände war nicht gerade klein und die Gebäude groß und verwinkelt. Anna konnte überall festgehalten werden. Es gab keinerlei Hinweise wo.

Jeden der Wachen möglichst einzeln auszuschalten, erschien noch als das praktikabelste Vorgehen, nur würde ihn dies nicht schnell genug zu Anna bringen.

Wer wusste schon, was dieser Russev für ein Mensch war und was er mit Anna vorhatte.

Ben sah sich um. Welche Optionen hatte er? Schließlich reifte in ihm ein riskanter Plan, der gegen alles sprach, was er eigentlich tun wollte. Aber es war die einzige Lösung. Und vielleicht ein Riesenfehler.

Er wartete, bis er einige der Wachen erspähte. Dann schoss er weitab neben sie. Sofort wurden alle möglichen Schusswaffen in seine Richtung geschwenkt.

Ben warf seine Waffen sichtbar weg.

„Ich bin unbewaffnet!", rief er. „Und ich habe Informationen für Russev, die er sicher hören will."

Dann trat er aus seiner Deckung mit erhobenen Händen hervor.

Russev blickte Ben an und sah ihm direkt in die Augen.

„Sie sind das also, der uns so viel Ärger macht", stellte Russev fest. „Sie und dieser Türke. Schon erstaunlich."

Ben blieb bewegungslos und sah schlicht geradeaus. Die Männer hatten ihn direkt zu Russev gebracht und wie er erhofft hatte, war Anna bei ihm, unversehrt. Sie sah ihn mit fassungslosem Blick an, als sei er ein Geist.

Ahrend kniff die Augen zusammen. „Sind Sie nicht der Kerl, der sich bei uns bewerben wollte? Ben Becker oder so."

Ben blieb unbewegt, während Russev zwischen ihm und Ahrend hin- und her blickte. Dann lachte er. „Noch so ein Banker? Und Sie haben alle meine Männer umgebracht? Mann, ihr lernt scheinbar ganz anderes Zeug in eurer Bankerschule, als ich eigentlich vermutet habe. Wozu soll das gut ein? Bei einem Banküberfall? Könnt ihr dann auf Bruce Willis machen und alle umnieten? Ich bin beeindruckt."

Russev warf die Arme in die Luft, dann atmete resigniert aus. „Vielleicht ist das alles ein Zeichen dafür, dass ich mich zur Ruhe setzen sollte.“ Er schüttelte den Kopf. „Sergej, leg ihn um. Aber schön langsam, ich will, dass er was davon hat und es bitterlich bereut, uns jemals in die Quere gekommen zu sein. Damit machst du vielleicht etwas das Chaos wieder gut, dass wir auch deinetwegen hier haben.“

Der Angesprochene lächelte. Seine Wunden waren behandelt und verbunden worden, aber man konnte deutlich sehen, dass Mo ihm sehr zugesetzt hatte. „Dann werde ich wenigstens einen von euch beiden heute Nacht töten. Dein Freund hatte sich ja geweigert, zu sterben. Er hat sich tapfer gewehrt und mich wirklich überrascht. Zäher Bursche. Hat einfach nicht aufgegeben. Habe gehört, es waren mehrere Kugeln nötig, um ihn endgültig zur Strecke zu bringen.“

Bens Augen funkelten vor Zorn und er ballte die Fäuste.

Russev schüttelte den Kopf. „Unter anderen Umständen würde ich mir gerne den Kampf ansehen. Sergej gegen jemanden, der seinen Freund rächen will, das klingt vielversprechend. Leider haben wir dafür keine Zeit. Also mach ihn einfach fertig.“

Sergej lächelt und wollte schon auf Ben zugehen, als Anna aufschrie.

„Sie können ihn nicht töten!“

Russev zeigte sich überrascht. „Warum nicht?“

„Es gibt ein Handy. Auf dem könnte beweiskräftiges Material sein und er hat es versteckt.“

Russev sah Ben an. „Ist das so? Interessant.“ Dann sah er wieder zu Ahrend. „Sehen Sie? Das meine ich. Alles ist total kompliziert geworden. Es hat nur ein Handy gebraucht und schon ist Ihr Computer, der mit keinem anderen verbunden ist, nichts mehr wert.“

Dann wandte er sich an Ben. „Sie haben nicht zufällig Kopien gemacht?"

Bens Miene blieb unverändert. „Es gibt nur das Handy. Mohamed Aslan hat es mir übergeben. Darauf befinden sich Beweise, die Ahrend mit Ihnen in Verbindung bringen."

Russev atmete durch. „Natürlich. Ich schätze, es würde nichts bringen, Sie zu foltern, damit Sie uns sagen, wo sich dieses Handy befindet."

„Ich würde es gerne versuchen", meinte Sergej. „Oder wir foltern die Schlampe."

Anna blickte entsetzt zu Russev, dann zu Ben und schließlich zu Sergej.

Russev sah Sergej ebenfalls an, dann winkte er ab, bevor er sich wieder an Ben wandte. „Nein. Das dauert alles zu lange. Ich meine, ich mag solche Methoden nicht. Manchmal bleibt mir nichts anderes übrig. Man muss Stärke zeigen, Sie verstehen.

Ich habe meine Männer für schmutzige Arbeiten und so. Sergej hier. Aber ich habe sie eigentlich, um sie nicht einzusetzen. Als Abschreckung. So etwas hilft. Nun, es gibt ein paar Hartnäckige, da muss man schon sie von der Leine lassen, aber nicht so oft." Damit deutete er auf Ahrend. „Unser Freund hier hatte da ganz andere Pläne. Ich fand sie nie gut, aber ich habe es leider zugelassen. Das war mein Fehler und jetzt muss ich dafür büßen."

Er atmete durch. „Wie können wir also die Sache verkürzen?"

„Ich will nur Anna. Ihr und mein Leben gegen das Handy."

Russev nickte. „Das trifft sich gut. Ich hatte eh Pläne mit ihr, die voraussetzen, dass sie am Leben bleibt. Damit kommen wir zu Ihnen. Sie sind ein interessanter junger Mann mit vielerlei Talenten. Talente, mir noch einmal Schwierigkeiten zu machen.

Aber auch Talente, die sich als nützlich erweisen könnten. Ich bin also sehr geneigt, auf Ihr Angebot einzugehen."

Ben sah Russev in die Augen. Dann nickte er.

Russev lachte und klopfte Ben auf die Schulter. „Sehr gut. Dann sehen wir mal, dass wir zu diesem verdammten Computer kommen, damit wir die ganze Angelegenheit endlich mal beenden."

Ahrend sah Russev wütend an. „Und was ist mit mir?"

Russev tat überrascht. „Was soll mit Ihnen sein?"

„Na, ich bin doch wohl Teil von dem Deal. Wenn Sie das Handy haben und ich alles gemacht habe, wie Sie gesagt haben, darf ich auch gehen."

Russev biss sich auf die Zähne. Dann nickte er in Richtung von Sergej. Der trat an Ahrend heran und zog ein Messer.

„Hey, was soll der Scheiß?", rief Ahrend und sah ungläubig zwischen Sergej und Russev hin und her.

„Aber nur eine Lektion", meinte Russev und Sergej drehte Ahrends rechte Hand um und schnitt über Ahrends Handfläche. Dieser schrie laut auf, worauf Russev genervt den Kopf schüttelte. Sofort setzte Sergej das Messer an Ahrends Kehle an, worauf dieser verstummte.

„Er mag es gerne leise."

Ahrend biss sich auf die Lippen und nickte dann. Sergej säuberte die Klinge an Ahrends Unterhemd steckte das Messer ein und die Hände in die Taschen, während er wieder zur Seite trat.

Mit einem Ausdruck zwischen Wut und Schmerz blickte Ahrend auf seine Hand, an der das Blut herunterlief. „Scheiße, wie soll ich da jetzt tippen?"

„Oh, ich glaube Frau Kerkov ist da sicher behilflich", entgegnete Russev. „Sehen Sie es als Einarbeitung. Und wenn Sie alles zu meiner

Zufriedenheit erledigen, dann sehe ich vielleicht davon ab, Sergej nicht zu gestatten, Sie in kleine Scheiben zu schneiden, angefangen bei ihrem Schwanz."

Ahrend sah Russev an und zum ersten Mal erkannte Anna wirklich Beunruhigung bei ihm.

„Was ist das?", meinte plötzlich einer von Russevs Männer und deutete auf einen kleinen viereckigen Gegenstand auf dem Tisch. Dieser hatte zu vibrieren begonnen und an der Oberseite war ein schmales Licht angegangen. Russev hob den Gegenstand hoch und sah ihn belustig an. Da er offensichtlich aus Annas Rucksack stammt, hielt er ihn ihr hin.

„Was ist das? Eine Taschenbombe? Darf ich das jetzt nicht mehr loslassen oder sonst flieg ich in die Luft."

Anna lächelte. „Nein. Das ist ein Pager."

Russev lächelte. „Niedlich. Da steht "Einsatzbereit". Was bedeutet das? Wartet etwa ein Einsatzkommando der Polizei draußen?"

Russev lachte, seine Männer bis auf Sergej taten es ihm gleich. Anna lächelte. „Polizei? Nein, ich denke nicht. Wenn Sie bitte den Knopf drücken würden."

Russev zog die rechte Augenbraue spockmäßig hoch. Er behielt sie im Auge. „Boris? Pistole!" Befahl er, ohne seinen Blick von Anna zu lassen, die seinem Blick standhielt.

Boris gab Russev die Pistole und dieser zielte auf Anna. Diese blieb weiterhin unbeeindruckt. „Ich hoffe für Sie, dass gleich keine Polizei hier auftaucht."

Russev drückte den Knopf.

Nichts passierte.

Alle lauschten, doch es war nichts zu hören.

Weiterhin blickte Anna Russev in die Augen.

Für die meisten unhörbar, vernahm Ben ein Geräusch.

Als der Kopf seines Bewachers zu seiner rechten Seite regelrecht explodierte, ließ er sich zu Boden fallen. Da wurde schon das Gesicht eines Weiteren weggerissen und das Blut spritze überall herum.

Ahrend schrie. „Was ist das denn für eine Scheiße!"

Zwei weitere von Russevs Männern gingen zu Boden, getroffen von mehreren Kugeln.

Russev blickte sich um und sah, wie Sergej seine aus dem Schalldämpfer rauchende Pistole lächelnd auf ihn richtete. Ungläubig sah Russev Sergej an, dann wieder zu Anna. Diese lächelte ebenfalls. Russevs Gesicht wurde rot.

„Sie…!"

Bevor Russev abdrücken konnte, spürte er den heißen Schalldämpfer von Sergejs Waffe nahe seiner Stirn. Sergej stand lächelnd neben ihm und schüttelte den Kopf, um seine freie Hand auf Russevs Pistole zu legen und sie ihm abzunehmen.

„Sergej, was soll das?", zischte Russev, bewegte sich aber sonst nicht.

Sergej zuckte mit den Schultern. „Wie heißt es hier: Wes Brot ich ess, des Lied ich sing."

Mit erhobenen Händen ging Russev zurück. Seine Augen funkelten und blieben auf Sergej gehaftet. „Wie konntest du nur? Ich habe dir vertraut."

Sergej hielt die Pistole auf Russev gerichtet. „Das ist richtig. Aber der Administrator hat mir einfach ein besseres Angebot gemacht. Wie Sie schon sagten: Männer wie ich dienen nur der Abschreckung. Auf dem freien Markt aber sind meine Fähigkeiten sehr gefragt. Ich muss auch an meine Zukunft denken. Und die sehe ich woanders. So wie alle."

Russev sah zu Ahrend. „Sie dreckiges Arschloch."

Ahrend sah verwundert zurück. „Hey, ich weiß nicht, wovon der Kerl spricht. Ich habe etwas Geld für ihn und andere angelegt, ohne dies mit Ihnen abzusprechen, ja. Aber von welchen verdammten Aufträgen der spricht, weiß ich nicht. Was läuft hier für eine verdammte Scheiße ab?!"

Sergej lächelte und ging neben Annas Stuhl. Dort bückte er sich, ohne Russev aus den Augen zu lassen, herunter und schnitt Annas Fesseln durch.

Lächelnd stand Anna auf und rieb sich ihre Handgelenke.

„Was ist das hier für eine Scheiße?!", entfuhr es Ahrend wieder.

Russevs Augen verengten sich. „Sie sind der Administrator."

„Was?!", entfuhr es Ahrend. „Nein, nein, nein, ich bin das. Ich habe all Ihre Konten verwaltet. Die dumme Bitch kriegt doch nichts auf die Reihe."

Anna atmete durch, nahm Sergejs Messer und rammte es ohne Vorwarnung Ahrend zwischen die Beine. Während er schrie, sah sie ihm tief in die Augen und drehte das Messer.

„Sag mir, wie fühlte es sich an, als du deine dreckigen Hände auf mich gelegt hast? Als du mich gefickt hast? Fühlte es sich so gut an, wie das jetzt? Oder ist das jetzt so geil, wie du es immer haben wolltest, als du mich auch in den Arsch gefickt hast?"

Anna hob das Messer und rammte es wieder Ahrend zwischen die Beine. Ahrend schrie wie am Spieß.

„Willst du mich immer noch ficken? Wieder in den Arsch? Mach ich dich jetzt noch immer geil? Ein bisschen Schmerz gefällt dir doch, hast du gesagt. Aber nur, wenn es andere betrifft."

Damit stand sie auf und ließ das Messer zwischen Ahrends Beinen stecken. Eine Weile sah sie sich Ahrends Schmerz an, dann atmete sie resigniert aus.

„Würdest du dich bitte darum kümmern?", meinte sie nur und ging zu einem der toten Männer und hob eine der Pistolen auf. Sergej ging derweil zu Ahrend, wobei er Russev nicht aus den Augen ließ, zog das Messer zwischen Ahrends Beinen heraus, nur um damit Ahrend die Kehle aufzuschneiden.

Russev atmete aus. „Was zur Hölle soll das?"

Anna zuckte mit den Schultern. „Betrachten Sie es als Ende unserer Geschäftsbeziehung."

Bevor Russev etwas sagen konnte, schoss ihm Sergej zwei Kugeln in die Brust. Russev sah ihn mit einem verwirrten Gesichtsausdruck an, dann brach er zusammen.

Anna zielte mit ihrer Pistole auf Ben, der mit erhobenen Händen noch immer auf dem Boden hockte.

„Überrascht?", fragte Anna lächelnd.

Ben schüttelte den Kopf. „Ich habe mir schon so etwas gedacht. Und Mo wohl auch. Daher dein Name auf der Liste."

Anna wirkte irritiert. „Mein Name?"

Sie nahm die Liste auf, die ebenfalls auf dem Tisch lag und studierte sie. Dann fiel ihr Blick auf die letzte Zeile und sie lächelte verstehend. „Da steht wohl mehr als bloß der Pfad zu den Dateien."

Sie wendete sich wieder Ben zu, der sie nur finster ansah.

„Du willst sicher das Warum wissen."

Sergej räusperte sich. „Wir sollten von hier verschwinden."

Anna blickte ihn wütend an. „Angst, weil du deinen Boss umgebracht hast und es hier von seinen Männern nur so wimmelt, die darauf nicht allzu gut reagieren? Ich werde ihm die Scheiße erklären. Danke."

Damit wandte sie sich wieder Ben zu, wartete aber einen Moment. „Weißt du, wie das ist? Nein, nicht wirklich. Wie es ist, wenn man von ganz unten kommt? Keine Chance hat. Oh, es wird einem immer gesagt, dass man eine Chance hat. Man muss sich nur genug anstrengen. Soll ich dir war sagen: Das habe ich. Und was hat es mir gebracht?

Ich habe mich so verdammt angestrengt, denn ich hatte wahrhaft die beste Motivation aus dem Drecksleben rauszukommen. In einem Leben, in dem der eigene Vater mich wieder und wieder nachts besuchte, wie er es nannte. *Kleine, ich werde dich heute Nacht wieder besuchen. Da wirst du doch wieder nett zu Daddy sein.* Wieder und wieder.

Am schlimmsten war es, wenn er besoffen war und die Kontrolle verlor. Ich glaube, es hat ihm Spaß gemacht, weswegen er das Saufen nur vorschob. Oh, sorry Kleine, aber ich war betrunken. Da weißt du ja, dass das passieren kann.

Aber seine Sauferei hatte auch etwas Gutes. So lernte ich einen Kerl kennen, der regelmäßig bei seinen Spielen dabei war. Und ich fand raus, womit er sein Geld verdiente. Er legte Leute um für die russische Mafia. Er traute niemandem, weswegen er lieber sein Geld verzockte, als es irgendwie anzulegen.

Doch als ich meine Banklehre anfing, kam er auf mich zu. Er kannte mich und ich kannte ihn. Ich legte sein Geld an. Dafür legte er meinen Vater um. Langsam. Er kannte ein paar richtig fiese Typen, die auf echt krankes Zeug standen. Denen hat er meinen Vater überlassen. Sie waren Experten darin, Menschen zu quälen und besonders liebten sie es, ihre Opfer stundenlang mit allen möglichen Gegenständen zu vergewaltigen. Jeden Abend vor dem Schlafengehen sah ich mir die Episode des Tages an und es war eine Genugtuung.

Mein Vater brach sehr schnell. Er hatte nicht die Stärke seiner Kleinen, die seine widerwärtigen

Berührungen jahrelang ertrug. Schließlich warfen sie ihn einfach in einen Kellerraum, der eine Kamera mit Liveschaltung hatte. So konnte ich beobachten, wie mein Vater langsam verhungerte. Und meine Mutter? Ich überließ sie den Kerlen umsonst, so wie sie mich meinem Vater einfach überlassen hatte.

Irgendwie sprach sich rum, was ich für den Kerl, nennen wir in Juri, tat. Dadurch kamen andere auf mich zu und ich legte ihr Geld an. Und mein Bedürfnis, hier in der Bank aufzusteigen, war gar nicht mehr so groß. Genau hier, in diesem verschlafenen Nest, wer glaubt da schon, dass hier Geld für Auftragskiller gewaschen oder sogar angelegt wird? Nur kam mir Ahrend auf die Schliche.

Das Dreckschwein konnte es nicht auf sich sitzen lassen, dass ich kleine Angestellte bei einem Treffen nicht seinen Schwanz gelutscht habe. Das war er nicht gewohnt. Jede hatte ihm den Schwanz gelutscht. Also hat er nach etwas gesucht, womit er mich erpressen konnte. Und so stieß er auf etwas.

Er mag ein Dreckschwein gewesen sein, aber dumm war er leider nicht. Eine beschissene Kombination. Besonders für Frauen, die auf solche Typen treffen. Leider konnte ich ihn nicht so entsorgen wie meinen verfickten Vater, weil er mit Russev anbandelte, indem er meine Idee klaute. Aber ich wusste, die Zeit würde kommen. Und voila, sie kam. Wenn auch nicht so, wie ich es beabsichtigte.

Und nun stehen wir hier und du hast echt alles kaputtgemacht. Du Haufen Scheiße. Wer bist du nur? Mo hielt immer so viel von dir. Aber wer du eigentlich bist, herrje, nein, kein Sterbenswort."

Anna hielt inne und ihre Gesichtszüge wurden weicher. „Mo war ein echt netter Kerl. Ich wusste, dass er auf mich steht. Aber nur eine kleine Erwähnung, eine Offenbarung, was mir widerfahren war und er ließ mich in Ruhe. Oh, er flirtete noch weiter mit mir, aber alles war subtil, ein freundschaftliches Necken, nicht mehr. So gar nicht, was man von den angeblichen türkischen Machos erwarten sollte. Er war einer von den Guten." Sie atmete resigniert aus. „Leider zu gut, denn er bekam das mit Ahrend mit. Er lag ja nicht falsch, aber er hätte sich raushalten sollen. Leider hat er das nicht und alles drohte aufzufliegen. Das konnte ich nicht zulassen. Meine Klienten auch nicht."

Annas Augen zuckten und sie rang deutlich um Fassung. „Ich werde nie wieder zulassen in eine ähnliche Situation zu kommen, in der ich schon einmal war. Ins Gefängnis gehe ich nicht. Dort hätten mein verfickter Vater und meine beschissene Mutter reingehört, aber nicht ich.

Ich tat nur, was ich tun musste, um zu überleben. Ich habe überlebt.

Ich dachte, als ich meinen Vater los sei, wäre es vorbei. Aber es war nicht vorbei. Es ging weiter. Es gab immer Männer, denen ich gefügig sein musste, damit sie meine Karriere nicht einfach zerstörten. Ich tat es, denn ich wusste, eines Tages wäre es vorbei. Wenn ich es nicht tat, dann wäre es auf der Stelle vorbei."

Sie zuckte mit den Schultern. „Ich hätte Mo vorher aufhalten sollen, dann wäre es vielleicht nicht so weit gekommen. Hätte Ahrend vorher beseitigen sollen und Russevs Angelegenheiten übernehmen. Leider kam Mo dazwischen und dann noch du. Herrje, du hast eine dumme Situation echt noch beschissener gemacht. Jetzt muss ich alles bereinigen und abhauen. So war das nie geplant.

Aber ich werde meine Organisation wieder aufbauen." Anna lachte. „Scheiße, du wärst ein hervorragender Klient. Du hast es echt drauf. Aber ich gehe nicht davon aus, dass du Interesse daran hättest.

Wie sähe das aus: Ich nehme den Typen auf, der meine Klienten umbrachte. Schlecht fürs Business.

Ich habe aber alles gelöst und das wird sich rumsprechen. Man wird bald schon wieder an meine Tür klopfen. Vielleicht belebt es auch mein Geschäft, wer weiß? Ich war schon immer sehr gut darin, positiv zu denken, sonst wäre ich längst tot."

Anna atmete durch. „Puh, tat echt gut, sich das mal von der Seele zu reden. Reden hilft eigentlich einen Scheiß, aber das hier musste echt mal raus, weil du mir wirklich auf den Geist gegangen bist. Dich einfach umzulegen, wäre doch bloß Kacke gewesen. Ich wollte, dass du vorher weißt, dass du mich nicht gefickt hast. Niemand fickt mich mehr. Niemand kriegt mich klein. Nicht mein Vater. Nicht die ganzen anderen Perversen, die ihre Position ausnutzen. Und auch nicht du. Ich besiege jeden. Denn ich bin ein Kämpfer. Ich stehe immer wieder auf. Verlierer geben auf, wenn sie nicht mehr können. Sieger, wenn sie gewonnen haben. Du wirst es nicht sein, der mich von meinem Sieg abhält."

Annas Augen funkelten, aber Ben starrte sie nur an.

„Verdammt hast du auch mal was zu sagen?!", fuhr sie ihn an, doch Bens Miene änderte sich nicht.

„Du hast Mo umgebracht."

Anna nickte und wirkte ehrlich betrübt. „Aber dich am Leben gelassen. Was ein Riesenfehler war. Ich hätte dich schon in meiner Wohnung umlegen sollen. Da war ich aber noch viel zu verwirrt, weil gerade die Scheiße über allem zusammenbrach und du mir mitgeteilt hast, dass Russevs Männer hinter mir her waren. Danach ging plötzlich alles so schnell.

Ich habe dich im Wald betäubt. Die Injektion habe ich immer mit, wenn ein Scheißkerl meint, mich überfallen und vergewaltigen zu wollen. Ich dachte, dass meine Leute, die ich mithilfe des Pagers gerufen hatte, sich deiner dann annehmen. Aber leider kamen stattdessen erst einmal Russevs Leute."

Ben nickte. „Dein Killer kam später. Matteo."

„Matteo? Jetzt sag mir bitte nicht, dass du den auch umgelegt hast. Matteo war echt süß."

„Matteo tötete Russevs Leute und ich dann ihn."

Anna schüttelte den Kopf. „Du bringst Tod und Verderben über alle, die mit dir zu tun haben. So wie bei Mo."

Anna atmete durch und aus ihrem Ausdruck verschwand jegliche Arroganz. „Wahrscheinlich glaubst du mir nicht, wenn ich das sage, aber das bedauere ich wirklich. Ich wünschte, er hätte seine Finger davon gelassen. Dann wäre alles gut geworden. Ahrend wäre irgendwann in nächster Zeit verschwunden und ich hätte alles geregelt. Alles wäre gut gewesen. Vor allem wäre ich nie dir begegnet."

„Und technisch gesehen, war wohl ich das, der diesen Mo umgebracht hat", warf Sergej ein und lächelte Ben höhnisch an.

Bens Blick auf Sergej sprach Bände.

Anna verdrehte die Augen. „Das musste jetzt sein, ja?"

Sie sah Sergej an und atmete durch. „Lass mich raten: Du willst das am liebsten auch beenden. Und zwar nicht, indem du ihm einfach eine Kugel verpasst. Scheiße, ich hätte ihn direkt erschießen sollen."

Sie hob resignierend die Arme. „Ich werde jetzt das alles in Ordnung bringen und alle Konten Russevs übertragen. Dann mache ich mich auf und davon. Du weißt ja, wo du mich findest. Tu, was du nicht lassen kannst und komm dann nach. Ich würde dir empfehlen, ihn einfach abzuknallen."

Sie wendete sich an Ben und schwieg einen Moment. Sie lächelte freudlos. „Ich wollte das hier alles wirklich nicht. Ich habe Fehler gemacht. Ich hätte

Ahrend direkt von meinen Freunden beseitigen lassen sollen, fand das aber zu auffällig. Er mischte sich ein. Erpresste mich und alles lief aus dem Ruder. Wenn Ahrend weg gewesen wäre, hätte Mo sicher nichts bemerkt und das alles wäre nicht passiert." Ihr Gesicht wurde wieder ernst. „Aber ich werde mir deswegen nicht alles kaputtmachen lassen, wofür ich geblutet habe."

Ohne ihn eines weiteren Blickes zu würdigen, verließ sie den Raum.

Sergej und Ben sahen sich an. Während Sergej lächelte und weiter die Pistole auf Ben gerichtet hielt, blieb Bens Ausdruck unverändert ernst.

„Du hast also auch Matteo umgebracht", stellte Sergej fest. „Ich will jetzt nicht sagen, dass ich Matteo mochte, aber gut heißen kann ich das nicht." Er zuckte mit den Schultern. „Ich ging immer davon aus, dass er und ich das irgendwann mal klären würden. Oder wir würden beide irgendwie gemeinsam alt. Aber wenn, hätte ich das übernommen, ihn zu töten. Und nun bin ich gleichzeitig enttäuscht und neugierig."

Ben nickte. „Das war Matteo auch. Nun ist er tot."

Sergej lächelte. „Ja, die Italiener. Können von ihrem Machismo nicht lassen."

„Du doch auch nicht. Sonst hättest du mich längst getötet."

Sergej nickte zustimmend. „Ja zugegeben. Du hast aber Matteo getötet. Und viele andere. Einige von denen kannte ich schon sehr lange. Wir waren nicht unbedingt Freunde. Gute Kollegen könnte man sagen. Sie respektierten mich. Und du brachtest die einfach um."

„Sie wollten mich umbringen."

Sergej nickte langsam. „Ja, das alte Spiel."

Ben deutete mit einem Nicken auf Russev und die anderen toten Männer. „Du hast deine Leute auch einfach umgebracht."

Sergej zuckte mit den Schultern. „Ich bin wohl ein böser Mensch und werde dieses Mal nicht mehr der Kollege des Monats."

Ben wartete. „Und, was jetzt?"

Sergej lachte. „Ehrlich gesagt, weiß ich das auch nicht so genau. Wie hast du Matteo umgebracht?"

„Ich habe ihm ein Messer in den Leib gerammt."

Sergej lachte. „Matteo war gut mit dem Messer. Vielleicht so gut wie ich." Er nickte, dann ging er zu einer der Leichen und zog hinten die Jacke hoch, um darunter zu greifen und ein Messer hervorzuholen. Die schwarze Klinge war gut zwanzig Zentimeter lang, vorne glatt und hinten gezackt.

„Ihr steht auf Armeemesser", stellte Ben fest.

Sergej lächelte und warf das Messer in Bens Nähe. Dann zog er ein eigenes, das direkt aus einem der Rambo-Filme stammen konnte.

„Was soll ich sagen? Jemanden erschießen, kann ja jeder."

Damit legte er die Pistole weg und deutete mit einer Handbewegung, damit Ben sein Messer aufheben konnte.

Langsam ging Ben zu dem Messer und hob es auf, ohne Sergej aus den Augen zu lassen.

„Ich schätze, du hast deinen Freund so einiges gezeigt", meinte Sergej. „Er hat mich echt überrascht, muss ich zugeben. Und dass er noch durchgehalten hat, bis zu sich nach Hause verlangt Hochachtung. Du verstehst, dass es rein geschäftlich war? Er kam uns zu nahe. Wenn Russev das Ausmaß dessen entdeckt hätte, was Anna da aufgebaut hatte und er herausgefunden hätte, dass sie der eigentliche Administrator war, nun, das hätte er nicht gut aufgenommen."

Ben nickte. „Mos Tod war also rein geschäftlich. Für mich war er sehr persönlich. Dein Tod wird für mich auch sehr persönlich sein."

Sergej zuckte mit den Schultern. „Man sollte so etwas nie zu persönlich nehmen. Das trübt einem das Urteilungsvermögen und macht einen unkonzentriert."

Ben lächelte schwach. „Dann lass uns das herausfinden."

Die beiden Männer stellten sich in Kampfposition.

Sergej lächelte und leckte sich voller Erwartung über die Lippen, während sie sich umrundeten, darauf warteten, dass der jeweils andere angriff oder ob sich eine Lücke erkennen ließ, doch keiner der beiden gab sich eine Blöße.

Sergej versuchte Ben in Richtung der Leichen zu bewegen, sodass dieser vielleicht nicht darauf achtete und über eine von ihnen stolperte. Aber es war, als hätte er einen siebten Sinn, denn er bewegte sich so geschickt, dass er jeder Stolperfalle auswich. Sergej nickte anerkennend, um dann gegen den Stuhl mit dem toten Ahrend zu treten und ihn so in Bens Richtung zu befördern. Ben wich aus. Sofort griff Sergej an, stach zu und verfehlte Ben nur um Haaresbreite. Schon drehte er sein Messer um und stach erneut zu. Ben hatte dies jedoch erwartet, wich aus, blockierte Sergejs Arm und schnitt über die Jacke. Bevor die Klinge aber die Haut des Killers berühren konnte, wich dieser seinerseits aus und brachte sich aus dem Gefahrenbereich.

Wieder umrundeten sich die beiden.

Sergej hob den Arm der aufgeschlitzten Jacke. „Die war nicht gerade billig. Ich werde es unter Lehrgeld verbuchen."

Darauf griff er wieder an, ließ seine Klinge herumschnellen und brachte Ben dazu, immer wieder auszuweichen. Ben kam gar nicht dazu, selbst zum

Angriff überzugehen und musste sich gleichzeitig auf Sergej und die Umgebung konzentrieren. Doch die Umgebung war es auch, die ihm helfen konnte.

Nutze immer alles, was zur Verfügung steht.

Ben ließ sich rückwärts gegen die Wand fallen, federte sich aber mit einem Fuß ab und schnellte dann nach vorne. Sergej konnte dadurch seinen schon geplanten Angriff nicht sauber ausführen. Ben lenkte dessen Messer zur Seite und versetzte Sergej einen Schlag in die Seite. Sergejs Gesicht verzog sich vor Schmerz, parierte aber Bens nächsten Vorstoß und trat ihm gegen das Bein, was Ben etwas aus dem Gleichgewicht brachte. Das Ergebnis war eine Schnittwunde an seiner linken Schulter.

„Oh, mein Messer hat Blut geschmeckt", brachte Sergej mit einem Lächeln hervor. „Jetzt will es mehr davon."

Wieder ging er zum Angriff über. Und nun prallten auch die Klingen aufeinander. Ben wich zurück und Sergej folgte ihm, ließ ihm nun keine Ruhe mehr. Ben nutzte seinen freien Arm besser, sodass es ihm wieder gelang, Sergej einen weiteren Schlag zu verpassen, welcher diesen zur Seite taumeln ließ, worauf ihm Ben die Klinge quer über den Rücken zog. Dieses Mal traf er ihn.

Sergej wich aus und biss die Zähne zusammen, um sich dann wieder in Position zu bringen. „Also das hat wehgetan."

Damit griff er hinter sich und holte ein weiteres Messer hervor, das etwas kleiner war. Er grinste und griff an. Seine Arme waren wie Windmühlenräder, denen Ben unmöglich auf Dauer entkommen konnte. Das wusste Sergej. Was den Kampf mit Messer anging, machte ihm keiner etwas vor. Jetzt würde auch Ben zu spüren bekommen. Es gab vor ihm kein Entkommen. Er konnte sich nicht mit ihm messen.

Aber das wollte Ben auch gar nicht.

Er wich aus, um dann sein Messer fallen zu lassen und sich zur Seite wegzurollen. Dabei zielte er auf eine der fallen gelassenen Pistolen und hob sie auf, um sogleich in Sergejs Richtung zu zielen.

„Scheiße!“ Schrie dieser auf und sprang zur Seite, sodass die Kugeln an ihm vorbei flogen. Im letzten Moment fand er hinter einer fast gänzlich eingefallenen Wand Deckung und zog selber seine Pistole.

„Ganz schön unfair von dir!“, rief er Ben entgegen, um dann ein kleines Funkgerät hervorzuholen.

„Alle Mann hierher!“, rief er auf Russisch. „Russev und die anderen sind tot!“ Dann schoss er in Bens Richtung. Aber der war längst durch die Tür.

„Der Täter ist noch im Gebäude!“, gab Sergej weiter durch. Er folgte Ben. Als er vorsichtig durch die Öffnung sah, konnte er nichts erkennen.

„Dieser Bastard.“

Ben hörte von überall Tumult. Die Stimmen schienen von überallher zu kommen und genau in seine Richtung zu laufen. Schnell versteckte er sich in einer Nische, die nur schlecht zu erspähen war und die man im Grunde nur sah, wenn man wusste, dass sie da war. So hatte er zwar den Gang gut im Auge, aber niemand sah ihn.

Die Männer liefen an ihm vorbei und Ben erkannte direkt, dass es zu viele waren. Russev musste wahrlich jeden verfügbaren Mann beordert haben, um die Situation zu klären. Gegen eine solch bewaffnete Überzahl hatte er keine Chance. Hier würde jeder von ihnen nach der Verkündung von Russevs Tod auf nichts mehr achten und jegliche Zurückhaltung fallen lassen. Wenn sie ihn erspähten, würden sie mit allem auf ihn schießen, was sie hatten.

Sergej kam aus dem Raum, selber blutig und die Männer, die hineinblickten, kamen bleich und voller Zorn heraus. Sergej sprach mit ihnen teils auf Russisch. Ben konnte nicht alles verstehen. Seine diesbezüglichen Sprachkenntnisse waren schon sehr eingeschlafen. Die wichtigsten Aussagen verstand er letztlich schon.

Die richtigen Waffen.

Es musste hier ein Versteck geben, wo Waffen gelagert wurden, die über Pistolen und scheinbar obligatorischen Armeemesser hinausgingen. Automatische Waffen wie Maschinenpistolen und -gewehre. Seine Lage würde sich nicht verbessern.

Ben brauchte ebenfalls Waffen. Mehr Waffen, als er im Augenblick hatte, um gegen diese Übermacht bestehen zu können. Wenn er jetzt floh, würde sich seine Lage kaum verbessern, denn es waren zu viele. Hier jedoch kannte er sich bestens aus. Außerdem wusste er hier, wo er Waffen finden würde.

Sobald man damals die Fabrik still legte, hatte er sie sich zu seinem Rückzugsort gemacht, seiner Festung. Ben wusste, dass er seine Vergangenheit nicht einfach ablegen konnte. Man würde nach ihm suchen und wenn man ihn fand, jagen. Um dann entkommen zu können oder wenigstens eine Chance zu haben, richtete er sich das Fabrikgelände her. Es war unwahrscheinlich, dass irgendjemand zufällig über seine Verstecke gestolpert war und dass sich irgendjemand hier so gut auskannte, wie er selbst. Das war sein Vorteil.

Mos Vater hatte ihn immer verstanden. Wusste um seine Sorge und dass es ihn keine Ruhe lassen würde. Und er wusste, dass Ben Waffen brauchen würde. Doch waren diese in diesem Land nicht so leicht zu beschaffen wie in anderen Ländern. Aslan hatte ihm Waffen besorgt, die eigentlich vernichtet werden sollten. Ben hatte nie gefragt, wie Aslan das angestellt hatte, und dieser hatte es ihm nie gesagt. Dass ein Polizist einem Jugendlichen, den er kaum kannte, dermaßen vertraute und er ihm Schusswaffen aushändigte, war für Ben lange Zeit unfassbar. Aslan hatte in ihm etwas gesehen und ihm vertraut. Darauf vertraut, dass Ben dies alles brauchte und damit nichts anstellte, was nicht nötig war.

Immer mal wieder war Ben an der Fabrik vorbei gefahren und hatte die Verstecke überprüft. Dass mit der Zeit in der Fabrik wieder reger Betrieb herrschte, hatte er zwar bemerkt, sich aber nicht weiter darum gekümmert und das Gelände dann auch nicht mehr aufgesucht. Mittlerweile hatte er so viel an Sicherheit zurückgewonnen, dass dies nicht mehr nötig war. Wenn der Tag käme, so wusste er, dass er alles so vorfinden würde, wie er es hinterlassen hatte. Nur hatte er nie damit gerechnet, gegen die russische Mafia antreten zu müssen.

Wenn der Feind zahlenmäßig überlegen ist, was tut ihr?

Ihn ausschalten Mann für Mann.

Und was ist dabei das Wichtigste?

Agieren aus dem Verborgenen.

Aslan hatte ihm Gewehre besorgt, die man für die Jagd nutzte. Umgebaut, damit sie größeren Schaden anrichteten und daher verboten und von der Polizei beschlagnahmt wurden. Diese Waffen hatten nur ein Problem: Sie waren sehr laut. Auch hier zeigte sich, wie gut Aslan Ben verstand.

„Du brauchst auch etwas, mit dem du möglichst lautlos sein kannst.“ Damit holte er einen Kasten hervor und öffnete ihn. Als Ben damals hineinblickte, musste er lächeln.

„Hast du so etwas schon einmal benutzt?“, wollte Aslan wissen. Als Antwort setzte Ben die Einzelteile zusammen, was Aslan ein anerkennendes Lächeln entlockte. Ben hatte es immer wieder überrascht, wie wunderbar freundlich, ja sogar warmherzig dieser Mann lächeln konnte, der sonst so ernst war. Und Mo war wahrlich sein Ebenbild gewesen, wie eine jüngere Ausgabe, nur dass er mit der Zeit die Ernsthaftigkeit seines Vaters ablegen konnte, wenn auch nicht ganz.

Der Kasten, den Aslan ihm damals gegeben hatte, war nun Bens vornehmlichstes Ziel. Vorsichtig glitt er aus der Nische heraus und sah sich um. Den Plan, in den Raum zurückzukehren, um sich dort an den vorhandenen Waffen zu bedienen, gab er auf, als er sah, dass sich dort zwei Männer befanden. Er konnte nicht riskieren, dass diese ihn bemerkten und Alarm schlugen. Ein Schuss würde reichen und er sähe sich einer Übermacht gegenüber, gegen die er nicht bestehen konnte.

Lautlos bewegte er sich von dem Raum weg und schlich die Gänge entlang. Immer wieder vernahm er Stimmen und versteckte sich. Genau wegen einer solchen Situation hatte er sich vorsorglich die Fabrik ausgesucht, um sich gegebenenfalls zurückziehen zu können. Dies war das ideale Gelände, da es vielerlei Möglichkeiten bot, sich zu verstecken, aber auch seinen Gegnern Fallen zu stellen.

Ben musste zum Glück nicht weit gehen, bis er die Stelle erreichte, wohin er wollte. Es war lange her, dass er hier gewesen war, und im Grunde hatte sich der kleine Raum mit den alten Kesseln, Kästen und vielen Rohren unterschiedlichster Größe nicht geändert. Nur durch ein zerbrochenes Fenster fiel spärlich Licht, aber Ben brauchte nicht viel. Er wusste genau, wo er suchen musste und zwängte sich hinter die Geräte, um dann verschiedene Verstrebungen wie Stufen zu nutzen, um an eines der obersten Rohre zu gelangen, in dem sich ein Loch befand.

Ohne ein Geräusch zu machen, holte er einen Kasten hervor. Mit diesem stieg er herunter und öffnete die Luke einer der Kessel, um hinein zu greifen und einen Leinensack hervorzuziehen. Beides legte er auf den Boden, um dann fast ehrfurchtsvoll den Kasten zu öffnen. Es war alles da und er musste unwillkürlich lächeln, als er daran dachte, wie er sich immer gefühlt hatte, wenn er die Einzelteile zusammengebaut und dann alles benutzt hatte.

Schon bevor er zu Aslan, Mo und der Familie gekommen war, hatte er Filme gesehen. Filme waren ein Teil seiner Ausbildung gewesen. Bestimmte Filme, die eines zum Thema hatten: Die wahrhaft grenzenlose Überlegenheit der weißen Rasse dargestellt in Geschichten über weiße Helden, die es meist alleine mit einer Übermacht aufnahmen und bestanden. Sein liebster Held war damals wie später John Rambo gewesen, der nicht nur ein Experte mit Schusswaffen war, sondern auch einer eher Traditionellen: dem Bogen. Natürlich war Rambos Bogen kein Herkömmlicher, sondern ein viel Modernerer und Ben hatte immer davon geträumt, einmal einen solchen zu besitzen.

Als Aslan ihm damals den Kasten überreichte und Ben erkannte, dass dieser einem eben solchen Bogen enthielt, wusste er, dass es für immer seine Lieblingswaffe war. Genau die, die er jetzt brauchte.

Als wäre kein Tag vergangen, setzte er die Einzelteile zusammen und überprüfte die Zugkraft der Sehne, die durch den flaschenzugähnlichen Aufbau noch verstärkt wurde. Ein solcher Bogen hatte mit dem entsprechenden Pfeil sogar mehr Durchschlagskraft als eine Gewehrpatrone. Ein Pfeil war nahezu lautlos.

Ben öffnete den Sack und holte von dort einen Köcher mit Pfeilen hervor, allesamt versehen mit rasiermesserscharfen Spitzen, die aus drei spitz zulaufenden Klingen bestanden. Pfeilköpfe mit Sprengstoff so wie sie Rambo besaß, hatte er natürlich nicht. Aber er hatte sich welche gebastelt, die Ähnliches bewirkten, wenn auch nicht mit einer so großen Sprengkraft. Doch dafür hatte er andere Dinge.

Ben steckte sich seine Pistole hinten in den Gürtel, schnallte den Köcher auf den Rücken und befestigte drei Pfeile an die Vorrichtung des Bogens. Nachdem er den Sack und den Kasten wieder im Kessel versteckt hatte, machte er sich auf den Weg. Die Jagd hatte begonnen.

Es dauerte etwas, bis er auf die ersten Männer traf, welche sich mittlerweile mit automatischen Waffen ausgestattet hatten. Er hätte sie mit Leichtigkeit von seiner Position aus abschießen können. Er konnte aber nicht riskieren, dass diese einen Schuss abgaben und somit seine Position offenbarten. Noch bestand seine Taktik, sie sich nach und nach zu schnappen. Noch. Die Zeit würde kommen, die eine Anpassung erforderte.

Fast lautlos bewegte sich Ben durch das Gewirr an Rohren und nun nutzlosen Maschinen, nutzte jeden Schatten und wartete ab. Damals, als er das Gelände zu seinem eigenen gemacht hatte, hatte er jeden Winkel erforscht und konnte sich nun hier bewegen, als sei er selbst ein Schatten.

Die Männer hatten sich überall verteilt. Wahrscheinlich hätte er das Gelände unbemerkt verlassen können, aber die Gefahr war zu groß, dass sie ihm dann folgten.

Eine Übermacht vor dir ist besser als nur ein Feind in deinem Rücken.

Dies war sein Gelände. Es gab wohl niemanden, der sich hier besser auskannte. Das war sein Vorteil. Draußen sah das anders aus. Die paar Männer, die

Russev ausgeschickt hatte, waren keine wirklichen Gegner gewesen, waren bessere Schläger. Er konnte sie überraschen, dass sich keiner von ihnen in der Lage gewesen war, sich vorzustellen, dass ein einzelner Mann ihnen gefährlich werden konnte und zudem sich so gnadenlos wehrte. Diesen Fehler würden diese nicht machen. Schon wie sie ihre Waffen hielten, ließ darauf schließen, dass sie eine langjährige, militärische Ausbildung genossen hatten. Das machte sie zu gefährlichen Gegnern.

Ben beobachtete, wie zwei Männer mit Maschinenpistolen den Gang durchsuchten. Als sie an ihm vorbei gekommen waren, schlüpfte er hinter ihnen aus dem Schatten, spannte seinen Bogen und schoss. Der Pfeil durchstieß bei dem Getroffenen direkt das Kleinhirn und kam vorne unmittelbar unter der Nase wieder heraus. Als der andere Mann sich umdrehte, schoss Ben ihn einen Pfeil ins Auge.

Bevor er zu ihnen ging, überprüfte er, ob andere in der Nähe war. Da er niemanden ausmachen konnte, zog er die Pfeile wieder heraus und versteckte die Leichen samt Waffen in einem Nebenraum. Nur ein Messer behielt er sowie einige Magazine. Dann schlich er weiter.

Alle von Sergej zusammengerufenen Männer waren nun über das Gelände verteilt und bildeten kleine Gruppen, die aus wenigen Männern bestanden. Das hatte Ben gehofft.

Als er wieder Dreien begegnete, feuerte Ben einen Pfeil gegen einen entfernten Eimer ab. Als dieser scheppernd zu Boden fiel, orientierten sich die drei automatisch in diese Richtung, schlichen sich an, bis sie genau in Bens Ziellinie standen. Ben zielte und schoss einen Pfeil durch zwei der Hälse. Als seine Kameraden Blut spukend zu Boden gingen, schrie der Dritte in Panik auf und drehte sich suchend herum. Als er dann endlich Ben sah, richtete er sein Maschinengewehr auf ihn aus. Aber bevor er damit zielen konnte, traf ihn ein Pfeil mitten zwischen die Augen.

Ben lief zu den Toten und nahm wieder die Pfeile an sich, bevor er auch eines der Maschinengewehre schulterte. Die drei Toten versteckte er nur notdürftig.

Ben bewegte sich über die Treppen auf das Dach eines Gebäudes, das über einen kleinen Tower verfügte, aus dem man einen guten Blick über das Gelände hatte. Dies war natürlich ein Vorteil, aber auch eine Gefahr, da man den Tower gut ins Visier nehmen konnte.

Ben sah durch jedes der zerbrochenen Fenster und erkannte vereinzelte Männer sowie kleine Gruppen. Die Fabrik war noch immer von einem hohen Maschendrahtzaun samt Klingeldraht umgeben. Es war unmöglich, dort rüber zu kommen. Daher bewachten sie die Ausgänge.

Ben hatte keine Wahl. Er musste die Anzahl seiner potenziellen Gegner weiter reduzieren und dies möglichst schnell, da ihm die Zeit davon lief.

Er sah sich um und sein Blick fiel auf die vielen parkenden Autos, die in der Nähe der fabrikeigenen Tankstation standen. Als die Fabrik aufgegeben wurde, hatte man natürlich die Tanks geleert. Außerdem war damals vor allem Diesel genutzt worden, was Ben bei seinem Vorhaben wenig nützen konnte. Aber vielleicht hatte Russev die Tanks anderweitig nutzbar gemacht. Die Möglichkeit bestand durchaus.

Ben fasste einen Plan. Er war riskant, aber einen Besseren hatte er nicht.

Darauf achtend, nicht in das Sichtfeld der Männer zu geraten, die ihn suchten, begab sich Ben nach unten. Fast lautlos stieg er dabei die Treppe herunter und einen Gang entlang, der schon damals so ausgesehen hatte, als wäre hier eine Bombe eingeschlagen. Aus irgendeinem Grund fanden es die Jugendlichen hier besonders spaßig, sich auszutoben und sich mit Graffitis zu verewigen.

Wie aus dem Nichts erschien ein Hüne neben Ben mit einem Gewehr im Anschlag. Im Gegensatz zu den anderen hatte er sich nicht auf die Suche begeben, sondern sich versteckt gehalten, um ihm auflauern zu können. Das war ihm gelungen.

Im letzten Moment konnte Ben den Lauf des Gewehres zur Seite schlagen, aber der Hüne schlug direkt zu, sodass Ben seinen Bogen fallen lassen musste. Als er nach seiner Pistole griff, trat der Mann gegen Ben und knallte ihn gegen eine Wand. Ben nutzte den Aufprall, um direkt wie eine Feder zurückzuspringen, bevor sein Gegner das Gewehr in seine Richtung schwenken konnte.

Ben krachte gegen den Mann und beide gingen zu Boden. Als Ben sich abrollte, dabei wieder nach seiner Pistole griff und in der Hocke zum Stehen kam, schlug ihm der Mann die Pistole aus der Hand und vollführte einen Tritt gegen seinen Kopf, der diesen gegen eine Wand aufprallen ließ.

Reflexartig hob Ben die Arme, um sich vor weiteren Schlägen gegen den Kopf zu schützen, worauf aber sein Körper ungedeckt war. Sofort traf ihn die Faust seines Angreifers und raubte ihn für einen Moment die Luft, bevor ihn der nächste Tritt traf und nach hinten schleuderte. Hart knallte er mit den Rücken gegen einen Betonpfeiler und seine Sinne schwanden für einen Moment.

Als er wieder aufblickte, sah er den Mann, der wahrhaft über ihm thronte und ein Walkie-Talkie in der Hand hielt.

„Ich habe ihn“, verkündete er lächelnd.

„Wo bist du?“, erkannte Ben Sergejs Stimme.

Bevor der Mann antworten konnte, packte Ben einen losen Stein und schleuderte ihn dem Mann entgegen. Dieser musste ausweichen, was Ben genügend Zeit gab, aufzuspringen und ihn direkt anzugreifen. Sofort ließ der Mann das Walkie-Talkie los, um beide Hände frei zu haben.

Ben setzte Schlag um Schlag, jedoch konnte der Mann blockieren, um seinerseits anzugreifen. Der Mann war stark, sehr stark. Ein ausgezeichneter Kämpfer, dessen vor Kraft strotzenden Angriffe Ben nur mit Mühe blocken und ablenken konnte.

„Du bist gut“, meinte der Hüne. „Aber ich werde dich zerbrechen für das, was du Russev und meinen Kameraden angetan hast.“

Ben atmete durch und zog sich seinen Köcher aus. „Es wird wohl nicht helfen, wenn ich Dir sage, dass ich das nicht getan habe.“

Der Mann schnaubte. „Natürlich nicht.“

Damit griff er mit noch mehr Wut an, schlug und trat. Seine Wut aber machte ihn unkonzentriert und Ben fand immer wieder eine Lücke, die er nutzen konnte, um einen Treffer zu platzieren. Dies machte seinen Gegner nur noch wütender. Sein nächster Schlag war so kraftvoll, dass er Bens Deckung durchbrach und ihn im Magen traf. Obwohl Ben wusste, dass er seine Arme hochnehmen musste, war es zu spät und das Knie seines Gegners knallte gegen seinen Kopf.

Als er vom Boden aufblickte, hob der Hüne zwei kurze Eisenstangen auf, wog sie in der Hand und griff an. Mit voller Wucht prallten die Eisenstangen auf die Stelle, wo Ben eben noch gelegen hatte. Wieder griff Ben hinter sich, doch seine Pistole segelte unerreichbar davon. Noch bevor ihn eine der Stangen treffen konnte, wich Ben aus und rollte sich ab.

Verzweifelt sah sich Ben nach einer Waffe um. Sein Blick fiel auf seinen Pfeilköcher. Als der Hüne den nächsten Angriff startete, sprang Ben zur Seite, rollte sich ab, um dann zwei der Carbonpfeile herauszuziehen. In jeder Hand einen haltend stand er auf. Der Hüne grinste ihn an.

„Du bist gut."

Ben nickte. „Du hast keine Ahnung."

Damit griff der Hüne an, schlug mit den Eisenstangen zu, die Ben aber mit den Pfeilschaften abwehrte. Zwar prasselten die Schläge wie Windmühlenblätter hernieder, aber Ben parierte ebenso schnell, wobei es ihm sogar gelang, bei seinem Gegner Treffer zu platzieren. Dies machte den Hünen nur noch wütender.

Geschickt wich Ben aus und die Eisenstangen demonstrierten, welche zerstörerische Wirkung sie hatten, als sie mit voller Wucht auf die Mauern trafen und dabei Stücke abbrechen ließen.

Aber auch Ben konnte nicht verhindern, getroffen zu werden. Nur seiner Geschicklichkeit verdankte er, sich immer wieder schnellstmöglich aus der Gefahrenzone zu bringen, bevor er schlimmere Verletzungen hätte einstecken müssen.

Dann aber war sein Gegner so zornig, dass er sein Tempo noch erhöhte. Dies würde Ben nicht lange durchhalten, da das Können und die schiere Kraft seines Gegners ihn irgendwann in die Knie zwingen würden.

Ben drehte den Pfeil in seiner linken Hand um. Die Spitze des Pfeils zeigte nun nach unten. Beim nächsten Angriff seines Gegners blockierte er den Schlag, nur um mit den scharfen Klingen der dreigliedrigen Pfeilspitze ihm Schnittwunden zuzufügen.

Der Mann schrie auf und schlug nach Ben. Dieser konnte gerade noch ausweichen, kam aber ins

Straucheln und fiel fast nach hinten, weswegen sein Gegner sofort nachsetzte. Ben aber nahm den Schwung, vollführte eine Rückwärtsrolle, während der Hüne seinen Ansturm nicht mehr bremsen konnte. Ben stoppte seine Rolle, und als er hochkam, rammte er den einen Pfeil dem Angreifer in den Bauch und den anderen in den Fuß. Der Mann schrie auf und schlug nach Ben, doch der war längst wieder abgetaucht und sprang in Richtung seines Bogens. Wieder vollführte er eine Rolle, zog dabei einen Pfeil aus seinem Köcher und legte ihn sofort ein, als er den Bogen ergriff.

Der Hüne erkannte, was Ben vorhatte und ließ sich von seinen Verletzungen nicht aufhalten, Ben hinterherzustürmen. Er hob seine beiden Eisenstangen, um zu einem gewaltigen Schlag auszuholen. Ben ließ sich auf den Rücken fallen, zog die Sehne vollständig durch und schoss. Der Pfeil drang unter dem Kinn des Hünen ein, jagte durch seinen Kopf und kam oben wieder raus, sodass sich die Pfeilspitze tief in die Decke bohrte, der Schaft aber noch im Kopf des Hünen steckte.

Die Eisenstangen fielen scheppernd zu Boden, während der Körper des Hünen erschlaffte und nur durch den Pfeil noch aufrecht gehalten wurde.

Ben atmete durch und streckte sich. Er spürte die Treffer sehr deutlich. Mindestens eine Rippe war angeknackst und die Wunde, die er sich bei Matteo zugezogen hatte, fing wieder an zu bluten. Trotzdem hatte er keine Zeit, sich darauf zu konzentrieren. Er biss die Zähne zusammen, schnallte sich seinen Köcher wieder um und nahm seine Pistole auf. Als sein Blick auf das Walkie-Talkie fiel, hob er dies ebenfalls auf und befestigte es an seinem Gürtel. Schließlich nahm er seinen Bogen und begab sich schleichend weiter hinunter.

Der Weg zu den parkenden Autos bot einige Verstecke, die ihn jedoch nicht gänzlich vor einer Entdeckung schützten. Wenn einer nur im rechten Moment von einer höheren Position herunterblickte, könnte er ihn sicherlich schnell entdecken und das hätte sicher das Ende bedeutet.

Vorsichtig schlich er zu den geparkten Autos, die auch noch einmal darauf schließen ließen, dass sich so einige von Russevs Gefolgsleuten hier befanden. Er musste wahrlich jeden gerufen haben und legte scheinbar aufgrund der ganzen Ereignisse keinen Wert mehr darauf, die Fabrik als sein Versteck zu schützen.

Weiterhin auf jede Regung achtend, begab sich Ben zu der Zapfsäule und entnahm den Zapfhahn. Als er ihn betätigte kam tatsächlich Benzin heraus. Perfekt.

Ben klemmte den Hebel fest. Es lief beständig Benzin aus. Er begab sich zu jedem Wagen und schnitt die Kraftstoffleitungen durch, sodass sich überall unter den Fahrzeugen ein See bildete, der sich mit den anderen verband.

Wagen für Wagen ging er vor, benutzte sie als Deckung, um dann weiter zu schleichen.

Unvermittelt hörte er einen Ruf. Er blickte in die Richtung, von der er kam und erkannte drei Personen auf einer schmalen Brücke bei einigen Kesseln. Ohne Verzögerung zielte er und feuerte einen Pfeil ab. Der Getroffene ging ächzend zu Boden, während die anderen davon absahen, ihre Gewehre zu heben und sich in Deckung brachten. Weitere Pfeile prallten an dem Eisengeländer ab.

Als die Männer wieder aufblickten, war Ben nicht mehr zu sehen. Sofort holte einer von ihnen sein Walkie-Talkie hervor.

„Er ist bei den Autos!“, gab er durch. „Bei den Autos!“

Dann brachte er sein Gewehr in Anschlag und schlich mit seinen Kameraden vorsichtig den Steg entlang, um schließlich über eine Treppe hinunter zu gelangen. Dabei hielt er stets die Autos im Auge, konnte aber nichts erkennen. Aus den Augenwinkeln sah er, dass sich immer mehr seiner Kameraden näherten und ebenfalls die Autos ins Visier nahmen.

Sergej blickte sich um. „Wo ist er? Findet ihn gefälligst!“

Alle Männer rannten herum und sahen in jeden Wagen, versuchten aber gleichzeitig, irgendwie vorsichtig zu sein, da sie erwarteten, dass Ben überall sein könnte.

Wagen für Wagen wurde überprüft, die Türen aufgerissen, ebenso jeder Kofferraum. Ben jedoch blieb verschwunden.

„Wo ist er?!“, schrie Sergej, der sichtbar immer mehr an Fassung verlor.

„Er war hier gewesen“, erklärte einer der Männer. „Ich habe ihn gesehen.“

„Und warum hast du ihn nicht direkt erschossen?!“

Der Mann wich zurück, als Sergej auf ihn zukam und dabei einen Ausdruck auf seinem Gesicht hatte, der nichts Gutes zu verheißen schien.

„Er hat mit einem Bogen auf uns geschossen“, versuchte sich der Mann zu verteidigen.

Das war die falsche Antwort. „Mit einem Bogen? Und habt ihr nicht auch Waffen? Gewehre? Warum schießt ihr dann nicht zurück?! Er hat einen verdammten Bogen!“

Der Mann schluckte.

„Er hat alle Autos zerstört“, erklärte plötzlich ein anderer und erweckte damit Sergejs Aufmerksamkeit.

„Was?!“

„Hier. Er hat die Benzinleitungen zerschnitten. Wir sollen ihn wohl nicht verfolgen können.“

Sergej sah den Mann an, dann blickte er sich um. Sah die Tanksäule und den auf dem Boden liegenden Hahn, aus dem beständig Benzin lief. Der Boden war schon voll mit Benzin…

„Scheiße."

Dann blickte Sergej auf und sah, wie sich Ben in einiger Entfernung erhob, einen Pfeil in seinem Bogen gespannt.

Als Ben die Sehne losließ, sprang Sergej zur Seite. Der Pfeil bohrte sich in einen Reifen, der sofort platt wurde. Dann explodierte der daran befestigte Böller.

Die Männer schrien, als sich nahezu der gesamte Platz in ein Flammenmeer verwandelte. Bei einigen fing die Kleidung Feuer, andere versuchten verzweifelt das Feuer auszutreten, als es sich den Autos näherte, vergeblich.

Als das erste Auto explodierte, war es wie eine Kettenreaktion. Aus dem Feuermeer wurde ein Inferno, durch das Männer in Flammen wankten oder längst tot am Boden lagen.

Weitere Explosionen folgten, als die nächsten Autos in die Luft flogen. Männer kamen angerannt und blickten mit Entsetzen auf das kriegsähnliche Schauspiel, das sich vor ihnen ausbreitete. In Panik schossen sie auf jegliche Verstecke, die sie ausmachen konnten. Andere flohen Hals über Kopf und ließen alles hinter sich.

Als ein Mann seine Waffe wieder durchlud, traf ihn ein Pfeil mitten in die Brust und nagelte ihn an einen Pfeiler hinter sich. Darauf brach noch mehr Panik aus und die restlichen Männer schossen in die Richtung, wo sie Ben vermuteten. Schossen und schrien.

Langsam schritt Ben heran. Seinen Bogen hatte er abgelegt und durch das Maschinengewehr ersetzt. Damit zielte er auf die am Boden liegenden Gestalten, aber von diesen ging keine Gefahr mehr aus. Es gab niemanden mehr, der sich ihm entgegenstellte.

Sergej kam wie der sprichwörtliche Dämon aus der Hölle hervorgesprungen und schoss. Ben wurde herumgerissen, als eine Kugel seinen linken Arm streifte und eine Weitere sich in sein Bein bohrte. Im Fallen schaffte er es gerade noch, sich hinter einer Säule in Deckung zu bringen, die ihn vor den nächsten Schüssen schützte. Sein Gewehr jedoch hatte er verloren.

Sergej wankte auf ihn zu, seine Waffe vor sich haltend. Seine Kleidung, Haut und Haare waren angesengt und teils verbrannt. Nur mit Not war er den Explosionen entkommen und konnte sich nun scheinbar nur schwer auf den Beinen halten.

Ben lehnte sich gegen den Pfeiler und hielt sich seinen Arm.

Sergej lächelte freudlos. „Anna hatte recht: Ich hätte dich direkt abknallen sollen. Viel zu viel Machismo."

Ben nickte. „Ja, sie wusste, dass du keine Chance hättest."

Sergej sah Ben an, dann lachte er auf. „Meinst du das ernst? Damit kommst du jetzt? Du appellierst an mein Ego?"

Ben lächelte schwach. „Mehr hast du ja nicht."

Sergejs Augen funkelten. „Du liegst am Boden. Ich habe gewonnen." Er grinste. „Wie gegen deinen Freund. Er war gut. Überraschend gut. Aber letztendlich bekam er mein Messer zu spüren. Und ich habe ihn damit so verletzt, dass es für ihn keine Rettung mehr gab. Er langsam verreckte. Was er dann auch tat."

Ben ließ sich nichts anmerken. „Aber bei Russev warst du dann doch eher pragmatisch. Hast einfach deine Kameraden erschossen und dann deinen Boss. Scheinbar hattest du schon lange darauf gewartet."

Sergej atmete durch. „Das war Teil des Plans. Wir mussten ihn zwar gezwungenermaßen etwas vorziehen und anpassen, aber ja, es war immer Teil des Plans. Und wenn du dich wunderst, dass ich die einfach töten konnte: Das war nicht so schwer. Ich hatte nie viel mit ihnen zu tun. Und Russev? Er hat mich immer behandelt wie seinen Kettenhund, mit dem er andere erschreckte. Ich bin nur bei ihm geblieben, weil, nun ja, irgendwoher muss ja Geld fließen. Aber Anna hat mir einen anderen Weg aufgezeigt. Und bei dem war Russev nun mal im Weg. Er hätte es nicht gebilligt. Wie ich schon bei deinem Freund sagte: Nichts Persönliches. Es war rein geschäftlich."

Sergejs Lächeln wurde breiter. „Aber dich jetzt umzubringen ist nun was Persönliches. Ich werde es genießen."

Ben lächelte. „Ich rate dir, mich zu erschießen, wie du es mit Russev und den anderen getan hast."

Sergej zuckte mit der Schulter. „Das war rein pragmatisch. Ich hatte mich schon gefreut, Russev mein Messer in den Leib zu stoßen. Aber es sollte ja so aussehen, als hätte es einen Überfall gegeben. Ich musste improvisieren. Aber bei dir werde ich es dafür umso mehr genießen."

„Dafür wirst du kaum Zeit haben. Die Polizei ist sicher gleich hier."

Sergej lachte. „Erhoffe dir von denen nicht zu viel. *Wes Brot ich ess, des Lied ich sing.* Wenn du verstehst, was ich meine. Ich mochte diesen Ausspruch schon immer. Er ist so deutlich, so realistisch."

Ben nickte, sah an Sergej vorbei und sein Lächeln wurde breiter. Sergej sah ihn verwundert an.

„Was ist so lustig?"

Ben deutete mit dem Kinn auf einen unbestimmten Punkt hinter Sergej. Dieser drehte den Kopf und erkannte dort drei der Männer, die eben geflohen waren und ihn nun finster anblickten.

„Du hast Russev getötet", stellte einer der Männer fest. „Und unsere Kameraden."

Sergej blickte sie an, dann wendete er sich wieder Ben zu. Dieser hob eines der Walkie-Talkies hoch, dass er einem der Männer abgenommen hatte.

Sergej schloss kurz die Augen, dann nickte er lächelnd. „Nicht schlecht. Alte Schule. Effektiv. Heut ist echt nicht mein Tag. Aber es ändert nichts."

Der Mann vor ihm schnaubte. „Doch. Denn jetzt werden sie dich erschießen."

Sergej lächelte. Dann drehte er sich abrupt um und drückte ab, bevor die Männer die Abzüge ihrer Waffen betätigen konnten. Hintereinander gab er mehrere Schüsse ab und schoss sogar noch, als die Männer am Boden waren. Erst als er sich vergewissert hatte, dass sich keiner von ihnen mehr bewegte, bemerkte er, dass er einen Fehler gemacht hatte.

Blitzschnell drehte er sich um. Ben schlug ihm gegen seinen Arm, worauf Sergej die Waffe aus der Hand flog. Ben ließ seine Faust in sein Gesicht krachen.

Sergej ging zu Boden und versuchte, sich direkt wieder aufzurichten. Dabei griff er nach einer der Pistolen der Männer, aber Ben war sofort bei ihm und trat ihm mit seinem Fuß auf die Hand. Sergej schrie auf, rollte sich zur Seite und griff hinter sich. Als er sich erhob, hielt er sein Messer in der Hand und blickte in den Lauf von Bens Pistole.

„Du kennst sicher den Spruch", meinte Ben.

Sergejs Schultern sackten kraftlos herunter und er ließ das Messer fallen. „Bring nie ein Messer mit zu einer Schießerei." Er hielt kurz inne. „Ich hätte dich einfach erschießen sollen. Und deinen Freund einfach töten."

Ben schüttelte den Kopf. „Du hast ihn getötet. Jetzt hol dein Handy raus und entsperre es."

Sergej lachte auf, tat aber wie geheißen. „Was willst du tun? Die Polizei rufen? Bitte, sehr gerne."

Damit warf er Ben das Handy zu, um sogleich zur Seite zu springen, wo sich auf dem Boden eine weitere Pistole befand. Ben fing mit schmerzverzerrtem Gesicht das Handy auf, zielte auf Sergej, bevor dieser seine Waffe auf ihn richten konnte. Dann drückte er ab und jagte Sergej jeweils eine Kugel in die Schulter, in die Knie und den Bauch.

Sergej brach schreiend zusammen und blieb zitternd auf den Boden liegen, unfähig, sich zu rühren wie ein Fisch auf dem Trockenen.

Langsam kam Ben zu ihm und hob Sergejs Messer auf. „Ein Mann steht dir gegenüber. Er ist dein Feind. Dann handle entsprechend. Ein Feind verdient keine Gnade."

Ben hockte sich neben Sergej. „Wenn du also die Chance hast, ihn zu töten, dann töte ihn. Wenn du ihn erschießen kannst, dann erschieß ihn."

Sergejs Augen wurden groß und er schien noch etwas sagen zu wollen, aber Ben rammte ihm das Messer in die Brust. Sergejs Körper erschlaffte.

Ben blickte Sergejs leblosen Körper noch einen Augenblick an. Die sich nährenden Sirenen rissen ihn jedoch aus seinen Gedanken und er humpelte davon hin zum letzten Auto, das abseits gestanden und unversehrt geblieben war. Er setzte sich hinein und betätigte einige Tasten an dem Handy, damit dieses nicht mehr entsperren musste.

Als der erste Feuerwehrwagen eintraf, sprengte Ben mit seinem Wagen ein Nebentor auf. Nun, wo er sicher sein konnte, dass ihm niemand mehr in den Rücken fiel, hatte er nur ein Ziel.

Anna.

Und er wusste, wo er sie finden würde.

15

Finn rannte so schnell er konnte. Schneller als er konnte. Die Wachen zu überlisten war noch das Einfachste gewesen, aber Odin hatte anscheinend seine Flucht erwartet. Ihn hatte er nicht täuschen können.

Finn hatte sich die ganze Zeit gewundert, warum Odin ihn nicht einfach umgebracht hatte. Ihn selbst getötet, denn genau das schien Odin zu wollen. Sie alle hatten schon öfter gesehen, wie Odin jemanden wegen einem geringeren Grund einfach das Genick gebrochen hatte oder in einen Kampf einfach erschlug. So wie Wolgar, der ihn herausforderte, indem er sein Urteil in Frage stellte.

Wolgar hatte es satt, auf den großen Tag zu warten. Das hatten sicherlich auch andere, was aber Odin als gutes Zeichen sah, dass die Gemeinschaft sich ihrer Aufmerksamkeit bewusst war und dafür brannte. Wolgar aber wollte nicht länger warten. Er hielt es nicht für richtig, noch länger zu warten, da der Verfassungsschutz ihnen immer mehr auf die Spur kam. Schon die Tötungen der letzten Zeit waren zu viel gewesen. Es war nur noch eine Frage der Zeit, bis der Staatsschutz auftauchen würde. Somit hieß das Gebot der Stunde für Wolgar, jetzt zuzuschlagen. Es war das erste Mal, dass ein Raunen durch die Gemeinschaft ging, was auf Zustimmung hinwies.

Odin hörte Wolgars Worten zu. Hörte, wie immer mehr Stimmen Wolgar zustimmten. Dann nickte Odin und stand auf.

„Du bist also mit meiner Entscheidung nicht einverstanden, Wolgar."

Wolgar atmete durch. „Deine Vorsicht ehrt dich Odin. Aber ich glaube, wir müssen zuschlagen. Wenn wir noch zu lange warten, könnte es bald zu spät sein."

„Nennst du mich einen Feigling?"

Wolgar verzog das Gesicht „Das würde ich nie tun. Du bist unser Odin."

Odin nickte. „Der bin ich. Und somit obliegt diese Entscheidung mir. Es gibt nichts Wichtigeres für uns als den großen Tag. Dafür Leben wir. Dafür sind wir bereit, unser Blut zu geben. Wenn nötig unser Leben."

„Ohne zu zögern."

Alle jubelten.

Odin nickte. „Das weiß ich. Aber ich bin nicht bereit, ihr Blut und ihr Leben umsonst zu opfern. Ich bin euer Odin und ihr könnt von mir erwarten, dass ich meine Entscheidungen nicht leichtfertig treffe und euch nicht ohne Grund in Gefahr schicke, die euer Leben kosten könnten. Das wird beim großen Tag für den einen oder den anderen der Fall sein. So soll es sein. Aber sie werden fallen im Wissen, dass wir den Sieg davon tragen werden. Weil es die rechte Zeit ist."

„So wird es sein!", rief die Gemeinschaft.

Odin stand auf. „Aber du, Wolgar, sagst, dass ich nicht bereit bin, euer Leben in Gefahr zu bringen. Ich davor zurückschrecke, es für die rechte Sache zu opfern. Dass ich zu schwach sei, diese Entscheidung zu treffen. Das tu ich nicht. Wenn die Zeit kommt, werde ich die Entscheidung treffen und werde die Folgen tragen. Aber jetzt zuzuschlagen, würde bedeuten, die Gemeinschaft zu opfern. Umsonst."

Schweigen. Jeder sah das Lodern in Odins Augen.

„Du, Wolgar, du hast unsere Krieger ausgebildet. Bist der oberste der Todbringer. Du kennst sie am besten. Sind sie bereit für den großen Tag? Ist unsere Gemeinschaft bereit? Werden wir erfolgreich sein?“

Alle Blicke ruhten auf Wolgar. Dieser sah sich um und versuchte vergeblich zu verbergen, wie nervös er war. Niemand wollte von Odin auf diese Weise angesehen werden. Dann aber rückte er seine Schultern zurück und regte das Kinn.

„Ja, sie sind bereit. Die Zeit ist gekommen.“

Alle jubelten. Natürlich. Endlich ihre Berufung zu erfüllen, um das zu tun, weswegen sie so viel Entbehrungen ertragen und sich mit vollster Überzeugung vorbereitet hatten, ließ sie ihre Zustimmung frenetisch bekunden.

Odin lächelte und hob die Hand. Sofort verstummten alle.

„Ich habe keinen Zweifel an der Loyalität und der Bereitschaft jedes einzelnen hier genau das zu tun, wofür wir geboren sind. Und genau deswegen ist es so wichtig, genau das auszunutzen und sie ins Verderben rennen zu lassen. Wenn alles bereit ist, werden sie ihre Bestimmung erfüllen, daran habe ich keinen Zweifel. Aber erst dann. Aber die Zeit ist noch nicht soweit. Und ich bin nicht bereit, auch nur einen für deine Verblendung zu opfern.“

„Verblendung?!“, rief Wolgar aus und stand auf, während alle anderen die Luft anhielten.

„Ganz genau. Verblendung. Und das unterscheidet dich von mir.

Du bildest Krieger aus, aber ich führe sie. Es sind aber nicht die Generäle, die einem Volk sagen, wann es für den Krieg bereit ist. Es ist der Führer. Und der bist du nicht. Somit obliegt dir nicht die Entscheidung darüber, ob hier alle bereit sind oder nicht.“

Odin hielt einen kurzen Moment inne. „Aber offensichtlich willst du es sein. Offensichtlich willst du unser Volk in die Schlacht führen, sein Führer sein. Dieses Recht dies zu fordern, steht dir zu. Doch ich bin nicht bereit, einfach zur Seite zu treten und dabei zuzusehen, wie du sie alle und die Erfüllung unserer heiligen Aufgabe gefährdest. Du wirst nicht ihre Leben leichtfertig für deine Verblendung gefährden. Und als ihr noch amtierender Anführer ist es meine Aufgabe, sie vor Fehlgeleiteten wie dir zu bewahren. Und so fordere ich dich zum waffenlosen Zweikampf."

Das Raunen, das darauf folgte, war sogar noch lauter als alles vorherige.

Es wunderte niemanden, dass Wolgar nicht direkt aufstand. Aber wenn Wolgar nicht aufgestanden wäre, hätte er sein Gesicht verloren und wäre aus der Gemeinschaft verbannt worden. Das hätte seinen Tod bedeutet. Er hatte also keine andere Wahl, als sich Odin zu stellen.

Wolgar war ein großer Kämpfer. Er war einer der Ersten in der Gemeinschaft, die sich die Ehre verdient hatten, das Toten-Mal tragen zu dürfen. Im Laufe der Zeit waren viele Runen dazu gekommen, die zeigten, dass er bereit war, den Weg zu gehen und vielen Unwürdigen den Tod zu bringen, mehr als Odin. Wenn einer Odin ebenbürtig war, dann er.

Die beiden Männer standen sich gegenüber, wie es die Anwärter immer wieder im Training taten, die Hände mit Hanfseilen umbunden, die Oberkörper frei. Den Ring bildete die Gemeinschaft, die um die beiden Kontrahenten herumstand.

Wolgar zeigte von Anfang an, was für ein großer Kämpfer er war. Der beste der Gemeinschaft. Er hatte einmal acht Unwürdige alleine angegriffen, waffenlos und sie alle erschlagen. Das wussten alle. Odin mochte der Gefürchteste der Gemeinschaft sein, aber Wolgar war der, der am meisten Respekt bekam. Der Kämpfer, dem alle nachstrebten, den die Anwärter als Vorbild hatten und nicht nur, weil er ihr oberster Ausbilder war.

„Du hast zwei Minuten, um mich zu Boden zu bekommen und dafür zu sorgen, dass ich nicht mehr hochkomme“, meinte Odin und sah Wolgar dabei mit einem Blick an, der Schlimmes erahnen ließ. „Zwei Minuten, in den ich mich nicht wehren werde.

Und dann enden die zwei Minuten.“

Odin hielt sein Wort. Während Wolgar seine Fäuste gegen ihn krachen ließ, machte er keinerlei Anstalten, um sich zu wehren. Schlag um Schlag landete Wolgar einen fürchterlichen Treffer nach dem anderen. Odins bärtiges, ausdrucksloses Gesicht flog immer wieder herum und schon nach kurzer Zeit blutete er aus mehreren Wunden. Aber selbst, wenn er zu Boden ging, stand er wieder auf. Schwer atmend zwar, aber unerschütterlich in seinem Blick, den er unentwegt auf Wolgar gerichtet hatte.

„Ist das schon alles?“, höhnte Odin. „Wahrlich, das zeigt, wie minderwertig die unterlegenen Rassen sind, wenn du ihre Angehörige so leicht zu erschlagen vermochtest.“ Wieder schlug Wolgar zu. Das Publikum, das sich immer an Blut und Gewalt ergötzte, jubelte, feuerte ihn an.

Schlag um Schlag traf Odin und er stolperte zurück. Die Augen waren schon geschwollen, mehre Platzwunden zierten sein Gesicht, aber er stand noch.

„Ist das alles!“, rief er Wolgar entgegen.

Wolgars Gesicht verfärbte sich im Zorn und er stürzte auf Odin zu. Doch dessen Ausdruck nahm auf einmal eine Härte an, die jedem, der es sah, das Blut in den Adern gefrieren ließ.

„Zwei“, sagte er nur. Dann blockte er Wolgars Angriff, packte seinen Schlagarm und brach ihn einfach weg.

Während Wolgar vor Schmerzen schrie, verstummten alle anderen.

Odin zwang Wolgar in die Knie und seine Augen funkelten.

„Nach drei Regeln kämpfen wir: Kein Rückzug! Kein Aufgeben! Und vor allem: Keine Gnade!“

Wolgars Augen wurden groß und Odin schlug zu. Wieder und wieder ließ er seine rechte Faust in Wolgars Gesicht krachen. Wieder und wieder und wieder. Das Blut spritzte bei jedem Schlag. Die Knochen, die schon beim ersten Schlag gebrochen waren, bersteten regelrecht. Mit jedem Schlag verwandelte Odin Wolgars Schädel mehr in einen blutigen Brei, selbst als Wolgar längst tot war und sein Körper nicht mehr zuckte.

Genau diesen Moment, als alle nur ungläubig auf Odin blickten, nutzte Finn für seine Flucht. Die Wachen, die mitbekommen hatten, was vor sich ging, konnten ihre Neugierde nicht unterdrücken und waren abgelenkt. Eine einmalige Chance, wie so schnell keine zweite kommen würde.

Finn lief und lief. Er hatte Jahre in dem undurchdringlichen Wald verbracht, dass er sich hier auch in der nur vom Mond erleuchtete Finsternis vollkommen auskannte. Sein langjähriges Training war darauf ausgelegt gewesen, sich hier bestens auszukennen und sich in jedem unbekannten Terrain sofort zurechtzufinden. Doch das galt für seine Verfolger ebenfalls.

Natürlich war sein Fehlen bemerkt worden. Schon glaubte er die Hunde zu hören, die man ihm hinterher hetzte, aber das typische, so erschreckende Gebell blieb aus. Hatte Odin befohlen, sie zurückzuhalten? Wahrscheinlich. Odin wollte es also selber beenden.

Natürlich waren es Gunnar, Mat und Erik, die sich direkt hinter ihm befanden. Finn zweifelte nicht daran, dass sie am meisten darauf brannten, ihn, den Verräter aus den eigenen Reihen, der so viel Schande auch über sie gebracht hatte, umzubringen, um die Ehre wieder herzustellen. Nur weil Odin sie zurückgehalten hatte, waren sie dem nicht vorher nachgekommen. Jetzt jedoch waren sie losgelassen, waren seine Bluthunde, die Finn hetzen sollten. Wahrscheinlich hatten sie selbst darum gebeten, warteten sie doch schon so lange darauf.

Finn wusste nur zu gut, dass er ihnen so nicht entkommen konnte. Sie hatten dieselbe Ausbildung genossen wie er, hatten Lektion für Lektion mit ihm gemeinsam gelernt und waren in ihrem Streben sogar noch fester als er. Sie würden ihn unerbittlich jagen und all seine Schwächen ausnutzen.

Finn hatte ein Ziel: den Nordhang, der direkt neben dem Brunin lag, dem reißenden Fluss, der ins Nirgendwo führte. Wenn er dort hineinsprang …

Die Freiheit war so nah. Seit er das erste Mal an dem Hang gestanden hatte, der fünfzehn Meter in die Tiefe führte, hinein in den reißenden Fluss, hatte er davon geträumt, hineinzuspringen. Alles hinter sich zu lassen. Und als jemand Neues wieder herauszukommen.

Jeder der Anwärter seiner Gruppe hatte über den Hang gesprochen und seine eigene Vorstellung gehabt, wohin der Fluss führte und wie es wäre, in ihn hineinzuspringen. Wie es wohl in der Welt draußen war.

Gunnar, Mat und Erik wussten sicher, wohin er wollte. Daher hatten sie auch seine Finte erkannt und waren direkt diesen Weg gelaufen. Hätte er doch nur etwas mehr Zeit gehabt. Aber so war es nun mal. Sein Weg in die Freiheit führte nicht über Odin, sondern über seine Kameraden. So sollte es wohl sein.

Es hieß er oder sie. So einfach war es. Kein Rückzug. Kein Aufgeben. Keine Gnade. Dies hieß es jetzt auch für sie. Odin würde ihnen sicher nicht verzeihen, wenn sie ihn entkommen ließen. Ihr Leben hing davon ab, dass sie ihn zur Strecke brachten. Mehr Motivation brauchten sie nicht. Ihnen war von Kindesbeinen an beigebracht worden, dass es bei jedem Kampf um ihr Leben ging. Mehr noch. Das Leben der Gemeinschaft. Das Leben ihres Volkes. Einen solchen Kampf zu verlieren hieß alles zu verlieren, für sich und das Volk.

Gunnar, Mat und Erik teilten sich auf. Sie waren wie eingespielte Jagdhunde, die sich blind aufeinander verlassen konnten. Jeder kannte seine Position und wusste immer, wo die anderen waren. Finn jedoch auch. Er war mit ihnen aufgewachsen und somit kannte er ihr Vorgehen, da er selbst einst Teil ihrer Gruppe gewesen war. Was ihm nun vollkommen irrsinnig und sehr weit weg vorkam.

Mat war der Erste, den er ausschaltete. Es wäre ihm ein Einfaches gewesen, ihm mit bloßer Hand das Genick zu brechen, was das Sinnvollste, das Vernünftigste gewesen wäre. Dann wäre er wahrlich der Todbringer für seinen Kameraden geworden, der Fluch und die Vernichtung aller Dinge, die man in ihm sah. So lauerte er stattdessen Mat auf und knallte ihn mit dem Kopf mit voller Wucht gegen einen Baum, dass dieser gar zu erzittern schien. Aber als Mat bewusstlos zu Boden sank, tötete er ihn nicht.

Natürlich hörten die beiden anderen es und sie wussten, dass es ihren Kameraden erwischt hatte. Natürlich gingen sie davon aus, dass Finn ihn umgebracht hatte, was ihren Zorn nur noch steigert.

Sie hoben ihre Gewehre und schossen, ohne ein klares Ziel vor Augen zu haben. Eine Kugel verfehlte Finn nur knapp.

Odin hatte ihnen Gewehre gegeben. Vollautomatisch. Sie mussten sehr stolz sein und würden schon deswegen bestrebt sein, sich dieser Ehre würdig zu erweisen.

Finn wusste nur zu gut, was eine solche Waffe auslösen konnte, es war wie ein Rausch. Er selbst hatte bei seiner Flucht keines mitgenommen, zu schnell musste alles gehen. Aber er hatte das von Mat.

Es lag nahe, den beiden aufzulauern und sie aus der Deckung heraus zu erschießen. Doch das wollte er nicht. Zudem würde das andere in seine Richtung lenken. Jetzt waren es nur seine Kameraden, die instinktiv den richtigen Ort wussten, aber in ihrem Bestreben, das Lob von Odin zu bekommen, niemand anderes davon erzählt hatten. Es waren nur er und sie.

Wenn er nur den richtigen Augenblick abpasste, konnte er sie überwältigen und niemand musste heute mehr sterben. Es hatte schon so viele Tote gegeben. Er wollte seine Freiheit nicht mit Blut erkaufen.

„Wir kriegen dich, Verräter!“, rief Gunnar und aus seiner Stimme vernahm Finn deutlich dessen Hass. Zu lange hatte er gewartet. Zu viel Unmut und Verachtung auf sich geladen. Gunnar würde ihn mit Vergnügen umbringen.

Bei Erik war dies anders. Seit er ihn bei dem Kampf nicht getötet hatte, während Erik selbst ihn ohne mit der Wimper zu zucken, umgebracht hätte, war etwas anders. Erik war stiller geworden und hatte ihn immer wieder beobachtet. Das hatte er auch vorher getan, als würde er ihn heimlich bewundern.

Aber seit ihrem Kampf war da noch etwas anderes. Etwas, dass Finn nicht greifen konnte, ihn aber hoffen ließ, dass Erik vielleicht nicht mit demselben Elan an die Sache heranging wie die anderen. Es war nur eine kleine Hoffnung, aber Finn nahm alles, was er bekam. Ohne Hoffnung und etwas Glück konnte man den Fängen Odins und der Gemeinschaft nicht entkommen.

Gunnar nährte sich und Erik durchkämmte den weiteren Umkreis. Dabei nutzten sie jede Deckung, die sich ihnen bot, beobachteten aber auch jegliche möglichen Verstecke, die sich Finn boten. „Wir werden dich kriegen, Verräter!", rief Gunnar wieder. „Du Bastard hast uns schon viel zu lange entehrt. Jetzt wird es Zeit, dass wir abrechnen."

Damit sprang Gunnar vor und schoss auf die Stelle, wo er den Gewehrlauf gesehen hatte. Bevor Finn etwas unternehmen konnte, sprang er um den Baum herum, doch da war niemand bis auf das Gewehr, das in eine Astgabel eingeklemmt war.

„Vorsicht!", schrie Erik noch und hob sein Gewehr.

Alles lief im Bruchteil einer Sekunde ab, als Gunnar sich noch verwundert fragte, warum Erik auf ihn zielte. Er selbst richtete seine Waffe auf Erik, als ihn schon ein Ast mit voller Wucht in den Bauch traf, ihn mehrere Rippen brach und nach hinten schleuderte. Sein völlig überfordertes Gehirn hatte noch die Zeit, sich alles zusammenzureimen, bevor er gegen einen Baum krachte und besinnungslos zu Boden ging. Erik hatte nicht auf ihn gezielt, sondern auf Finn, der sich für Erik, aber nicht für Gunnar sichtbar hinter dem Baum versteckt und einen stabilen Ast soweit herumgebogen hatte, dass dieser mit seiner Wucht ihm zum Verhängnis wurde. Erik hatte noch versucht, ihn zu warnen, aber dann war es schon zu spät.

Finn blickte Erik an, der ihn mit verschrecktem Blick ansah… und zögerte. Im nächsten Moment brachte sich Finn in Deckung, was Erik aus seiner Erstarrung befreite.

Finn schloss die Augen. Eriks Zögern hatte ihm das Leben gerettet, aber das von Erik endgültig gefährdet. Er hatte ihn verschont, warum auch immer, aber dies war ein tödlicher Fehler, den niemand begehen durfte. Er wusste es. Und Erik wusste es auch.

„Lass uns aufhören!“, rief Finn.

Erik schüttelte den Kopf. „Du hast uns alle verraten. Du bist ein Verräter. Das ist schlimmer, als der Angehörige einer minderen Rasse zu sein, der versucht, unser Volk zu unterwandern. Du bist ein Volksverräter.“ „Und, du hast gezögert, mich zu erschießen.“

Erik schluckte. „Du warst ein zu leichtes Ziel. Und ich wollte meinen Kameraden nicht gefährden.“

Finn lächelte freudlos. „Wir wissen beide, dass dies nicht stimmt.“ Er hielt kurz inne. „Komm mit mir. Lass es hinter dir. Nur ein Sprung von der Klippe und wir sind beide frei.“

Erik umfasste sein Gewehr fester. Ein Blick reichte Finn, um zu sehen, dass er schwankte. Aber ob es reichen würde, dass er ihn gehen ließ? Er bezweifelte es. Wenn er nur mehr Zeit gehabt hätte. Aber er brauchte im Grunde nicht mehr Zeit. Nur ein Zögern. Ein kurzes Zögern wie eben und er wäre weg.

Erik kam näher, hielt sich von den Bäumen und Sträuchern fern, die nur zu gut ein Versteck für einen Hinterhalt boten. Gleichzeitig aber schnitt er Finn auch den Weg zum Hang ab. Wenn Finn diesen Weg nehmen wollte, musste er an ihm vorbei. Und dann würde sich alles in einem einzigen Augenblick klären. Entweder Erik würde ihn gehen lassen oder er musste Erik verletzen, wenn nicht sogar töten, um sich so seine Freiheit zu erkaufen.

Finn schloss die Augen. Er wollte Erik nicht töten. Wenn er aber keine andere Wahl hatte …

Vorsichtig schlich er von Baum zu Baum, passte immer genau den richtigen Augenblick ab. Zwischen Waldgrenze und der Kante vom Hang gab es nur ein kurzes freies Stück. Er musste es nur bis dahin schaffen, dann war es nur noch ein Sprung ins Ungewisse. Wenn er ihn dorthin bekam, würden sie beide leben können.

Erik war gut. Aber er ging scheinbar immer noch davon aus, dass Finn ihn umbringen wollte und über eine Schusswaffe verfügte. Das konnte Finn für sich nutzen, da er unbewaffnet ganz anders agieren konnte als mit Waffe. Er musste nur den optimalen Abstand zu Erik halten, damit dessen Sichtfeld genug eingeschränkt war, um dies zu nutzen.

Finn hielt sich ganz tief und bewegte sich noch vorsichtiger, als er es bei einem echten Gegner getan hätte, da es ihm schließlich darum ging, Eriks Leben zu schonen.

Alles hing nur von einem Augenblick ab. Einem Moment, in dem sich alles entschied.

Erik war wirklich gut und machte es Finn nicht leicht. Er konnte nur hoffen, dass sein ehemaliger Kamerad durch seinen vorhandenen innerlichen Konflikt nicht so konzentriert war, wie es die Situation erfordert hätte. Nur einen Moment länger.

Plötzlich fuhr Erik herum, zielte genau in seine Richtung und schoss. Finn konnte gerade noch ausweichen, war aber nicht schnell genug gewesen. Die Kugel streifte sein Bein und er kam hart auf.

Als Finn seinen Kopf hob, konnte er die Waldgrenze sehen. Dahinter rauschte der Fluss direkt unter dem Hang. Es waren nur noch wenige Meter. Er würde nur einen Augenblick brauchen, um ihn zu erreichen. Und dann …

Schwere Stiefel tauchten in seinem Gesichtsfeld auf, versperrten die Sicht auf die Freiheit.

Odins Stiefel.

Im nächsten Moment wurde Finn am Kragen gepackt, in die Luft gehoben und sich sein Gesicht vor dem von Odin befand. Finn hatte Odin schon oft zornig gesehen. Die Gewalt in seinen Augen. Aber noch nie so. Sein blutiges Gesicht war eine Fratze des Grauens.

„Du wirst jetzt sterben", verkündete Odin. „Und von deinem Tod werden noch die kommenden Generationen sprechen und sich daran ergötzen. Jeder soll sehen, was mit Verrätern geschieht."

Odin warf Finn gegen einen Baum und der Schmerz durchfuhr Finns Rücken. Schon war Odin bei ihm und rammte ihm seine Faust in den Bauch. Obwohl der Schlag nicht unvorbereitet kam, konnte ihn Finn nur unzureichend die Wucht nehmen. Odin war einfach zu stark, aber der Kampf gegen Wolgar hatte auch ihn Kraft gekostet. Vielleicht war das Finns einzige Chance, die er je gegen Odin haben würde.

Odins nächsten Schlag gelang Finn abzublocken und dafür selber einen Schlag zu platzieren, direkt auf die Platzwunde am Auge, die noch von Wolgar stammte. Auch der nächste Schlag saß. Und der Nächste.

Finn trat nach Odins Knie und ignorierte seinen eigenen Schmerz von dem Streifschuss am Bein. Odin jedoch nicht. Als er in die Knie ging, griff er mit seinen Fingern genau in die Wunder.

Finn schrie vor Schmerz auf, der in weißen Blitzen in seinem Kopf explodierte. Dann traf ihn wieder ein harter Schlag. Instinktiv blockte Finn ab und schlug selber zu. Wieder und wieder. Odin steckte die Schläge ein, wankte jedoch. Nur der pure Hass hielt ihn noch auf den Beinen.

Odins Gesicht war schon vollkommen mit Blut bedeckt, als er Finns Schlag einfach mit der Hand auffing, ihm den Arm verdrehte und mit einem weiteren Schlag brach. Finn schrie all seine Verzweiflung heraus, denn er wusste, es war vorbei. Und dann schlug Odin immer weiter auf ihn ein. Brach ihn Rippen und Knochen, bis auch Finns Gesicht von Blut überströmt war.

Wann Odin aufhörte, auf ihn einzuschlagen, wusste Finn nicht mehr. Da war nur Schmerz und die Gnadenlosigkeit der Welt, die ihm nicht gestattete, ohnmächtig zu werden. Er spürte kaum, wie Odin ihn packte und zu dem Rand des Hanges schlief.

„Da wolltest du runter?“, höhnte Odin mit aller Verachtung, zu der er fähig war. „Uns entfliehen? In die Freiheit? Welche Freiheit? Dort wärst du nur ein Sklave gewesen. Ein Sklave von Niggern und Kanaken, die immer mehr nicht nur dieses Land unterwandern.“ Odins Gesicht war wieder vom Zorn entstellt. „Du bist ein elender Verräter. Ich hätte dich schon vorher umbringen sollen, aber ich habe geglaubt, du kämst noch zu Besinnung.“

Damit schlug er Finn wieder in den Bauch und ließ ihn einfach zu Boden fallen.

Wie ein riesiger Todesdämon ragte Odin über Finn auf, der unfähig war, sich zu bewegen.

16

Anna schwitzte. Zum wiederholten Male gab sie das Passwort ein, doch nichts geschah. Ihr normales Passwort, was sie tagtäglich für ihre Arbeit brauchte, war kein Problem gewesen, aber die Dateien waren gesperrt. Sie hatte keinen Zugang zu den Daten.

Gestern noch hatte sie daran gearbeitet, aber jetzt war plötzlich alles weg.

Sie schaltete den Computer aus und wieder an. Es blieb dasselbe.

„Scheiße! Scheiße! Scheiße!“, schrie sie und war kurz davor, auf den Computer einzuprügeln, aber hielt sich noch zurück. Das wäre sicher keine gute Idee, auf einen Computer einzuschlagen, der solch brisante Dateien enthielt. Vielleicht musste sie jemanden holen, der sich darum kümmerte, dann brauchte dieser etwas, womit er arbeiten konnte und keinen Schrotthaufen.

Als Anna die Explosionen hörte, wusste sie, dass etwas unglaublich schiefgelaufen war. Schon wieder.

Warum hatte sie Sergej auch erlaubt, sich um diesen Ben zu kümmern? Sie hätte darauf bestehen sollen, dass er ihn einfach erschoss. Aber sie hatte es in Sergejs Augen gesehen, dass dieser damit nicht zufrieden gewesen war. Und sie wusste nur zu gut, dass man Männern wie Sergej besser das gab, was sie haben wollten, um ihre Bedürfnisse zu befriedigen, wenn man verhindern wollte, dass sie diese Bedürfnisse an einem selbst befriedigten.

Und nun hörte sie Explosionen. Das konnte kein Zufall sein.

Zu gerne hätte sie geglaubt, dass es ein Zufall war. Dass dies alles nichts zu bedeuten hatte. Oder Russevs Leute einfach Spuren verwischen wollten. Etwas in der Art. Aber sie wusste es besser.

Ben hatte es geschafft. Sie wusste nicht wie, aber er war noch am Leben. Und wenn er am Leben war, dann war er auf der Suche nach ihr. Ganz sicher. Und er wusste auch, wo er sie fand.

Eigentlich wäre sie längst weg gewesen. Aber Mo musste irgendetwas gemacht haben. Natürlich wusste er so etwas. Er war ein verdammtes Genie am Computer und hatte immer wieder dafür gesorgt, dass die EDV-Abteilung in ihrer Filiale am wenigsten zu tun hatte, was ihr immer ganz recht gewesen war. Aber nun hatte er sein Wissen dazu genutzt, all die wichtigen Dateien zu sperren.

Verzweifelt hatte Anna versucht, diese zu öffnen. Und je länger es dauerte, desto nervöser wurde sie.

Sie musste sie öffnen. Davon hing alles ab. Wenn sie nicht an die Daten an die Konten herankam, dann …

Anna lief es eiskalt den Rücken herunter.

Nein, daran durfte sie nicht denken.

Sie hatte sich alles immer so gut ausgemalt. Probleme mit einbezogen. Aber das, was in dieser Nacht passiert war, das hatte sie nicht vorher gesehen. Wie auch?

Eigentlich hätte alles mit Mo enden können. Ein bedauerlicher Verlust, den sie gerne verhindert, aber ebenso hingenommen hätte. Das Ganze wäre dann noch immer ungemütlich geworden, aber nicht so. Natürlich hätte sie Russev und Ahrend endlich loswerden müssen. Aber alles nach ihrem Zeitplan und nicht so Knall auf Fall.

Es war alles geplant gewesen. Ihre ganze Ausstiegsstrategie. Und auch, wie es weitergehen sollte.

Und das konnte alles noch geschehen. Sie brauchte nur Zugang zu den Daten. Nur das und sie würde alles regeln. Aber der Zugang blieb ihr verwehrt.

Immer wieder blicke Anna auf die Uhr. Lauschte auf die Sirenen, die in der Ferne heulten. Ihre Zeit lief ab. Und alles, was sie sich aufgebaut hatte, wäre unwiederbringlich zerstört.

Als Anna zur Seite in den Filialhauptraum sah, stand dort Ben.

Vor Schock sprang sie auf, sodass der Schreibtischstuhl gegen ein Regal knallte. Im nächsten Moment suchte sie fast panisch nach ihrer Pistole. Als sie sie fand, hielt sie diese Ben entgegen, der jedoch keine Anstalten machte, sich zu bewegen.

Einige Momente standen sie so da. Anna mit der vorgehaltenen Waffe. Und Ben, den sie bedrohte, und der so aussah, als wäre er gerade der Hölle entkommen. Seine auf sie gerichteten Augen ließen sie schlucken, war sein Blick doch eindeutig.

„Wer zur Hölle bist du?!“, schrie sie schließlich ihren Zorn heraus. „Wer bist du?!“

Ben rührte sich nicht. „Niemand.“

Anna schrie. „Hör auf mit dem Scheiß! Du bist doch kein Bankkaufmann!“

„Doch.“

Anna hätte wegen der Antwort beinahe abgedrückt. „Hör auf! Sag mir verdammt noch mal endlich, wer du bist!“

Ben blieb ungerührt.

„Ich bin derjenige, dessen Freund du umgebracht hast.“

Annas Gesicht verzog sich im Zorn. „Ich habe es dir doch schon gesagt! Das war nicht geplant! Er hat verdammt noch mal nicht locker gelassen und mich und alle in Gefahr gebracht.“

„Er hat dir vertraut. Er hat mich sogar geschickt, dich zu beschützen.“ Ben hielt inne und lachte dann kurz zynisch auf.

„Was?!“, wollte Anna wissen.

„Vielleicht ist er auch hinter dein Geheimnis gekommen. Hat erkannt, als er alles vor sich sah, dass etwas nicht stimmte. Und schickte mich zu dir, weil er wusste, was passieren würde.“

Annas Kiefern mahlten. „Du meinst, er schickte dich zu mir, in dem Wissen, dass genau das hier alles passieren würde?“ Wieder hielt sie inne. „Warum? Woher wusste er das? Woher wusste er, dass du alles zerstören und nur Leichen auf deinem Weg hinterlassen würdest? Und dass du dahinter kommen würdest? Hinter mich und was ich getan habe? Woher?“

Ben lächelte. „Weil er Mo war. Es gab niemanden, der mich so gut kannte. Von seinem Vater abgesehen. Mo hat mich immer richtig gesehen. Besser als ich mich selbst.“

Anna atmete durch. „Und, was heißt das, verdammte Scheiße?! Was hat er gesehen?! Wer bist du?“

Ben lächelte müde.

„Wenn ich es dir sagen würde, würdest du es nicht glauben. Es spielt auch keine Rolle. Was nur eine Rolle spielt, ist, dass du Mo getötet hast und ich dich dafür töten werde.“

„Ähm, das ist jetzt der Teil, wo ich einschreiten muss“, erklang plötzlich eine Stimme.

Verwirrt sah Anna, dass ein Mann eintrat, den sie nicht kannte. Wolters hielt seine Hände gut sichtbar neben seinem Körper erhoben und kam näher, um sich in Bens Nähe zu stellen.

„Wer sind Sie?“, wollte Anna wissen und hielt ihm die Pistole entgegen. Der Mann musste um die fünfzig sein, trug einen grauen Anzug und sah mit seinem gepflegten Äußeren eher nach einem Diplomaten aus. Seine Augen hatten aber etwas Undurchdringliches. Etwas Gefährliches, was Anna instinktiv schlucken ließ.

Wolters tat unschuldig. „Wer? Ich? Wer ich bin? Hm. Niemand. Ich bin gar nicht hier. Und Sie sollten besser vergessen, dass Sie mich je gesehen haben.“ Er hielt kurz inne, als würde er überlegen. „Nun, eigentlich hätten Sie es besser vergessen sollen, kriminelle Geschäfte aufzuziehen. Dann wären auch keine Menschen gestorben und wir säßen hier nicht in dieser Situation.“

Anna schien mehr und mehr überfordert. „Sind Sie ein verdammter Polizist?! Auch so ein Undercovertyp wie er?!“

Wolters war überrascht und sah Ben verständnislos an, um sich dann wieder Anna zuzuwenden und auf Ben zu deuten. „Er ein Undercoverpolizist? Haben Sie gesehen, was der alles angerichtet hat? Die ganze Fabrik brennt und der hat aus dem friedlichen Städtchen hier ein Chicago wie in den Dreißigern gemacht. Der ist wahrlich alles andere als ein Polizist.“

Anna umschloss ihre Waffe fester und Wolters hob reflexartig die Hände etwas höher.

„Was wollen Sie hier?“ Wolters lächelte. „Das ist schon eine viel bessere Frage. Sehr gut.“ Damit wendete er sich Ben zu. „Ich bin gekommen, um dir zu sagen, dass ich nicht zulassen kann, dass du sie umbringst. Tut mir leid, das kann ich nicht gestatten.“

Ben blieb bewegungslos, während Anna nervös von einem Fuß auf den anderen trat.

„Er mich umbringen? Ich bin diejenige mit der Waffe. Sie sollten eher sagen, dass ich nicht ihn umbringen sollte. Wobei jetzt auch schon alles egal ist.“

Wolters verzog das Gesicht und schüttelte den Kopf. „Nein, tut mir leid. Meine Botschaft war schon für ihn bestimmt. Aber vielleicht sollte ich darauf hinweisen, dass ich ganz sicher nicht eingreifen werde und ihn zurückhalte, wenn Sie versuchen, ihn umzubringen. Gegen Mord spricht einiges. Gegen Selbstverteidigung mit Todesfolge gar nichts.“

„Mord?“, fragte Ben.

Wolters verdrehte die Augen. „Wir wissen beide, dass sie keine Chance hat. Somit wäre es Mord.“

„Sie hat Mo umbringen lassen.“

Wolters Gesicht wurde traurig. „Ja. Ich weiß. Deswegen die ganze Schweinerei, die du veranstaltet hast, und mein Hiersein. Aber ich kann dich sie nicht töten lassen."

Ben nickte. „Das muss ich auch nicht."

Damit holte er langsam ein Blatt hervor, das dem glich, dass Anna schon kannte.

„Was ist das?", fragte sie irritiert.

Ben lächelte schwach. „Die Mailadressen von den Grimms. Ich habe sie kontaktiert mit Sergejs Handy. Als er habe ich ihnen mitgeteilt, dass du sie um ihr Geld gebracht hast. Ich schätze, sie haben sich diesbezüglich schon bei dir gemeldet, weswegen du auch so nervös bist."

Anna schluckte und stieg wieder von einem Moment auf den anderen, womit sie Bens Vermutung bestätigte.

Wolters lachte auf. „Oh, Lady, Sie haben große Probleme."

Ben nickte. „Ich habe ihnen erklärt, dass du es warst, der sie alle gelinkt hat, indem du einen Killer engagiert hast, der sie alle ausschalten sollte. Ich schätze, sobald publik wird, dass Russev, Matteo und Sergej tot sind, werden sie die Echtheit der Botschaft nicht mehr anzweifeln."

Anna wurde kreideweiß.

„Das kannst du nicht machen."

„Das habe ich bereits." Er schwieg einen Moment. „Du wirst dich nirgends mehr sicher fühlen können. Hinter jeder Ecke lauert ein grausamer Tod auf dich. Das sind alles Spezialisten in der Kunst des Tötens. Sie wissen, wie sie einen Menschen langsam und besonders schmerzhaft töten oder immer weiter am Leben lassen können. Ich schätze, die brutalen Kerle, die sich deines Vaters angenommen haben, waren auch unter deinen Kunden?"

Wolters schien nachzudenken, während Anna immer unruhiger wurde.

„Wir haben also keinen Zugriff auf die verfänglichen Daten auf diesem Computer?"

Ben nickte. „Mo hat alles gesperrt mit einem speziellen Code. Er starb mit ihm."

Annas Augen wurden groß. „Das ist nicht wahr! Er kennt den Code! Die beiden haben ihn immer verwendet! Fragen Sie ihn! Guck ihn dir an! Du kennst ihn sicher!"

Ben bewegte sich nicht und Wolters hielt seine gespielte Ernsthaftigkeit bei.

„Ich schätze Sie Frau Kerkov haben Ihre Spuren auch gut verwischt, sodass man Sie nicht mit den ganzen Geschehnissen in Verbindung bringen kann, da ja keiner mehr lebt, der es bezeugen könnte."

„Was?! Ben kann es! Er war überall dabei!"

Wolters schüttelte den Kopf. „An den Namen hab ich mich nie gewöhnen können." Dann sah er Anna an. „Leider steht dieser Mann unter meiner Aufsicht und war deswegen nie hier. Ich rate Ihnen, zu vergessen, dass Sie ihn je gesehen haben. Im Gegenzug setze ich mich dafür ein, dass Sie mit allem in Verbindung gebracht werden. Eine umfassende Aussage von Ihnen vorausgesetzt. Damit ist Ihnen ein langer Gefängnisaufenthalt gewährleistet. Und somit können Ihre wütenden Geschäftspartner nicht an Sie heran."

Nun blickte Anna Wolters an. Sie wollte etwas sagen, aber sie konnte nicht. Alles an ihr zitterte und obwohl die Gefahr bestand, dass sie ganz unabsichtlich die Pistole abfeuerte, drehten sich beide Männer um und verließen den Raum. Hinter sich hörten sie Anna schreien.

Als Ben aus der Filiale heraustrat, sah er überall Männer von polizeilichen Spezialeinheiten in voller Schutzmontur, die mit ihren Waffen in ihre Richtung zielten, aber weder er noch Wolters achteten auf sie und gingen einfach weiter.

„Ich dachte, du wolltest dich still verhalten“, meinte Wolters mit Blick auf den durch das Feuer in der Fabrik erleuchteten Himmel.

„Sie haben Mo getötet.“

Wolters nickte. „Verstehe schon. Aber ich befürchte, das hat Konsequenzen.“

Ben nickte. „Alles im Leben hat Konsequenzen. Für manche Dinge lohnt es sich, diese zu tragen.“

Damit drehte er sich zu Wolters. „Mo war der Strohhalm, der mich immer im Hier und Jetzt verwurzelte. In mir kann ich meiner Vergangenheit nicht entkommen. Das wird nie möglich sein. Aber Mo hat mich immer wieder geerdet. Alles relativiert. Er hat in mir den Glauben erhalten, dass ein anderes Leben möglich ist und ich Frieden finden könnte. Nicht heute. Nicht morgen. Aber irgendwann sicher.“

Wolters presste die Lippen zusammen. „Tut mir leid. Ich werde mein Bestes tun, dich hier rauszuhalten.“

Ben nickte. „Und wenn nicht, dann sollen sie kommen. Und das werden sie.“

Wolters schüttelte den Kopf und Ben ging davon. Er achtete nicht auf die Menschen. Ein Polizist wollte ihn aufhalten, aber Wolters hob nur die Hand und der Polizist ließ ihn durch.

Der Einsatzleiter der hiesigen Polizei kam zu Wolters und sah diesen wütend an. „Was soll das? Erst marschieren Sie einfach so da rein. Dann bestimmen Sie darüber, wer gehen darf und wer nicht. Wer glauben Sie, wer Sie sind?“

Wolters lächelte und drehte sich nur kurz um, worauf ein Polizist zu ihm kam, den der Einsatzleiter direkt als ranghohes Mitglied des Staatsschutzes erkannte.

„Was macht der Staatsschutz hier? Und wer sind Sie bloß?“, fragte der Einsatzleiter irritiert.

Der Mann vom Staatsschutz antwortete statt Wolters.

„Dieser Mann war niemals hier.“

Der Einsatzleiter wurde rot. „Und was ist mit dem anderen Mann? Der, der so aussieht, als…“

„Welcher Mann?“

„Na, der eben einfach weggehen durfte. Den mein Beamter durchlassen sollte?“

Wolters drehte sich zum besagten Polizisten um. „Haben Sie eben einen Mann durchgelassen?“

Der Angesprochene schüttelte den Kopf. „Nein. Hier ist niemand durchgekommen.“

Der Einsatzleiter wurde tiefrot. „Was zur Hölle wird hier gespielt?“

Wolters lächelte und kam ganz nah an den Einsatzleiter heran. „Das ist nicht die Frage. Die Frage ist, was ich tun kann. Und was Sie tun können.

Ich zum Beispiel kann folgendes tun: Ich tätige einen Anruf und Sie stehen ab morgen an der Straße und sichern den Schulweg.

Dies hängt davon ab, was Sie tun können. Und das ist Folgendes: Können Sie vergessen, dass Sie mich und irgendeinen ominösen Mann sowie den Staatsschutz hier gesehen haben? Oder können Sie das nicht?“

Wolters sah, wie der Kiefer des Einsatzleiters malmte und seine Augen blitzten. Er schien sich aber seine weiteren Worte sehr gut zu überlegen.

„Welcher Mann?“, sagte er schließlich.

Wolters lächelte und klopfte ihm auf die Schulter. „Sehr guter Mann. Ich würde vorschlagen, Sie schicken eine Beamtin da rein. Dort wird diese eine junge, sehr verhaftungswillige Frau antreffen, die einiges zu erzählen hat und die das ganze Chaos erklärt. Am besten setzen Sie sich schon mit der Abteilung für organisierte Kriminalität in Verbindung. Keine Ahnung, ich kenne mich da nicht so mit aus. Ich bin ja bloß ein Laie. Ich weiß nicht mal, was hier vorgeht."

Ein Schuss ertönte aus der Filiale und alle drehten sich dorthin. Die Beamten gingen in Deckung und zielten auf den Eingang und die Fenster, doch die waren alle intakt und niemand erschien.

„Hm, es könnte auch sein, dass Sie besser ein paar Sanitäter reinschicken. Frau Kerkov könnte etwas Dummes gemacht haben. Oder etwas aus ihrer Warte ausgesehen, sehr konsequentes."

Damit nickte er dem Einsatzleiter zu, drehte sich um und ging. Der Polizist, der Ben nicht aufgehalten hatte, ließ nun auch ihn durch und Wolters tippte sich bedankend an die Stirn.

Ben war schon kaum mehr zu sehen. Er ging immer weiter, ohne auf seine Verletzungen und die Leute zu achten, die auf der Straße standen und nicht recht wussten, in welche Richtung sie sehen sollten, da auf der einen Seite die Fabrik brannte und sich auf der anderen irgendetwas Großes bei der hiesigen Bankfiliale ereignet hatte.

Langsam merkte Ben, dass ihm alles wehtat. Er musste seine Verletzungen behandeln lassen, aber im Augenblick wollte er nur weg.

Wann hatte er sich das letzte Mal so gefühlt?

Als er das erste Mal Wolters begegnete?

Wahrscheinlich.

An dem Tag hatte sich alles verändert.

Wolters war es auch gewesen, der ihn das letzte Mal mit seinem richtigen Namen angesprochen hatte. Seitdem hatte er sich einen anderen gegeben und sich bemüht, diesen mit Leben zu füllen und ihm gerecht zu werden. Ben. Der Name eines wahren Freundes.

Doch wie Mo war dieser Name wohl in der letzten Nacht gestorben.

„Was sich hier ereignet hat, klingt unglaublich", erklärte die erfahrene Außenreporterin, die in der Nähe der kleinen Bankfiliale stand, während um sie herum Polizisten hin und her liefen. „Verschiedenen Quellen nach, handelt es sich bei den zahlreichen Toten um Angehörige der russischen Mafia, darunter auch Clanchef Russev, dessen Treiben hier ein Ende fand. Laut verschiedener Augenzeugen soll ein einziger Mann dafür verantwortlich sein, der im Augenblick wahrscheinlich von der Polizei zu den Vorfällen befragt wird."

Ein Bild von Ben wurde eingeblendet, ein Schnappschuss, kein guter, aber wahrscheinlich durch verschiedene Filterprogramme verbessert.

„Dies ist der Mann, der sich aller Wahrscheinlichkeit nach im Alleingang der russischen Mafia entgegengestellt und diese ausgeschaltet hat. Weder er noch die Polizei ist im Augenblick zu einer Stellungnahme bereit."

17

Daron sah auf den Bildschirm. Wenn er vorher noch Zweifel hatte, dann zerstreuten sich diese völlig, als er auf die Nachricht in seinem Handy sah. Ihr Kontaktmann hatte ihnen Aufnahmen zukommen lassen, die ein viel deutlicheres Bild des Mannes darstellten und Daron durchatmen ließ. Als er die Aufnahme sah, wusste er sofort, um wen es sich handelte. Und er wusste, dass der Alte es sehen wollte.

Daron strich sich über seinen Vollbart. Dann nahm er das Tablet mit dem eingefrorenen Bild und ging zu der Hütte hinüber. Als er anklopfte, bat ihn niemand herein, aber niemand befahl ihm auch, draußen zu bleiben.

Sobald er die Hütte betrat, blieb er überrascht stehen, denn die sechs Bildschirme an den Wänden zeigten die verschiedenen Nachrichtensender, die alle über das eine Ereignis berichteten. Auf jedem Bildschirm war die jeweilige Reportage eingefroren und zeigte jeweils das Foto von Ben in unterschiedlichen qualitativen Auflösungen.

Daron betrachtete die Bildschirme und sah dann zu dem großen, ledernen Bürostuhl, in dem der Alte wie auf einem Thron saß und starr auf die Fernseher blickte. Als der Mann mit dem kahlen Schädel zur Seite blickte, sah Daron wieder das milchigblinde Auge und die dünne Narbe, die darüber lief.

Daron trat vor und reichte Odin das Tablet.

„Dies stammt von unseren Verbindungsmann bei der Polizei“, erklärte er kurz und Odin nahm das Tablet in seine prankenartigen Hände, um es genau zu betrachten. Ein Lächeln umspielte seinen Mundwinkel.

„Willkommen zurück, Erik.“

18

„Erik“, rief Odin.

Erik, der alles mit immer blasser werdendem Gesicht mitangesehen hatte, was zwischen Odin und Finn passiert war, kam zu seinem Anführer an den Hang. Odin packte wieder Finn und hob ihn hoch, um ihn Erik hinzuhalten.

„Zieh dein Messer“, befahl Odin.

Erik sah ihn an, dann zog er sein Messer hervor. Es besaß eine große Klinge und war mit seinem eigenen Blut gehärtet worden, was ihn sehr stolz gemacht hatte. Die erste Waffe, die man ihm überreichte. Jetzt aber erfüllte sie ihn nur mit Schrecken.

„Bereite dem Verräter ein Ende, wie es ihm gebührt", fuhr Odin fort. „Stich ihn ab, wie einen räudigen Köter und reiß ihm die Gedärme raus."

Eriks Augen wurden vor Entsetzen groß. Er wollte etwas sagen, aber wie sollte er? Das war Odin. Ihr aller Anführer. Ihr Beschützer. Der eben einen Mann mit bloßen Händen erschlagen hatte und dies ebenso mit Finn getan hatte.

Finn aber war noch am Leben, auch wenn dies kaum möglich schien. Und in seinen Augen, die Erik anblickten, sah er das Schrecklichste, was er je gesehen hatte und ihm durch Mark und Bein ging, ihm einen wahnsinnigen Stich ins Herz versetzte: Vergebung.

Erik schüttelte unmerklich den Kopf. Er sah auf Finn, dessen Ausdruck voller Güte war und dann auf Odin, ein Antlitz des Hasses.

Bevor Erik begriff, was geschah, warf Odin Finn Erik entgegen. Finns schlaffer Körper prallte gegen Erik und er spürte, wie sein Messer widerstandslos in Finns Leib glitt, tief bis zum Griff.

Noch nie hatte Erik solchen Schrecken erlebt. Er wusste gar nicht, wie er sich bewegen sollte. Wollte Finn nur zu Boden bringen, so vorsichtig es ging, als würde dies noch etwas ändern. Doch das tat es nicht.

Als er Finn auf das spärliche Gras legte, sah Erik deutlich, wie das letzte Fünkchen Leben aus Finn entwich. Sein Gesicht zeigte nur Schmerz, aber seine Augen, die auf Erik gerichtet blieben, waren noch immer voller Güte und Verständnis. Und während für Erik alles zusammenbrach, starb Finn.

Erik starrte auf Finns Leiche. Er hatte denjenigen getötet, der ihn verschonte. Und warum hatte er ihn so angesehen? Erik konnte es nicht begreifen. Warum hatte Finn ihn nicht einfach getötet? Dann wäre er entkommen. In Freiheit gewesen. Wa…

„Versager."

Das eine Wort vorgetragen mit einer Verachtung, die keine Grenze kannte, brachte Erik wieder aus seiner Erstarrung. Als er nach oben blickte, sah er in die hasserfüllte Fratze von Odin, der durch das viele Blut nur noch mehr wie ein Dämon wirkte.

Ohne zu überlegen, packte Erik den Griff des Messers, das noch immer in Finns Leib steckte, zog es heraus und ließ die Klinge herumfahren. Er spürte einen kurzen Widerstand, als die rasiermesserscharfe Klinge durch Odins Schenkel schnitt.

Schreiend ging Odin in die Knie. Dann wurde sein Gesicht wieder wutverzerrt und er wollte nach Erik greifen. Dieser hatte dies jedoch erwartet und ließ die Klinge erneut herumfahren, sodass sie in Odins Arm schnitt. Odin schrie erneut auf und als er sein Gesicht wieder Erik zuwandte, schnitt ihm die Klinge über das Gesicht und zerteilte ihm das linke Auge.

Wie von Sinnen schreiend fiel Odin zur Seite. Erik blickte ihn an, dann stand er auf, packte ohne weiter nachzudenken Finns Leichnam und sprang mit ihm in die eisigen Fluten.

www.ingramcontent.com/pod-product-compliance
Lightning Source LLC
La Vergne TN
LVHW091412190726
843491LV00006B/1387

* 9 7 8 3 9 4 9 3 5 9 0 3 3 *